Traude Engelmann

Kraft für ein Lächeln

Roman

Janßen
04.04.96

Mitteldeutscher Verlag

ISBN 3-354-00886-5

mdv

Für maßgebliche Unterstützung bei der Recherche dankt die Autorin Frau Ruth Hickethier, Leipzig, Frau Betina Steinke, Chemnitz, sowie dem Landesverband Sachsen der Deutschen Multiple-Sklerose-Gesellschaft, Dresden.

Für die Unterstützung der Herausgabe des Titels dankt der Verlag Frau Ingrid Biedenkopf, Dresden, sowie der Deutschen Telekom, Direktion Leipzig, und der Internationalen-Flug-Ambulanz e.V., Leipzig.

Meine Aufgabe sehe ich nicht darin, den Betroffenen eine flüchtige Hoffnung aus Worten zu geben, sondern darin, für sie eine beständige Hoffnung aus Taten zu erwirken.

Die Autorin

Prolog

Marie und ich lernen uns an einem Mittwoch im Mai kennen.

Der Tag ist so heiß, daß er in den Juli passen würde. Ich ziehe den Saum meines Rockes bis zum Knie hinauf und lasse mich auf eine überschattete Bank fallen. Sie steht in der Nähe des Chemnitzer Hauptbahnhofs. Zehn Meter weiter lärmt die Straßenbahn über ihr ausgefahrenes Gleisbett. Als mir die Augen zufallen, treibt mich das kantige Ungeheuer in einen beängstigenden Traum. Bleischweren Schrittes flüchte ich über endlose Schienenstränge. Bis mich ein rettendes Geräusch in die weniger rauhe Wirklichkeit zurückholt.

»Hal-lo«, ruft jemand von der Straße herüber, »bit-te, hel-fen Sie mir doch!«

Ich springe auf, ohne noch zu wissen warum. Erkenne einen Rollstuhl. Vermute, daß der elektrische Antrieb für die Bordkante zum Fußweg zu schwach ist. Stürze zum Gefährt. Bugsiere es hoch. Und finde eine Frau. Sie ist jung, schön und – behindert. Ihre Augen scheinen sich an mir festhalten zu wollen, flehend, erwartungsvoll, herausfordernd. Eine Betroffenheit auslösend, die ich nicht zu analysieren vermag.

»Dan-ke«, sagt die Fremde, indem sie jede der beiden Silben des Wortes getrennt voneinander aus sich herausmüht. Dabei gelingt es ihr zu lächeln. In ihrer linken Wange erscheint ein Grübchen. Es ist noch sichtbar, als aus dem wohlgeformten Mund die Frage holpert: »Darf ich ne-ben Ih-nen Platz neh-men?«

»Oh, bitte, gern«, antworte ich übereilig und versuche, meine Verblüffung hinter belanglosem Gerede zu verbergen. »Bei dieser Hitze wird ja jeder Baum zur Oase. Kommen Sie, hier ist es schön kühl.«

Während ich mich wieder hinsetze, rangiert die Frau ihren Rollstuhl akkurat an meine linke Seite. Vielleicht will sie damit ihre Gleichberechtigung demonstrieren. Dann nimmt sie mich mit Worten und Gesten gefangen.

Was mich an der Mitteilsamen so fasziniert, sind ihr natürliches Selbstbewußtsein und ihre Fähigkeit, außergewöhnliche Sprachkonstruktionen zu schaffen – Synthesen weniger Worte und komprimierter Aussagen. Deren Eindeutigkeit hebt die Schwerfälligkeit des Sprachflusses fast auf und bringt eine wohltuende Ungeniertheit in unseren Dialog. Ich fühle die gewohnte Gelassenheit zurückkehren. Unter ihrem Schutz ist alles alltäglich. Zwei Frauen reden miteinander. Na und.

Dabei ist die Behinderte eindeutig die Aktivere von uns beiden. Zunächst führt sie mir die Manövrierfähigkeit ihres Rollstuhls vor. Dann zeigt sie mir die Fotos von zwei reizenden kleinen Blondköpfen. Später schildert sie mir ihren Alltag in einem Alten- und Pflegeheim. Zwischendurch bittet sie mich, sie doch einfach beim Vornamen zu nennen, Marie. Nur für die Mediziner und die Post heiße sie Sauerbrei. Am Ende ihres Vortrags bemerkt sie unvermittelt, daß ich doch keine Chemnitzerin sei. Dabei vibriert die gehemmte Stimme intensiver als zuvor.

In diesem Stadium unserer Begegnung könnte ich eigentlich aufstehen und weggehen. Aber ich schenke Marie eine lange Erklärung, in deren Verlauf ich zu meinem eigenen Erstaunen einem Vorsatz untreu werde.

»Erraten«, sage ich mit dem Pathos eines Weihnachtsmannes, »ich bin Leipzigerin und warte hier auf den nächsten Zug nach Hause. Unser Auto ist in der Werkstatt, weil ich vorige Woche die Kurve zur Einfahrt in die Garage nicht perfekt genommen habe. Aber nach Chemnitz komme ich oft. Ich bin Journalistin und arbeite an einer Artikelserie über Georgius Agricola, den berühmten Arzt, Naturforscher und Begründer des Bergbaus. Der Mann wird mir noch viel zu schaffen machen.«

An der eilig vorgetragenen Geschichte entspricht alles der Wahrheit; ich verschweige lediglich die Tatsache, daß ich die notwendigen Recherchen bereits abgeschlossen habe und der sächsischen Industriemetropole eigentlich gern den Rücken zukehren wollte. Die Diplomatie meines Verhaltens entspringt einer unvorhergesehenen Entdeckung. Plötzlich zeigt sich die Stadt von einer neuen Seite. Bietet mir ein weiteres interessantes Thema an. Schon glaube ich, eine verheißungsvolle Überschrift zu lesen, die der Inhalt des Artikels nicht Lügen strafen soll.

»Das gibt es doch nicht«, ruft Marie in hochschwingender Tonlage, »in Leip-zig ha-be ich vie-le Jah-re lang ge-wohnt.« Und nach einer Pause, in der ihre Stimme abgestürzt zu sein scheint, fügt sie hinzu: »Dort le-ben mei-ne Kinder.«

Es ist sechzehn Uhr geworden. Die Zeit hat es auf einmal eiliger als mir lieb ist. In zehn Minuten wird mein Zug aus der Bahnhofshalle rollen. Ich reiße Block und Kugelschreiber aus der Tasche und notiere Maries Adresse und Telefonnummer. Erst dann fällt mir ein, mich selbst vorzustellen. »Claudia Reimer«, werfe ich im Telegrammstil hin, »siebenundvierzig Jahre alt, komplett erst mit einem Ehemann, einer Tochter, einem Schwiegersohn, einem Enkelkind.« Zuletzt verspreche ich, daß ich mich bald melden werde. Ehrenwort.

Während ich auf Wiedersehen sage, greife ich unwillkürlich nach Maries rechter Hand. Aber diese greift nicht zurück. Ich schüttle eine weiche, kraftlose Fleischmasse auf und ab. Eine Schrecksekunde lang dürfte mein Gesichtsausdruck aus der üblichen Fasson geraten sein. Was hat sie denn? frage ich mich schweigend. So außergewöhnliche Symptome treten doch bei einer Querschnittslähmung nicht auf. Meine Verwunderung in Worte zu kleiden, wage ich nicht.

Dafür macht Marie keinerlei Umschweife. »Ich ha-be Mul-tip-le Skle-ro-se«, erklärt sie schlicht.

Als ich am frühen Abend dieses Tages zu Hause ankomme, lümmelt sich Clemens, mein Mann, ungeniert auf der Couch im Wohnzimmer. Mit ein paar vorwurfsvollen Blicken kehrt er den zu unrecht Verlassenen heraus, dessen Hungertod unmittelbar bevorsteht. Ich jedoch ignoriere die Gefahr und eile nicht sofort in die Küche, sondern zunächst in unser kleines Arbeitszimmer nebenan. In der unteren Reihe des überfüllten Bücherregals nimmt schon seit Jahren die achtzehnbändige Ausgabe von »Meyers Neuem Lexikon« einen knappen Meter Stellfläche ein. Ich setze mich auf den Teppichboden und greife nach Band neun, von Lyna bis Nazor. Dann blättre ich im umfangreichen Bereich des Buchstabens M herum. Bis ich finde, was ich suche.

»Multiple Sklerose«, steht zu lesen, »Abk. M.S.: Prozeß im Rückenmark und Gehirn, bei dem scharf abgegrenzte Entzündungsherde (mit einem Zerfall der Markscheiden) entstehen. Die Ursache ist letztlich noch nicht geklärt. Der Krankheitsverlauf kann sehr verschiedenartig sein. Zu den häufigsten Symptomen zählen reversible Lähmungserscheinungen an den Gliedmaßen, Gefühlsstörungen (vor allem Taubheitsgefühl und Ameisenlaufen) sowie Zittererscheinungen bei beabsichtigten Bewegungen und Sehstörungen. Eine kausale Behandlung ist noch nicht bekannt, sie beschränkt sich auf symptomatische Maßnahmen.«

»Clemens«, rufe ich laut in Richtung Wohnzimmer, um das Geplärre des Fernsehapparats zu übertönen, »weißt du, was M.S. bedeutet?«

»Nö«, kommt eine zögerliche Antwort von drüben.

»Das ist eine Krankheit, die man nicht einmal dem ärgsten Vermieter wünscht. Das Lexikon sagt indirekt, daß die Medizin noch völlig im Dunkeln tappt, was die Wurzeln betrifft. Das heißt, weder Vorbeugung noch Heilung können zielgerichtet erfolgen. Falls überhaupt.«

»Nana«, schränkt Clemens die Tragweite meiner Schlußfolgerung ein, »da übertreibst du sicher ein wenig. Vergiß nicht, daß das Nachschlagewerk auch nicht mehr das jüngste ist. Übrigens, du bist heute für das Abendbrot verantwortlich. Willst du es ausfallen lassen?«

»Nein, nein«, antworte ich zerstreut. Ein Abschiedsblick auf das Titelblatt des Wälzers in meinen Händen klärt mich darüber auf, daß seine Aktualität tatsächlich in Frage gestellt werden sollte. Redaktionsschluß Februar neunzehnhundertvierundsiebzig. Inzwischen sind neunzehn Jahre vergangen.

»Übrigens«, bemerke ich beiläufig, als wir endlich am Eßtisch sitzen, »heute hat sich herausgestellt, daß ich doch noch ab und zu nach Chemnitz fahren muß.«

»So plötzlich?«

»So plötzlich. Der Zufall hat mir eine neue Aufgabe vor die Füße gerollt. Ein Leben im Abseits. Du, ich glaube, daraus läßt sich ein Mehrteiler zusammenschreiben. Realistisch, aufregend, herzergreifend. Und damit leicht verkäuflich.«

»Vergiß aber nicht, wenigstens ab und zu hier vorbeizukommen«, nörgelt Clemens.

Als ich am nächsten Morgen erwache, fällt mir sofort mein neues Projekt ein. Das Konzept ist schon fertig. Ich werde in Chemnitz ein paar kompetente Leute ausfindig machen – einen Mediziner, einen Sozialwissenschaftler, einen Fachmann für behindertengerechtes Bauen. Vielleicht kann ich den ersten Termin bald aushandeln. Möglichst für ein Gespräch am frühen Vormittag. Denn Zeit für einen Besuch bei meiner neuen Bekannten soll auch bleiben.

Ich ahne nicht, was mir bevorsteht.

1. Kapitel

Im Haus an der Endstation

Das Haus, in dem Marie seit einem Jahr wohnt, ist jünger als sie selbst. Es gilt als Relikt jener noch nicht weit zurückliegenden Zeit, in der einige Bauherren die Meinung verbreiteten, abwechslungsreiche Gestaltungselemente wären Kitsch. Der Vorzug des von architektonischer Einfalt geprägten Ensembles aus vier Betonkästen besteht denn auch in seiner Zweckmäßigkeit. Die lineare Anordnung von Räumen und Gängen begünstigt die Fortbewegung mittels Betten, Rollstühlen und diversen Gehhilfen – was immerhin ganz im Interesse der fast zweihundert Insassen ist. Denn deren einheitliche Problematik wird durch die Eigenschaften alt, krank, gebrechlich bestimmt. Die Büroakten weisen in der Rubrik »Durchschnittsalter« die Zahl Dreiundachtzig aus.

Marie aber ist erst einunddreißig Jahre alt. Sie allein verkörpert im Haus die Eigenschaften jung, krank, gebrechlich. Diese Besonderheit macht sie unter Außenseitern zum Außenseiter. Reißt eine zusätzliche Diskrepanz zwischen Lebensanspruch und Realisierungsmöglichkeiten auf. Zwischen der Fülle der Wünsche und dem

Mangel an Zukunft. Daß Marie das Glück im kleinen sucht, haben sich Krankheit und Gebrechlichkeit längst erzwungen. Die Jugend jedoch beteiligt sich nicht an diesem Komplott; sie will noch immer hoch hinaus.

Aber das Drängen des Übermuts erstickt das Haus im Keim. Denn hinter seinen Mauern gelten andere Werte als davor – Abgeklärtheit, Jenseitsorientierung, Greisengebaren. Selbst mir, der Reiferen, sind sie Fremdlinge. Sie haben die ersten Sorgen in mein Verhältnis zu Marie gebracht. Zu gut weiß ich, daß ihr mysteriöses Leiden im Alleinsein einen üblen Helfershelfer findet.

Schon das Portal des Hauses ist ein Prüfstein für mein feiges Herz. Dort hängt das Schild mit der Aufschrift »Alten- und Pflegeheim«. Mir scheint es eine Warnung zu enthalten. »Achtung«, lauert hinter der sichtbaren Bezeichnung ein unsichtbarer Text, »hier beginnt das Territorium der Verlassenen. Betreten auf eigene Gefahr.«

Diese Gefahr ist eine Frucht meiner Fantasie. Nichtsdestotrotz bedroht sie mich. Läßt die Gladiolen in meiner Hand tänzeln. Zweifel am Sinn meiner Anwesenheit aufkommen. Und ganz tief in meinem Inneren den schäbigen Wunsch nach Umkehr wach werden.

Aber ich weise den Verräter zurecht. Marschiere mit dem Schwung der Selbstverleugnung durch die große gläserne Eingangstür. Bleibe vor der Pförtnerloge stehen. Sage einer fragend aufblickenden Frau, daß mir der Weg zu meiner

Gastgeberin von früheren Besuchen her bekannt sei. Durchquere ein langgestrecktes, wintergartenähnliches Foyer. Biege in einen mindestens ebenso langen Seitengang ein. Klopfe an jene der reinweißen Einheitstüren, die durch die Namen »Genslein/Sauerbrei« gekennzeichnet ist. Und hoffe, daß sich dahinter kein erschreckender Anblick bietet.

Zögernd betrete ich einen hellen, nüchtern wirkenden Raum. Auf dreimal sieben Metern stehen sich zwei Betten, zwei Nachttische, zwei Schränke gegenüber. Die Mitte der Flachmöbelkombination unterhalb der beiden Fenster markiert der Fernsehapparat, das Zentrum des Raumes ein quadratischer Tisch. Die Strenge der gestalterischen Symmetrie wird durch wenige persönliche Gegenstände gemildert, vor allem durch eine elektrische Schreibmaschine. Deren Standort unter dem linken Fenster ist ein ständiger Hinweis auf Maries Bereich. Auch dann, wenn sie nicht, wie gerade jetzt, davorsitzt.

»Guten Morgen, Marie!« flöte ich mit aufgesetzter Fröhlichkeit. »Siehst du, was du willst, das schaffst du auch.«

Dabei fühle ich, daß sich die Unsicherheit in mir zu einem Monster auswächst – vor allem weil mich Inhalt und Tonfall meiner Worte ärgern. Denn darin triumphierte wieder einmal dieser abscheuliche Es-ist-ja-alles-nicht-so-schlimm-Optimismus. Ein Märchen ohne Wahrheitsgehalt. Unangemessen der Tatsache, daß das Lexikon im heimatlichen

Arbeitszimmer noch immer aktuell ist – zumindest was die Informationen unter »Multiple Sklerose« betrifft.

Zum Glück scheint der Kranken meine Taktlosigkeit entgangen zu sein. Ihre Reaktion läßt auf gute Laune schließen. Die blonde Haarflut über der mir zugewandten, von Kopfstützen gekrönten Rückenlehne des Rollstuhls gerät in Bewegung. Linksseitig schießt ein halbnackter Frauenarm wie ein spontan gesetztes Richtungssignal hervor. Und ein freudiger Quieklaut leitet die rhythmisch zerlegten Begrüßungsworte ein: »Ooh, wie schön, daß du schon da bist, Clau-di. Setz dich bit-te. Ich schrei-be nur noch die-sen Brief zu En-de.«

Wenige hastige Schritte bringen mich zu der zittrig dargebotenen Hand. Ich drücke sie erleichtert und konzentriere mich auf Maries Gesicht. Es ist von Anstrengung gezeichnet. Von der Mühe eines Gefangenen, der sich seiner Fesseln zu entledigen versucht. Die Freiheit am Ende doch nicht erlangt. Und immer wieder darum kämpft.

»In Ordnung«, entgegne ich zufrieden, denn Maries Aktivität ist ein gutes Zeichen. Solange sie schreibt, hofft sie. Ich gebe die Hand wieder frei und füge beruhigend hinzu: »Ich stelle inzwischen die Blumen ins Wasser. Übrigens sehe ich dich heute zum erstenmal mit Brille. Sie kleidet dich.«

Während ich zunächst im Schrank herumkrame und dann zum Waschbecken gehe, betastet mein Blick Maries leicht gekrümmte Gestalt.

Spuren neuerlichen Verfalls sind nicht zu entdecken. Oder täuscht mich der erste Anschein? War der Eindringling doch wieder am Werk? Ermuntert ihn der makabre Erfolg, den Lebensstrom der Beine zu blockieren, zu immer hastigerem Vorgehen?

»Wun-der-schön«, bedankt sich Marie, als ich eine große Glasvase mit den Gladiolen neben die Schreibmaschine stelle. Dabei hebt sie die linke Hand, berührt eine der orangefarbenen Blüten und überträgt auf die Auserwählte ein Beben. Es ist heftiger als zu erwarten war.

Auch Maries Arme erregten längst die Gier des Eindringlings. Aber sein Einfluß auf dieses Territorium ist eingeschränkt. Hier stehen hohe Barrikaden des Widerstandes. Denn Marie macht sich stark und übt sich in Notwehr. Ihr täglicher Drill ist hart. Anspannen, lockerlassen, heben, senken heißen die Befehle. Jeder einzelne ist eine Verteidigungsmaßnahme.

Für gezielte Tätigkeiten hat Marie eine besondere Taktik entwickelt. Die linke Hand, da sie mehr kann als die rechte, muß die Führung übernehmen. Sie packt die noch unbeholfenere Partnerin am Gelenk und dirigiert sie zum Handlungsobjekt. Als solches ist nicht jeder Gegenstand geeignet. Sein Gebrauch darf keine zu hohen Anforderungen an die motorischen Gegebenheiten Maries stellen. Sonst wäre das ganze Vorhaben von vornherein zum Scheitern verurteilt.

Maries manuelle Fertigkeiten sind deshalb schnell erschöpft. Das Halten eines leichten Gefäßes, das Öffnen d´er Tasche, das Drücken von Knöpfen bezeichnen das ganze Repertoire. Es schließt nur allzuviele Möglichkeiten aus – selbständig zu essen und zu trinken, sich zu waschen und anzukleiden, in den Rollstuhl zu gelangen und die Toilette zu benutzen. Die Grenzen um Maries Bewegungsfreiheit sind sehr eng gezogen. Sie bezeichnen den Spielraum eines Kerkers. Dessen widerspenstige Insassin es darauf anlegen muß, Mauern zu verrücken. Weil die Gier ihres grausamen Bezwingers sonst ungeahndet bliebe.

»Wenn du es möchtest, helfe ich dir«, bringe ich mich nach einiger Zeit möglichst beiläufig in Erinnerung. Mein Angebot ist allein der Tatsache anzulasten, daß Marie schon mindestens den zehnten Versuch unternimmt, ein Blatt Papier einzuspannen. Wieder ohne Erfolg. Bevor ich eine abschlägige Antwort bekommen kann, setze ich mein Vorhaben in die Tat um. Eins, zwei, drei, fertig. Innerlich bange ich um den Ausgang der winzigen Episode. Sie könnte als unangebrachter Hinweis auf körperliche Unvollkommenheit verstanden werden. Doch gottlob bleibt der Friede erhalten.

Marie neigt zu Depressionen. Aber sie weiß, daß sie ihr stets weitere physische Nachteile einbringen. Deshalb ist sie bemüht, ihre Stimmungen zu steuern – weg von der Resignation, hin zum Kampfesmut. Manchmal, mit zerstörerischer Absicht, auch umgekehrt. In jedem Fall aber trifft die Kranke ihre Entscheidungen zielgerichtet. Stets sind sie das Produkt eines uneingeschränkten, beweglichen Verstandes. Als ob die Natur körperliche Mängel durch geistigen Überfluß wettzumachen beliebte.

Sowie durch wirkungsvolle Überbleibsel eines attraktiven Äußeren. Maries Gesicht ist von einer Schönheit, die sich schwer begründen läßt. Schon gar nicht mit dem Vorhandensein voller Lippen und himmelblauer Augen. Eher mit einem einmalig berührenden Ausdruck dieser Vorzüge. Denn die Kranke verfügt über das durch leidvolle Erfahrungen geschliffene Talent, ihre Seele sprechen zu lassen, ohne Worte zu verlieren.

Nichtsdestotrotz kann Marie auch laut werden. Heute weiß ich, daß sie nicht nur lachen, sondern auch weinen, knurren, fauchen, schreien kann. Daß sie ihre Meinung in demonstrative, aggressive, provozierende Vokabeln zu kleiden vermag. Und ich glaube sogar, den wesentlichen Grund für dieses Imponiergehabe zu kennen.

Marie braucht eine respektable Hülle. Sie verleiht ihr den Abglanz eines gesunden Menschen. Eines achtunggebietenden Menschen. Eines Mitglieds der Durchschnittsgemeinschaft, der die Kranke unweigerlich zu entgleiten droht. Von der sie bereits tausend Erschwernisse trennen.

Noch ist die Trennung nicht vollzogen. Noch gibt es Bindungen zwischen Marie und der Menge der Gesunden. Zwischen Einsamkeit und Gebrauchtwerden. Zwischen Sterben und Überleben. Aber der Verfall ist schon programmiert.

Der Zusammenbruch einer überforderten Beziehung. Das Ende ohne Happyend.

Weiter wage ich meine zwanghafte Vision nicht zu vervollständigen. Ich hasse ihre Logik. Denn ich will keine negative Story schreiben. Und schon gar nicht erleben. Ich brauche einen positiven Ausgang der Entwicklung. Mündend in eine neue Gemeinschaft, in der Maries Siege und Niederlagen Allgemeingut sind. In der sie starke Verbündete findet. Mit deren Hilfe sie ihrem ärgsten Widersacher erfolgreich entgegentreten kann.

»Gleich fer-tig«, trällert Marie.

»Ich habe es heute nicht eilig«, entgegne ich, Gleichmütigkeit demonstrierend. Ich blicke ihr über die Schulter und bewundere ihre Geduld. Wie üblich erfaßt Marie mit der linken Hand die rechte und versucht, deren ausgestreckten Zeigefinger auf ein Ziel zu fixieren. Das ist ein Buchstabe der Tastatur. Bevor ich mich abwende, schaue ich auf das Blatt Papier, das zwischen Walze und Halterung klemmt. Die obere der sichtbaren Schriftzeilen enthält die Anrede »Meine lieben, lieben Kinder!«

Nun wird mein Blick von der linken Stirnwand des Zimmers angezogen. Dort hängen dicht nebeneinander zwei große farbige Porträtfotos. Das eine zeigt ein etwa achtjähriges Mädchen, das andere einen etwa vierjährigen Jungen. Beide Kinder sind ebenso blond, ebenso blauäugig und ebenso hübsch wie Marie. Selbst das Grübchen, das auf der linken Wange der Kranken erscheint, wenn sie lächelt, findet auf den Bildern zwei merkwürdig korrekte Nachahmungen. Als wolle die Vorsehung Marie zu Lebzeiten schon ein Denkmal setzen.

Wie klug von der Vorsehung, stelle ich anerkennend fest. Dann schicke ich meine Fantasie auf einen Sprung zu einer unbekannten jungen Frau. Sie soll eine grazile Gestalt und dunkles Haar haben. Und Maries Kinder als ihre eigenen ausgeben. Sie der leiblichen Mutter entfremden. Weil diese sich gegen den Identitätsverlust nicht mehr wehren kann. Weil diese von ihrem Zuhause achtzig Kilometer weit weggebracht wurde. Weil diese nur noch einen einzigen sichtbaren Beweis ihrer Mutterschaft ständig bei sich trägt – die Ähnlichkeit mit einem kleinen Mädchen und einem noch kleineren Jungen.

Sie heißen Mareike und Markus. Ihnen gelten Maries schmerzlichste Sehnsüchte, schreibt sie die meisten Briefe, gibt sie die ehrlichsten Versprechen – neuerdings auch das wichtigste, am Leben zu bleiben. Trotz alledem.

Die beiden Kinder sind die Basis für den Mut, den dieser Entschluß fordert. Allein ihretwegen will Marie leben. Obwohl sie Sterben für leichter hält. Weil es ihre körperlichen und seelischen Qualen einschläfern, die Gleichstellung mit anderen Sterbenden verschaffen würde – Armen und Reichen, Behinderten und Nichtbehinderten. Weil sich ihr der Tod als zuverlässige Zuflucht präsentiert. Als edler Freund. Als schöner Traum, der Wirklichkeit werden muß. Früher oder später. Wer weiß.

»Otto schaut heute fröhlich in die Welt«, bemerke ich mit einer gewissen Anzüglichkeit. Marie schweigt.

Seufzend trete ich an das hochbeinige Bett auf der linken Seite des Zimmers und nehme vom Wandbord ein abgewetztes Stofftier. Marie liebt es, weil es von stürmischen Gunstbeweisen ihrer Kinder gezeichnet ist. Das Spielzeug soll als wuscheliger Chow-Chow-Hund unter dem Weihnachtsbaum anno neunzehnhundertfünfundachtzig gelegen haben. Heute behauptet Marie, es sei eine Siamkatze geworden. Obwohl ich schwören könnte, daß es einem Rhesusaffen ähnelt. Der Name Otto allerdings ist anpassungsfähig.

Ich gebe dem Entwicklungswunder einen kleinen Stups und betaste seinen Rücken. Wie erwartet, rutscht mein rechter Mittelfinger dort in eine Vertiefung. Sie hat die Größe des Schraubverschlusses einer Dreiviertelliterflasche und rührt von einem kindlichen Experiment her. Otto sollte einst in der gefüllten Badewanne das Schwimmen lernen. Doch bevor er sich auch noch zum Fisch qualifizieren konnte, sackte er ab und ging auf Grund. Als er, bleischwer, wieder an die Luft befördert wurde, riß ihm der Angelhaken, an dem er hing, eine häßliche Wunde in das synthetische Fell.

Hinter Maries Zuneigung zu dem lädierten Gesellen spüre ich so etwas wie Partnerschaftsbewußtsein. Solidarität mit einem Leidensgefährten, der Verständnis erwarten darf. Von dem Verständnis zu erwarten ist. Beispielsweise für schwerwiegende Geheimnisse, die man mit keinem Menschen teilen kann.

Vor fünf Monaten avancierte Otto zum Verschwörer. Wochenlang nahm er Abend für Abend in seinem Rücken zwei winzige Schlaftabletten auf. Bis die Sammlung vierzig Stück betrug. Eines Nachts klopfte Marie das Maskottchen über einem Limonadenglas aus. Wartete, bis sich Tabletten und Flüssigkeit vermischt hatten. Nahm das Gefäß in die linke Hand. Und begann zu trinken.

Aber es gelang ihr nur ein einziger Schluck. Dann wurde die Belastung für die Arme, auf die sie sich stützen mußte, zu groß. Sie gaben nach, das Glas fiel zu Boden. Die Nachtschwester hörte es und schlug Alarm. Am nächsten Tag wurde der Suizidversuch unter dem aufgeregten medizinischen Personal gründlich ausgewertet und eine alte Anweisung neu formuliert: »...ist grundsätzlich zu vermeiden, daß der Patient in die medikamentöse Behandlung eingreifen kann...« Marie hatte die verordneten Tabletten stets nur in den Mund genommen und ohne Zeugen wieder ausgespuckt. In Ottos Fellwunde.

»Weil ich ihn in Ru-he las-se«, kommt von Maries Lippen eine späte Antwort. Auch diese ist anzüglich.

Wenn Marie das Stofftier in der Hand hält, entsteht auf ihrem Gesicht zumeist ein Lächeln. Es ist rätselhaft. Es zeigt mir meine Hilflosigkeit – gefördert durch die Erkenntnis, daß ich Marie auf ihren inneren Wegen nicht zu folgen vermag. Daß ich ihr dort auch nicht helfend zur Seite stehen kann, weil sie mich ahnungslos zurückläßt. Weil sie lieber Otto zu Rate zieht, der offensichtlich mehr weiß als der Rest der Welt.

Bei aller Unruhe aber akzeptiere ich, daß Marie manchmal eigene Wege zu gehen verlangt. Sie ist klug, sie ist mündig. Ich muß ihr das Recht zuerkennen, ihre Entscheidungen allein zu treffen. Oder gemeinsam mit einem Stofftier.

Meine theoretische Akzeptanz reicht also ziemlich weit. Aber ihr praktisch treu zu bleiben, das ist eine ganz andere Sache. Das würde eine zu deutliche Abkehr von konventionellen Verhaltensweisen erfordern. Willensstärke verlangen, die ich nicht aufzubringen vermag. Das Limonadenglas mit der todbringenden Mixtur hätte auch ich der Kranken weggenommen. Nicht ohne meine körperliche Überlegenheit skrupellos auszunutzen.

In den drei Monaten, die ich Marie kenne, habe ich auch mich selbst besser kennengelernt. Jetzt bemerke ich, wie beiläufig ich Schritte tue, die von der Hilfe zur Gängelei führen. Von der Empfehlung zum Zwang. Von der Achtung zur Entmündigung. Ich erkenne, wie wenig solche Schritte den Gesunden kosten. Daß sie ihm sogar etwas einbringen können – den billigen Schein von Menschlichkeit. Begehrt, weil kleidsam.

Das Wissen um die Gefahren der Eitelkeit belastet mein Verhältnis zu Marie. Hemmt meine Hilfsbereitschaft. Behindert meine Spontaneität. Läßt mich Worte und Taten viel zu lange abwägen, um noch von großem Wert zu sein. Macht mich klein und ängstlich. In dieser Zwangslage ist Marie die Klügere von uns beiden. Sie hat mich längst durchschaut. Und meine Berührungsprobleme als lösbar eingeordnet. Vom allerersten Tag an. So verhilft die Kranke der Gesunden zu schwerelosen Umgangsformen. Indem sie Irrtümer lächelnd aufklärt, Wünsche schlicht beim Namen nennt, Verhaltensschnitzern wenig Bedeutung beimißt. Sonst hätten wir beide wohl kaum eine Chance, voreinander zu bestehen.

»Clau-die«, bremst Maries munter klingende Stimme meine Gedankengänge. »Du schaust dich wohl von in-nen an wie im Mai auf der Bank?«

»Ja, so ähnlich«, gebe ich zu und setze mich auf einen Stuhl an Maries rechter Seite, mein Gesicht dem ihren gegenüber. »Übrigens, was ich dich schon längst einmal fragen wollte: Wer hat dir damals nach meinem überstürzten Aufbruch eigentlich über die Bordkante auf der anderen Straßenseite geholfen?«

»Nie-mand. Sol-che Klei-nig-kei-ten schafft mein Rol-li doch al-lein. Es sei denn, ich möchte Be-kannt-schaf-ten schlie-ßen.«

»Na, so ein Schlitzohr. Da haben wir deinem Rolli ja einen Schwächeanfall zur rechten Zeit zu verdanken. Was zeigt denn heute das Tachometer an?«

»Vier-hun-dert-zwei-und-zwan-zig Ki-lo-meter.«

»Nur? Dann warst du in den letzten Tagen aber selten unterwegs. Na, kein Wunder, das Wetter macht dem Spätsommer keine große Ehre.«

Es stellt sich jedoch heraus, daß Marie zu viel im Zimmer zu tun hatte. Einige behördliche Angelegenheiten mußten geregelt werden. Auf der braunen Mappe mit der Aufschrift »Korrespondenzen« liegen mehrere Papiere jüngeren Datums, Kopien offizieller Mitteilungen und ausgefüllter Formulare. Im Umgang damit übt sich die Kranke allenthalben. Der Not gehorchend.

Marie hat auch noch einen juristischen Kampf auszufechten – gegen die Gefahr, ihre letzte gültige Habe zu verlieren, ihre Kinder. Besser gesagt, einen kleinen, bescheidenen Anteil an ihnen. Das Recht, sie einmal im Monat zu sehen, zu berühren, zu küssen. Wie es einer Mutter zukommt, selbst einer schwerkranken.

So sollte man denken. Doch zumindest einer denkt anders. Und handelt entsprechend. Er heißt Martin Sauerbrei und ist Maries sichtbarer Widersacher, der nicht weniger hart als der unsichtbare sein kann. Obwohl er Marie einst seinen Namen gab. Obwohl sie damals seine große Liebe gewesen sein soll.

Jetzt jedenfalls ist sie es nicht mehr. Jetzt ist sie seine Feindin. Eine Frau ohne Körper. Ein Gegenstand ohne Wert. Ein Hindernis auf dem Weg zu neuen Lieben. Ein Wechsel, der sich als ungedeckt erwies. Ein Grund, zu hassen und deshalb an Maries geschwächter Substanz ein weiteres zerstörerisches Werk zu vollbringen – mit großer Wirkung, denn die Pfeile des Martin Sauerbrei treffen stets ins Schwarze.

Nun steht nur noch die eine Niederlage aus,

die er, der Gegner, emsig vorbereitet – mit Waffengeklirr und Siegesparolen. Die Kriegserklärung besorgte ein Brief vom März. Er stelzte mit amtshochdeutschem Vokabular zu Marie. Als mächtiger weiser Rabe, der die vorwitzige kleine Meise in ihre Schranken weist. Unter besonderer Bevorzugung der Wörter »Güterrecht«, »Zugewinnausgleich«, »Haushaltsteilung«. Ziel des sogenannten »Appells an die Vernunft der Gegenpartei meines Mandanten« war die »Zustimmung zu einer einverständlichen Scheidung«. Sowie »zur Annahme einer Vergleichszahlung«.

Das Grundmuster für Maries Zukunft war somit entworfen. Es sollte im wesentlichen aus den Elementen Opferbereitschaft, Selbstaufgabe, Wunschlosigkeit bestehen. Vor allem aber aus dem Verzicht auf die Kinder. Denn von den jüngsten Beteiligten der »Zugewinngemeinschaft« war nicht die Rede. Sie sollten der »Lösungsproblematik auf der Grundlage des üblichen Rahmens des Bürgerlichen Gesetzbuches« gar nicht erst zugeordnet werden. Weil der selbstbewußte Mandant sie ohnehin als sein alleiniges Eigentum betrachtet.

Marie, gewöhnt an die Erfahrung, am kürzeren Hebel zu sitzen, ging jenes Wagnis mit Otto ein. Es scheiterte und ließ eine neue Marie zurück. Die sich ebenfalls einen Anwalt nahm. Die Scheidung ablehnte. Den Kampf um Mareike und Markus eröffnete – um ein kleines Stück Mareike und Markus. Um ein zwölfmaliges Zusammensein im Jahr. Um den Sinn eines zur Unsinnigkeit schon verdammten Lebens.

Auf den Ausgang der bürokratischen Gefechte blicke ich mit Bangen – obwohl ich davon überzeugt bin, daß Maries Anspruch als berechtigt anerkannt werden wird. Meine Bedenken gelten einer anderen Gefahr. Der Möglichkeit, daß sich Maries Erfolg als Farce entpuppt. Daß die beiden kleinen Hoffnungsträger dem Anspruch der Umstände nicht gewachsen sind. Daß Zeit und Entfernung längst Fremde aus ihnen machten, eine glückliche Vereinigung so und so ausschließend.

Die Zeiger der Uhren bewegen sich gegen Marie. Vermutlich hat sie das erkannt, nimmt die Herausforderung zum Wettlauf an und schreibt, schreibt, schreibt. An die Kinder, an den Anwalt, an Behörden. Diese verzweifelten Aktionen hatten bisher zwei Erfolge. Der eine bestand in einer Ansichtskarte aus Österreich, deren schmerzhaften Text Marie auswendig gelernt hat: »...und dann sind Papa, Tante Anita, Markus und ich auf einen hohen Berg geklettert ... Deine Mareike«. Der andere Erfolg war ein erstmaliger Besuch der Kinder im Heim. Aufgrund einer »Einstweiligen Verfügung«.

Mareike und Markus kamen in den Schulferien, hatten es aber trotzdem sehr eilig. Denn draußen vor der Tür saß der Papa und schaute ungeduldig auf die Uhr. Die Kinder wußten das, denn in ihren Köpfen wirkte sein Versprechen nach: »Wenn ihr euch beeilt, gehen wir noch auf den Rummel.« Dagegen konnten Maries Seifenblasen wenig ausrichten. Und noch weniger ihre Küsse, die sich ohnehin nur noch der Kleine gefallen ließ.

Marie glaubt trotzdem an die Macht ihrer mütterlichen Liebe. An die Notwendigkeit, sich ihren Kindern zu erhalten. Gegenwärtig. Was aber wird in einem Monat sein? Oder in einem Jahr? Ist die letzte seelische Stütze dann noch tragfähig? Gibt es einen Ersatz für alle Fälle?

Die beunruhigenden Fragen finden keine Antwort. Um meine Nervosität zu vertuschen, krame ich in meiner Tasche herum – bis ich zwei kleine, in mehrfarbiges Papier gehüllte Päckchen in Händen halte. »Ach, du meine Güte«, rufe ich erleichtert und lege die beiden Gegenstände neben die Schreibmaschine. »Beinahe hätte ich meine Mitbringsel für Mareike und Markus vergessen. Du hast mir doch geschrieben, daß sie dich demnächst zum zweitenmal besuchen werden.«

»Ja«, sagt Marie, »in drei Ta-gen.« Dabei strahlt sie, als ob ihr erstes Stelldichein bevorstünde und ihr Glück schon besiegelt sei.

Obwohl ich die Willfährigkeit dieses Glücks beargwöhne, komme ich nicht umhin, seine illusorische Wirkung zu registrieren. Marie sieht heute außergewöhnlich gut aus. Ihre Augen blitzen, ihr Mund lächelt, ihre Wangen sind gerötet. Als hätte sie vom Wasser des Lebens getrunken.

Soviel ich weiß, enthält Maries medizinische Behandlung im Heim eine Fülle von physiotherapeutischen und medikamentösen Maßnahmen. Täglich muß die Kranke mehr als zwanzig Tabletten schlucken. Sie stellen eine Kombination pharmazeutischer Bausteine für einen körpereigenen Schutzwall dar. Hinter dem Marie zwar weiterleben kann, der allein aber keine blitzenden Augen, keinen lächelnden Mund und keine roten Wangen erzeugt.

Diesen gewissen Hauch von Wohlbefinden können ausschließlich Menschen auf Maries Gesicht malen. Menschen, die Interesse zeigen, Achtung, Mitgefühl, Zuneigung. Die hellen, bunten Alltag in das eintönige Dasein zwischen Bett und Rollstuhl bringen.

Kontakte, Abwechslungen, Ermunterungen. Das sind die Pharmazeutika für einsame Herzen, die Prophylaktika gegen drohende Rückfälle in die Verzweiflung. Wenn man sie doch einfach verordnen könnte wie Medikamente oder Leibesübungen. Dann wäre der Blick in Maries Zukunft längst nicht mehr so verstellt wie jetzt.

Vor mein inneres Auge lasse ich die wenigen Besucher treten, die sich ab und zu auf den Stühlen neben dem Rollstuhl niederlassen. Dreimal in der Woche die Eltern, denen der bittere Werdegang der Tochter den optimistischen Schwung längst geraubt hat. Einmal im Monat ich, die ich nicht weiß, wie lange ich diesen Rhythmus noch aufrechterhalten kann. Noch seltener Markus und Mareike. Unter dem Strich dieser Rechnung stehen bedeutend weniger Besuchs- als Kalendertage. Und der Unterschied zwischen abwechslungsreich und einsam verbrachten Stunden fällt noch krasser aus.

Wo sind sie eigentlich geblieben, die Freunde, Bekannten, Verwandten, die noch vor wenigen Jahren Maries Nähe sehr schätzten? Die vielleicht nicht ahnen, wie sehr sie gebraucht werden? Denen vielleicht ein Wink genügen würde, um zu verstehen?

»Marie«, versuche ich, das Gespräch wieder zu beleben, »deine Kinder werden sich freuen. Du sprichst flüssiger als noch vor kurzem.«

»Ja«, bestätigt Marie meine Feststellung stolz, »ich ha-be oft ge-übt. Nachts sin-ge ich jetzt immer.«

»Und damit ist Frau Genslein einverstanden?« wundere ich mich und werfe einen Blick auf das Bett in der gegenüberliegenden Zimmerhälfte. Erst jetzt fällt mir die außergewöhnliche Ordnung auf, die dort herrscht.

»Ihr ist es ge-gen-wär-tig e-gal«, winkt Marie ab, »Frau Gens-lein liegt im Kran-ken-haus. Sie be-kommt ei-nen Herz-schritt-ma-cher.«

»Dann können wir ja auch in der Zeit zwischen zwölf und vierzehn Uhr im Zimmer bleiben. Keine Frau Genslein, keine Mittagsruhe. Bei diesem Wetter ist das ein Segen.«

Wie zur Bestätigung meiner Worte beleuchtet plötzlich ein Blitz die trübe Szenerie außerhalb des geöffneten Fensters. Mit hektischen Bewegungen umarmen sich dort eine Birke und eine Fichte. Im Zimmer werden die Blätter auf der braunen Mappe lebendig. Während ich sie schnell mit einem der bunten Päckchen zügle, donnert es. Dann erst trippeln die ersten Regentropfen. Bis ihr zaghafter Auftakt in ein gewaltiges Rauschen mündet.

Ich springe auf und schließe das Fenster. Im selben Moment wird hinter meinem Rücken die Tür geöffnet. Die melodische Stimme von

Schwester Anja, einer jungen, zierlichen Person mit fuchsrotem Pferdeschwanz, schwingt im Raum. »Alles in Ordnung?« fragt sie freundlich wie immer. »Soll ich das Licht einschalten? Nein? Na gut, die Teller werden Sie schon noch erkennen.«

Marie und ich haben uns zu der Sprecherin herumgedreht und schauen zu, wie sie das Tablett mit dem Mittagessen für die Patientin auf dem kleinen Tisch in der Mitte des Zimmers absetzt. Ich brauche nicht auf die Uhr zu sehen, um zu wissen, daß es jetzt elf Uhr dreißig ist. Fütterungszeit, wie sich Marie auszudrücken pflegt.

»Lassen Sie ruhig mich das machen«, sage ich zu Schwester Anja, »Sie wissen doch, ich bestehe darauf, daß Marie etwas ißt.«

»Oh, danke«, entgegnet die Angesprochene verlegen und erfreut zugleich, winkt abschiednehmend und schlüpft zur Tür hinaus. Marie und ich schauen uns vielsagend an. Wir kennen das umfangreiche Arbeitspensum des medizinischen Personals.

»Hacksteak mit Kartoffelbrei«, rufe ich in Maries Ohr, um das heftig gewordene Donnergrollen zu übertönen. »Magst du das?«

»Na ja, es geht.«

Während ich Marie den gefüllten Löffel vor den Mund halte und sie im entscheidenden Moment danach schnappt, komme ich mir wie eine Vogelmutter vor. Alle ihre Kinder sind schon flügge. Ausgenommen dieses eine, das niemals mehr ein Nestflüchter werden wird. Obwohl es einst die besten Voraussetzungen von allen Nachkömmlingen besaß.

Einst, einst, einst. Das Wort erzeugt Bilder, die mir Marie gemalt hat. In den Farben einer Zeit, die noch nicht lange zurückliegt. In der der gestrandete Vogel vor mir alles konnte, was ihm heute verwehrt wird: hüpfen, schwimmen, singen. Und natürlich fliegen.

»Hörst du denn nicht? Mir reicht es!« posaunt Marie, während ich ihr noch immer den gefüllten Löffel hinhalte. »Mei-net-we-gen kannst du so ste-hen-blei-ben und dich für die Nach-welt in Stein hau-en las-sen. Als Sa-ma-ri-te-rin.«

Später, nachdem Schwester Anja das Geschirr längst hinausgetragen hat, öffne ich das linke Fenster wieder. Birke und Fichte stehen gesittet im neuentflammten Licht des Mittags, das sie mit Tausenden Brillanten schmückt.

»Gibt es sonst noch etwas Neues?« frage ich wie bei jedem meiner Besuche im Heim.

»Nur das Üb-li-che.«

»Aha, die Eltern, der Fischteich, das Fernsehprogramm.«

»Ge-nau.«

»Und von Freundin Iris und Cousin Tristan und Nachbarin Schickedanz noch kein Lebenszeichen?«

»Na-tür-lich nicht.«

»Wieso natürlich?«

»Na, die den-ken doch al-e, in mir tickt ei-ne Bom-be. Wenn man dar-an rührt, ex-plo-diert sie. Wumm. Al-so lie-ber Ab-stand hal-ten.«

Maries Stimme verrät eher Gleichmut als Spott oder gar Bitterkeit. Aber ihre Augenlider zucken, als müßten sie einen Fremdkörper abwehren.

»Du meinst also«, versuche ich die drastische Antwort als belanglos hinzustellen, »anderen geht es genauso wie dir. Denk mal Jahre zurück. An deine Begegnung mit der blinden alten Frau. Du bist vor ihr geflüchtet. Und warum? Weil du glaubtest, sie würde dir dein Augenlicht wegnehmen.«

»Ich war ein Kind. Ich hat-te e-ben Angst.«

»Angst können auch Erwachsene haben.«

»Und ü-ber-win-den. Mit Ver-stand.«

Maries Worte klingen eindringlich. Ich fürchte den Verlust von Heiterkeit, die die Oberfläche unserer Debatte bisher so wohltuend glättete. Deshalb bin ich erleichtert, daß wir plötzlich wieder gestört werden. Ein rasselndes Geräusch nähert sich. Durch die Tür rudert Schwester Ingeborg. Sie ist etwa vierzigjährig, groß, kräftig und strahlt Betulichkeit aus. Während sie lachend grüßt, schiebt sie ein kranartiges Metallgestell zum Bett.

Das Gerät wird Lifter genannt. Am Ausleger seines Schwenkbolzens hängt eine Vorrichtung, die dem Sitz eines Kettenkarussels ähnelt. Damit wird Marie täglich mehrmals vom Bett in den Rollstuhl und vom Rollstuhl in das Bett gehoben. Das mechanisch zu betreibende Gerät macht menschliche Körperkraft nur zum Teil überflüssig.

»Vierzehn Uhr«, trompetet Schwester Ingeborg signalartig. Ich fühle mich aufgefordert hinauszugehen. Im Türrahmen stoße ich mit einem etwa zwanzigjährigen weißbekittelten Mann zusammen. Ich kenne ihn; er heißt Steffen und absolviert im Pflegeheim seinen Zivildienst. Medizinische Hilfe sei wichtiger als militärische, meint er. Wenn auch schwerer zu leisten.

Bevor ich die Tür schließe, schicke ich vom Gang aus noch einen prüfenden Blick zu Marie. An Steffens rechter Schulter vorbei lächelt sie mir zu, sphinxähnlich, ironisch, überlegen. Mir fällt ein, daß sie einmal zu mir gesagt hat: »Scham ist ein Ballast, der mir zu schwer geworden ist. Also habe ich ihn abgeworfen.«

Ein andermal sprach sie von der Spaltung ihrer Persönlichkeit in zwei Lager. Davon, daß sie allein Verstand und Gefühl noch als ihr Selbst betrachten, daß sie sich bei Bedarf damit auf und davon schwingen würde – weit weg von dem geschundenen, deformierten, fremdgewordenen Körper mit seinen biologisch bedingten Ansprüchen. So bin ich mir denn wenigstens sicher, daß Marie jetzt nicht leidet. Zumindest nicht durch die unumstößliche Tatsache, daß sie gereinigt, gepudert, gewindelt werden muß. So als wäre sie ein monströser Säugling.

Ich schlendre zum Ende des halbdunklen Ganges. Dort gibt es ein großes französisches Fenster mit Sicht auf die von Grünanlagen und Betonplattenhäusern gesäumte Straße. Genau gegenüber befindet sich die Endstation der Buslinie. Das bewegliche Bild wartender, ein- oder aussteigender Fahrgäste ist für die Insassen der

Rollstuhlstation von besonderer Anziehungskraft. Deshalb finden sich vor dem großen französischen Fenster meistens mehrere mobile Patienten zum Plausch zusammen.

Jetzt aber hebt sich von dem hellen, rechteckigen Hintergrund nur ein einziges Gefährt ab. Nähertretend erkenne ich, daß Walter Wagner darin sitzt. Er und Marie sind befreundet – seit jenem aufregenden Tag, als die Nachricht von ihrem Suizidversuch im Heim die Runde machte. Walter Wagner ist achtundsechzig Jahre alt und seit seinem siebenten Lebensjahr durch eine besonders aggressive Form spinaler Kinderlähmung schwerbehindert. Allein ihm gelang es damals, der Verzweifelten in überzeugender Weise Trost zu spenden. Er schickte ihr einen Strauß roter Tulpen mit einer schriftlichen Empfehlung: »Sterben kannst Du immer noch – wenn es wirklich nichts mehr zu versäumen gibt.«

In der Folgezeit wußte es Walter Wagner so einzurichten, daß er für Marie zum Beschützer wurde. Meistens begleitete er sie bei ihren gewagten, manchmal sogar halsbrecherischen Ausflügen in die Stadt – nicht selten kopfschüttelnd, denn der Drang der Jüngeren, Gefahr herauszufordern, ist ihm längst unverständlich geworden. Die Hinterlassenschaft seiner Krankheit ist fast konstant. Sie erlaubt ihm, seine physischen Möglichkeiten genau einzuschätzen. Maries physische Möglichkeiten dagegen sind ungewiß veränderlich, tragfähig oder nicht. Jeder Tag ist ein neues Experiment. Wer kann dieses Phänomen schon begreifen?

»Guten Tag«, sage ich mit einer gewissen Vertrautheit, »rauchen wir eine?« Dabei hole ich aus der Tasche meines Leinenblazers eine Zigarettenschachtel, öffne sie und halte sie dem Mann im Rollstuhl entgegen.

»Aber immer«, entgegnet er sichtlich erfreut, nimmt mit einer seiner nach innen gekrümmten Hände mühsam eine Zigarette entgegen und setzt mit der anderen schon das Feuerzeug in Gang. »Nur bilde ich mir ein, daß Sie sich das Gequarze abgewöhnen wollten.«

»Das will ich immer noch«, verspreche ich augenzwinkernd.

»Hallo, wie geht's?« ruft es etwas später über den Gang. Ich wende mich vom Fenster ab und sehe, daß mir Silvia Adler, Maries Physiotherapeutin, zuwinkt. Ihre große, schlanke und dennoch kräftige Gestalt hebt sich auffallend schön und gesund von der kleinen Patientengruppe ab, in deren Mitte sie steht. Bis sie sich herauslöst und auf mich zueilt.

»Zehn Minuten habe ich noch«, sagt Silvia Adler, »im Foyer ist jetzt freie Platzwahl. Die meisten Patienten sind im Garten. Rauchen Sie?«

»Nein«, antworte ich ohne Überzeugung.

»Schon immer oder erst seit kurzem?«

»Seit kurzem.«

»Was heißt das?«

»Das heißt, seit eben.«

»Also verschieben wir den Beginn Ihrer Abstinenz von heute auf morgen. Einverstanden?«

»Einverstanden.«

Ich registriere, übrigens nicht zum erstenmal, daß mich Silvia Adlers persönliche Ausstrahlung gefangennimmt. Eine Kombination von Verbindlichkeit, Geradlinigkeit, Entschiedenheit. Dazu gehört ein Lächeln, das aufzumuntern vermag. Das die zumeist harten Forderungen an die Kranken als hilfreich erkennen läßt. Silvia Adler arbeitet schwer und dehnt ihren Pflichtenkreis bewußt aus, ohne daß sie sich von irgend jemandem ausnutzen läßt. Sie liebt ihre Patienten, und die Patienten lieben ihre Physiotherapeutin. Sie ist dreiunddreißig Jahre alt.

»Wie machen Sie das nur?« frage ich unvermittelt und setze mich neben meine Gesprächspartnerin auf eine der Polsterbänke.

»Was?« fragt sie und schaut mich aufmerksam an. Ihre Augen sind grau und zeugen von Müdigkeit.

»Daß Sie mit den leidenden Menschen so selbstverständlich umgehen können. Fast gelassen.«

»Ganz einfach. Ich stelle nicht das Leid in den Vordergrund, sondern das Menschsein. Die Persönlichkeit mit ihrer Würde, ihren individuellen Eigenschaften.«

»Aber die Zeichen des Alt- und Krankseins sind ja nun beim besten Willen nicht zu ignorieren.«

»Im Gegenteil, sie stehen vor der Persönlichkeit wie eine Mauer. Und die versuche ich soweit wie möglich abzutragen. Damit der Mensch dahinter zum Vorschein kommen kann.«

»Und wie gehen Sie mit ihm um?«

»Distanziert. So wie es zwischen gleichberechtigten Partnern üblich ist. Wie zwischen uns beiden.«

»Braucht aber der Kranke nicht auch die Nähe anderer?«

»Sicher, aber nicht unbedingt meine. Ich muß mir den Blick für die Realität freihalten. Das könnte ich nicht unter den Bedingungen einer engen Beziehung. Dafür sind andere zuständig – Verwandte, Bekannte, Freunde.«

»Nur daß sie sich oft nicht zuständig fühlen.«

»Ja, leider. Aber über dieses Problem können wir heute nicht mehr sprechen. Ich muß an die Arbeit. Tschüß. Auf bald.«

Silvia Adler steht auf, wirft den Rest der Zigarette in den nächsten Abfallbehälter und eilt davon. Am Ausgang zum Garten dreht sie sich noch einmal zu mir um und hebt grüßend die Hand.

Ich schaue mich um. Im Foyer ist es still und fast so hell wie draußen. Die beiden ausschließlich aus großen Fenstern bestehenden Längswände haben die Lichtdurchlässigkeit eines Glashauses. An einem der zahlreichen von Grünpflanzen abgeschirmten Tische sitzen nur zwei Personen, Walter Wagner und ein junges Mädchen. Sie sind in ein offensichtlich heiteres Gespräch vertieft.

Ich gehe zum Getränkeautomaten und füttere ihn mit mehreren Münzen. Dann balanciere ich zwei Becher mit heißem Kaffee den Hauptgang entlang. Plötzlich versperrt mir ein Hindernis den Weg. Es ist Marie. Sie kichert, weil ich erschrocken bin, und behauptet, ich habe ein schlechtes Gewissen. »Stimmt«, gebe ich zu.

Den Kaffee genießen wir am französischen Fenster. Marie öffnet ihre Handtasche, die sie tagsüber immer bei sich trägt, und holt ein Trinkröhrchen heraus. Damit hantiert sie zittrig. Ich halte ihr den Becher entgegen.

»Was hältst du von einem Ausflug ins Freie?« frage ich Marie etwas später.

»Geht nicht«, antwortet sie lakonisch, »schau mal hi-naus.«

Nun fällt auch mir auf, daß sich der Himmel wieder in tristem Bleigrau zeigt. Dafür sehen die Leute, die drüben an der Endstation auf den nächsten Bus warten, wie bunte Pilze aus. Ihr Spiegelbild mustert das regennasse Pflaster.

»Na, das macht nichts«, lüge ich, »dann bleiben wir eben im Haus. Das Ende der Geschichte deiner Siegerehrung nach dem Schulsportfest kannst du mir auch hier erzählen. Ich bin gespannt wie die Regenschirme da draußen, welches sonderbare Geschenk du damals erhalten hast.«

Während Marie erzählt, mühsam Wort an Wort reihend, mache ich mir Notizen. Ab und zu stelle ich Fragen. Dann wieder beobachte ich das diagrammartige Auf und Ab der Spannkraft der Kranken. Die Höhepunkte gehen mit verhältnismäßig gutem, die Tiefs mit verhältnismäßig schlechtem Sprachfluß einher. Sowie mit entsprechend lebhafter oder schwacher Mimik.

Nach fast einer Stunde fällt der Leistungspegel steil ab. Marie ist erschöpft. Von einer Sekunde zur anderen schläft sie ein.

Behutsam erhebe ich mich von dem Stuhl, den ich mir aus dem Wartezimmer nebenan geholt hatte, und wende mich dem Inneren des Ganges zu. Einige Meter vom Fenster entfernt sehe ich jetzt drei mir unbekannte Rollstuhlfahrer, zwei grauhaarige Frauen und einen kahlköpfigen Mann, zusammenstehen. Offensichtlich haben sie sich von Marie und mir ferngehalten, um uns nicht zu stören. Ich grüße die kleine Gesellschaft und sage leise: »Tut mir leid, daß wir Ihren Lieblingsplatz blockieren, aber...«

»Aber das muß Ihnen nicht leid tun«, beteuert der Mann, während seine beiden Gesprächspartnerinnen verbindlich abwehrend die Arme heben, »wir freuen uns doch, wenn sich jemand um Marie kümmert.«

Neben der Tür mit dem Schild »Genslein/Sauerbrei« steht ein Abfallbehälter. Ich werfe die beiden leeren Kaffeebecher hinein und betrete das Zimmer. Auf dem Stuhl neben der Schreibmaschine liegt meine Tasche. Ich klemme sie unter den Arm und gehe zurück zur Tür. Von hier aus lasse ich meinen Blick abschiednehmend von Wand zu Wand, von Gegenstand zu Gegenstand gleiten. Dabei versuche ich, mit Maries Augen zu sehen – aus ihrem zu außergewöhnlicher Bewegungsarmut verurteilten Körper heraus. Fast spüre ich, wie die gefürchteten Spasmen die Muskulatur meiner Beine schmerzhaft spannen.

»Clau-di, hör mal«, ruft mir Marie entgegen, als ich zum französischen Fenster zurückkehre. »Der klei-ne Kerl kann sin-gen.« Dabei zeigt sie auf einen grünweißblauen Wellensittich. Der Vogel sitzt auf dem rechten ausgestreckten Zeigefinger des glatzköpfigen Rollstuhlfahrers, der mir vorhin seine Sympathie für Marie bekundet hat. Auch seine beiden Begleiterinnen sind da. Die Gruppe bildet einen Halbkreis.

»Oh«, sage ich, in den Halbkreis tretend, »dann bitte ich um das Lied 'Das Wandern ist des Müllers Lust'«, und empfinde die Bemerkung sofort als unpassend.

Aber die drei alten Leute lachen amüsiert. Allein Marie schaut ernst. Ihr Blick ruht auf meiner Tasche. Dann sagt sie: »Scha-de«.

An der gläsernen Ausgangstür beuge ich mich zu Marie hinab, umfasse mit meiner Rechten ihre schmalen Schultern und lande auf ihrer linken Wange einen schallenden Kuß. Dabei registriere ich widerwillig einen feinen Uringeruch. Meine Gedanken eilen mir voraus ins Freie. Rasch wende ich mich ab. Doch Marie läßt nicht locker.

»Und seit wann«, fragt sie, »kann ich dei-ner Mei-nung nach al-les schaf-fen, was ich will?« Meine übertriebene Bemerkung von heute morgen ist ihr also doch nicht entgangen. Nun muß ich dafür geradestehen.

»Alles nicht«, stelle ich die Aussage ein wenig beschämt richtig, »aber einiges. Heute früh bin ich in der Stadt Frau Kühnast, der Heimleiterin, begegnet. Sie hat mir erzählt, daß du ab September ein wenig Arbeit bekommen wirst. Nachhilfeunterricht für zwei kleine Faulpelze aus der Grundschule nebenan. Das willst du doch schon lange. Hoffentlich bekommst du keinen Ärger.«

»Un-sinn«, wehrt Marie ab, »är-gern könn-te mich höch-stens die Erin-ne-rung an mei-ne ei-ge-ne Kind-heit. Ich glau-be, ich war viel zu brav.«

2. Kapitel

Ein Prachtexemplar

Marie war ein aufgewecktes Kind. Das zeigte sich schon in ihren ersten Lebensminuten. Der Arzt, der ihre Geburt beaufsichtigt hatte, hielt sie an den Füßen hoch und rief entzückt: »Na, wenn das kein Prachtexemplar ist, will ich Meier heißen.«

Er hieß Müller und behielt diesen Namen. Seine außergewöhnliche Freude an einem für ihn gewöhnlichen Vorgang beruhte auf Maries drastischer Art, sich vorzustellen. Ihre Schreie waren so kräftig, daß sie im Kreißsaal der Frauenklinik in der Karl-Marx-Städter Flemmingstraße ordentlich widerhallten. Außerdem klangen sie wie ein herzliches Lachen.

Die Hebamme, die etwas später an das Lager der glücklichen Mutter trat, trug die Heiterkeit des einzigartigen Augenblicks noch im Gesicht. »Ihre Tochter ist kerngesund«, sagte sie schwungvoll, »wiegt dreitausendsechshundert Gramm, ist zweiundfünfzig Zentimeter groß und wahrscheinlich sehr lustig. Ich gratuliere. Wie soll der kleine Sonnenschein denn heißen?«

»Marie-Luise.«

»Mit Kopplungsstrich?«

»Ja.«

»Also Marie-Luise Sommer. Hübsch.«

»Was lange währt, wird eben gut.«

Mit dieser Bemerkung spielte Maries Mutter auf die Tatsache an, daß sie schon Mitte dreißig und seit zehn Jahren verheiratet war. Ihrem ersten Kind, das ihr einziges bleiben sollte, war weder eine Fehl- noch eine Frühgeburt vorausgegangen. Der Nachwuchs hatte sich einfach nicht einstellen wollen.

Dafür wurde Marie nun als familiäre Kostbarkeit betrachtet. Vater und Mutter hatten in Vorbereitung auf Maries Ankunft in der Familie keine Beziehung ungenutzt gelassen, um einer zweckmäßig eingerichteten Dreiraumwohnung einen Touch von Wolkenkuckucksheim zu verleihen. Das zwölf Quadratmeter große Kinderzimmer in Weiß und Orange, in dem Marie Ende Februar neunzehnhundertzweiundsechzig zum erstenmal auf die zartgeblümte Wickelkommode gelegt wurde, war ein Paradebeispiel für das Gelingen des Vorhabens. Von der Decke des Korridors blinkten zwei Haken für die Schaukel. Auf der Couch im Wohnzimmer saß ein dicker Teddybär. Und in der Bodenkammer stand eine sorgsam gehütete Kiste mit der Aufschrift: »Vorsicht, nicht stürzen!« Die Warnung sollte den wertvollen Inhalt schützen helfen, die komplette Anlage einer elektrischen Eisenbahn, Typ TT.

Das allgemein begehrte Spielzeug war einem glücklichen Zufall zu verdanken gewesen. Dieser hatte Vater Sommer einen Kollegen über den Dienstweg geschickt, dessen Schwager Verkaufsstellenleiter eines Fachgeschäfts namens »Die Lok« war und der eigenen Verwandtschaft eine Kiste zuviel unter der Ladentafel durchgeschoben hatte. Eine günstige Gelegenheit, die sich nicht alle Tage bieten würde. Also galt es, sie zu nutzen. Und sei es um Jahre zu früh.

Marie verkörperte ein wenig auch die längst fällige Einlösung eines Versprechens. Sie trug wesentlich dazu bei, daß Annelies und Wolfgang Sommer den Nachbarn offener als zuvor ins Auge schauen konnten – vor allem solchen, die mit mehreren kleinen Kindern in einer Zweiraumwohnung zurechtkommen mußten, weil ihnen einst selbst die Vorlage eines Ultraschallbildes von Drillingsembryos keine günstigere Zuweisung eingebracht hätte.

Nicht zuletzt rottete Marie gewisse Krisenerscheinungen in der Ehe der Eltern aus. Die Mutter fand keinen Anlaß mehr, sich bei ihrem Mann über einsam verwartete Stunden zu beklagen. Denn neuerdings kam er von der Arbeit als Dispatcher eines Maschinenbaukombinats stets auf direktem Weg nach Hause, ohne die kleine Eckkneipe in der Nähe der Straßenbahnhaltestelle auch nur eines Blickes zu würdigen.

Diesem erfreulichen Zustand vermochten auch die Jahre nichts anzuhaben. Im Gegenteil, zwischen Vater und Tochter entwickelte sich eine außergewöhnlich enge Beziehung. Vergleichbar mit einer Interessengemeinschaft zu beiderseitigem Nutzen. Denn Marie ließ sich selbst für Beschäftigungen begeistern, die Mutter Annelieses Vorstellungen vom Sozialverhalten eines Mädchens widersprachen.

Maries Vielseitigkeit war auch einer der Gründe dafür, daß sie von den männlichen Nachbarskindern mindestens ebenso akzeptiert wurde wie von den weiblichen. Jedes von ihnen sah es als Vorteil an, wenn »die kleine Sommer« ihre Reihen stärkte. Denn Marie hatte flinke Beine und viel Mut. Außerdem wurde sie meistens von zwei Jungen begleitet, die ebenfalls nicht als Feiglinge galten. Siegfried und Tristan.

Die beiden waren Zwillinge und fast auf den Tag elf Monate älter als Marie. Als Söhne von Wolfgang Sommers jüngerem Bruder Eberhard und dessen Frau Sonja hatten sie denselben Familiennamen wie ihre Cousine. Dieser Umstand trug jedoch nur unwesentlich dazu bei, daß viele Leute das Dreigespann als Geschwister betrachteten. Die wesentliche Ursache für diese Annahme bestand darin, daß sich die beiden Jungen und das Mädchen wie Geschwister verhielten. Denn sie waren beinahe unzertrennlich.

Die natürlich gewachsene Kinderfreundschaft rückte die Sommersche Sippe, deren Beziehungen längst lose geworden waren, wieder eng zusammen. Fast konnte sie als Großfamilie gelten. Diese eigentlich unpopuläre Form des Zusammenlebens bewährte sich. Allein der Gewinn an Zeit, die sich nicht in überfüllten Kaufhallen und an zu zahlreichen Kochtöpfen verflüchtigt hatte, war dafür Beweis genug. Obwohl alle vier Erwachsenen berufstätig waren, konnten sie sich regelmäßig an gemeinsamen Unternehmungen beteiligen.

Das Reglement war denkbar einfach. Über der hölzernen Eckbank in ihrer schmalen, aber funktionstüchtigen Küche hatte Annelies Sommer einen übersichtlich gegliederten Wochenkalender aufgehängt, auf dem nach einem bestimmten Modus Regieanweisungen eingetragen wurden. Die Felder jedes Blattes erhielten in farbigen Großbuchstaben Überschriften, die Aufgaben bezeichneten: Einkaufen, Essenkochen, Wäschewaschen, Kinderbetreuung, Sonstiges. Darunter standen die vier Namen Annelies, Sonja, Eberhard und Wolfgang in immer neuer Zuordnung. So wie es der sogenannte Familienrat allsonntäglich beschlossen hatte – einschließlich der entsprechenden Konsequenzen für jeden einzelnen.

Von der Ausgewogenheit des Lebensrhythmus zwischen Pflicht und Erholung profitierten insbesondere die Kinder. Alle drei entwickelten sich gleichermaßen prächtig. Marie hob sich von den Jungen lediglich durch ihr Geschlecht ab, das in ihrem Fall weniger schwache als schöne Merkmale aufwies.

»Du siehst aus wie Däumelinchen«, sagte Tristan einmal als Fünfjähriger zu seiner Cousine. Dabei ließ er seine Blicke vergleichend zwischen ihr und einem aufgeschlagenen Märchenbuch hin und her wandern. Darin hatte das Bild eines entzückenden weiblichen Winzlings seine Anerkennung gefunden. Das elfenzarte Ding stand leichtfüßig auf einem Lindenblatt, das von einem fetten Käfer über glitzerndes Wasser gezogen wurde.

Mit seiner Feststellung bewies der Junge eine gute Beobachtungsgabe. Denn ein Großteil von Däumelinchens erdichteten Reizen fand sich an Marie verwirklicht – Wespentaille, Kulleraugen, Lockenhaar. Und dieses war sogar noch viel heller und schöner, als es sich irgendein Illustrator ausmalen könnte.

Welches Erbgut Maries Blondschopf bewirkt hatte, wußte niemand. Sowohl Wolfgang und Eberhard als auch die Zwillinge waren rot-, die beiden Frauen dunkelhaarig. Deshalb entschloß sich die ganze Familie, Mutter Annelieses Erklärung zu akzeptieren, die da lautete: »Marie ist halt ein Glückskind, gezeugt in einem Augenblick, als sich der liebe Gott ausnahmsweise einmal über die Menschen freuen konnte.«

Als Marie neunzehnhundertachtundsechzig, ein Jahr nach Siegfried und Tristan, eingeschult wurde, seufzten alle Familienmitglieder erleichtert auf. Dem sich unablässig verstärkenden Ansturm von Fragen des Nesthäkchens war in letzter Zeit keiner mehr so recht gewachsen gewesen. Hoffentlich werden es die Lehrer sein, dachten die Eltern ein wenig sorgenvoll und nicht ganz unbegründet. Denn in der schönen neuen Fibel, die Marie zum ersten Mal in ihren Ranzen steckte, konnte sie schon allzu gut lesen. Als hätte sie mit den Zwillingen zusammen bereits Unterricht gehabt.

Aber alles ging gut. Ohne allzu großen Aufwand an Fleiß eroberte sie sich in sämtlichen

Fächern die Position der Klassenbesten, außer in einem einzigen, Musik. Das Mädchen konnte »den Ton nicht halten«, wie seine Zuhörer teils erstaunt, teils gequält feststellen mußten.

Doch ihre ständigen Fehltritte auf der Tonleiter störten Marie selbst am allerwenigsten; sie sang gern, laut und lange. Zu ihrem Repertoire gehörten Schlager, Volkslieder, politische Songs. Eine Zeitlang hatte es ihr der Titel »Sag mir, wo die Blumen sind« besonders angetan, und ihrer Begeisterung ließ sie lauthals freien Lauf. Immer wieder. Solange, bis Mutter Annelies, der vorwiegend Nachsichtigen, die Nerven versagten. »Was hilft die ewige Sucherei«, fauchte sie die erstaunte Tochter an, »wenn du die Dinger doch nie findest.«

Zu Beginn des dritten Schuljahres kam eine neue Schülerin in die Klasse, Iris Bauer. Sie war das fast perfekte Gegenstück Maries, mollig, dunkelhaarig, versetzungsgefährdet. Und vor allem musikalisch. Iris' Vater, erster Geiger eines berühmten Klangkörpers, hatte seine geniale Begabung in seinem einzigen Kind wiederfinden dürfen und beizeiten für dessen gediegene instrumentale Ausbildung gesorgt. Was im wesentlichen die einzige seiner Lebenshilfen für Iris bleiben sollte. Denn nachdem er sich zugunsten einer jungen Tanzelevin des Operntheaters von der Mutter seiner Tochter getrennt hatte, fand er zu weiteren väterlichen Lebenshilfen keine Gelegenheit mehr.

Marie fühlte mehr als sie wußte, daß die Neue anders dachte als sie und die übrigen Mitschüler.

Daß Iris von unbekannten, geheimnisvollen Erfahrungen geprägt worden war. Daß ihre schulischen Schwächen keinen Mangel an Intelligenz ausdrückten. Marie war überzeugt, daß das merkwürdige Wesen namens Iris eine große Einsamkeit durchlitt. Wie Aschenbrödel, das Stiefmutter und Stiefschwestern an den schmutzigen Herd verbannt hatten.

Eines Tages im Oktober sagte Marie dem Mädchen mit den traurigen braunen Augen ihre Vermutung auf den Kopf zu. Worauf Iris verlegen lächelnd entgegnete: »Aber ich habe meine Mutti doch noch.«

Daß diese Antwort nicht uneingeschränkt hinzunehmen war, stellte sich bald heraus. Nach der Schule, als die beiden Mädchen nebeneinander durch die knisternden Laubhaufen des nahegelegenen Parks wateten, sprach Iris über den neuen Lebensrhythmus, dem sie seit Vaters Weggang unterworfen wurde. Die Mutter, Maskenbildnerin am Karl-Marx-Städter Schauspielhaus, war nachmittags und abends selten zu Hause. Ihre Verpflichtungen der Tochter gegenüber erschöpften sich vorwiegend in einer hastigen Konversation am Frühstückstisch und reichlichen Geldgaben.

Marie lud die neue Freundin kurzerhand an Mutter Annelieses häuslichen Kaffeetisch ein, der täglich ab sechzehn Uhr für drei Kinder gedeckt wurde. Auf ein viertes kam es wirklich nicht an. Auch in Zukunft nicht.

So wurde die Sommersche Familienrunde um ein weiteres Mitglied erweitert. Was diesem offensichtlich besonders guttat. Denn unter Maries eifrigbetulicher Aufsicht gab es weder unangebrachte Traurigkeit noch Nachlässigkeiten bei der Erledigung der Hausaufgaben.

Iris fügte sich den liebevollen Zwängen willig. Im Lauf der Zeit lernte sie in allen Fächern soviel dazu, daß sich auch ihre Zensuren sehen lassen konnten. Am Ende des fünften Schuljahres erhielt sie sogar eine Auszeichnung, weil sie von allen Schülern der Klasse die größten Fortschritte aufzuweisen hatte.

Dieser Erfolg bezog sich auch auf gewisse Aktivitäten, die gewöhnlich als Dummheiten bezeichnet werden. Denn Iris nahm sich die Freundin in fast jeder Hinsicht zum Vorbild. Maries Einfallsreichtum konnte sich zwar nicht mit dem der Zwillinge messen, aber sie verstand sich besonders gut auf die perfekte Ausführung einer Grundidee.

Als die Jungen einmal ihren grauschwarzen Kater namens Himpelpimpel zum Tierarzt bringen wollten, und zwar mitten in der Mathematikstunde, schrieb Marie ihnen einen herzzerreißenden Entschuldigungsbrief. Dessen Wirkung war frappierend. Der Lehrer zweifelte weder an der Berechtigung des ungewöhnlichen Behandlungstermins, noch nahm er an der verkorksten Unterschrift Anstoß. Ein andermal war Iris die Fälscherin. Anläßlich eines Weltsporterеignisses verschaffen sie Marie einen unerlaubten Fernsehvormittag, indem sie ihr erstens auf einem alten Krankenschein einen grippalen Infekt attestierte und zweitens den Schlüssel zur mütterlichen Wohnung aushändigte.

Was Iris mit der Freundin nicht teilte, war deren Bewunderung für die Klassenlehrerin, Frau Schönkopf. Ihr zuliebe verwarf Marie sogar bisherige Vorstellungen von ihrer beruflichen Zukunft. Nun wollte sie nicht mehr Filmstar, Kosmonautin oder Zoodirektorin werden, sondern einzig und allein Lehrerin. Und das war für Iris ein zu großer Schritt in Richtung Realität. Sie wollte ihre Träume von einer berühmten Musikerin behalten.

Nichtsdestotrotz diente sie Marie bereitwillig als Versuchsobjekt. Iris gab die perfekte Schülerin ab. Aber ihre Lernbereitschaft war nicht grenzenlos. Es zeigte sich, daß auch sie in der Lage war, die Rolle der Lehrerin überzeugend zu spielen.

»Marie«, sagte sie eines Tages mit übertrieben gerunzelter Stirn, »die Form deines Auftretens macht mir Sorgen. So kannst du dir den Respekt der Klasse nicht verschaffen.«

»Wieso?« fragte Marie mit ungekünsteltem Erstaunen.

»Na, weil du kein gutes Deutsch sprichst. Wenn man dich hört, könnte man denken, Karl-Marx-Stadt würde mit drei O geschrieben. Und richtig mit zweimal Sch. Und Marie mit Doppel-R. Scheußlich.«

Marie war beschämt und erstaunt zugleich. In ihrer Familie nahm keiner Anstoß an sächsischen Sprachverformungen, die zudem allgemein als Normalität galten. Dennoch ließ ihr das Argument mit dem in Frage gestellten Klassenrespekt keine Ruhe. Was bewirkte, daß Marie zur

Abwechslung die Rolle der Schülerin übernahm und von Lehrerin Iris mit den merkwürdigsten Sprechübungen beauftragt wurde: »Liebe Ida, nimm den Fisch von dem Tisch im irdenen Geschirr, gib aber nie griechische Geschichte.«

Die Freundinnen versuchten auch, Maries zweiter Schwäche, dem Mangel an Musikalität, beizukommen. Dienstags und donnerstags brachte Iris stets ihre Geige mit in die Wohnung der Sommers, denn abends, ab achtzehn Uhr, erhielt sie Unterricht bei einem ehemaligen Lehrer ihres Vaters. Zuvor mußte meistens noch geübt werden, und Marie legte großen Wert darauf, daß sie zuhören durfte. Das bereitete ihr Freude und erregte ihre Bewunderung. Richtig zu singen oder gar ein Instrument zu spielen lernte sie dennoch nie.

Eine besonders glückliche Zeit in Maries Kindheit war der Sommer 1974. Als die großen Ferien begannen, packte die Familie wie jedes Jahr die Koffer. Diesmal aber nicht für sieben, sondern für acht Personen. Denn Iris durfte mit auf Reisen gehen. Ihrer Mutter war das recht; sie hatte einen neuen Lebensgefährten gefunden und wollte ihn erst einmal allein ausprobieren.

Gemeinsam bezogen Erwachsene und Kinder im Osterzgebirge eine große, komfortabel ausgestattete Finnhütte. Sie lehnte am Hang eines Berges, im Rücken von Wald, zu Füßen von Wiesen und Feldern umgeben. In diesem Paradies streiften die Kinder täglich herum, ohne einen strengen Zeitplan einhalten zu müssen. Am Rand einer Viehweide hatten Tristan und Siegfried einen Hochstand entdeckt, auf dem sie gern und häufig herumkletterten. Iris dagegen fand es besonders schön an einem Bach, dessen klares Wasser flink dahineilte und kleine Schiffe mit sich nehmen konnte. Allein Marie war noch auf der Suche nach ihrem Lieblingsplatz. Bis sie ihn eines Tages beim Versteckspielen entdeckte.

Unvermittelt stand sie am Rand einer Waldlichtung. Das gras- und blumenüberwucherte Areal war nicht übermäßig groß und von Nadelbäumen dicht umringt. Sie filterten die späte Nachmittagssonne, so daß die Leuchtkraft des vielfarbigen Naturteppichs teilweise durch bizarre Schattenmuster aufgehoben wurde. Insekten und Schmetterlinge tauchten abwechselnd darin unter und wieder auf, als wollten sie die Zuschauerin necken. Aber sie war auch Zuhörerin. Ein Summen und Raunen schwang in der Luft, ein Lachen, Wispern, Werben.

Marie fühlte eine innere Verbundenheit zu diesem paradiesischen Ort. Und Müdigkeit. Ohne Eile ging sie bis zur Mitte der Lichtung und streckte sich dort aus. Bevor sie die Augen schloß, blinzelte sie in eine tiefblaue Unendlichkeit, vor der sich die Baumwipfel tänzerisch bewegten. Marie fühlte sich emporgehoben, federleicht schweben, ihrem Körper entronnen. Frei.

Bis eine Hand nach ihr griff und sie ihrem Körper zurückgab. Die Hand gehörte Iris. Ebenso die Stimme, die Marie nun erst erreichte. »Sag mal, du spinnst wohl?« waren die ernüchternden Worte. »Wir suchen dich, und du pennst. Komm, wir müssen nach Hause.«

Auf dem Heimweg war Marie schweigsam. Dafür stimmten die anderen drei ein großes Gezeter an, denn sie stellten fest, daß sie sich verlaufen hatten. Als sie auf eine schmale Straße stießen, marschierten sie in irgendeiner Richtung darauf entlang. Sie kamen an ein niedriges Haus, das ein riesiger Lindenbaum überragte. Auf der Bank unter dem kühlenden Blätterdach saß eine Frau mit weißem Haar. Sie winkte die Kinder heran und fragte freundlich, ob sie Hilfe brauchten.

Iris und die Zwillinge traten unbekümmert näher, während Marie wie angewurzelt stehenblieb. Allein sie hatte den merkwürdig starren Blick der Greisin bemerkt, der alles Materielle zu durchdringen schien. Der sicher Schmerz bereiten würde, wenn man ihm zu nahe kam. Der gesunden Augen die Sehkraft zu rauben drohte.

Die alte Frau war blind. Dennoch wies sie den Kindern den Weg zur Finnhütte mit großer Präzision. Dann beugte sie sich zu einem Korb mit Kornäpfeln hinab und tastete eine Weile darin herum. Die vier schönsten Früchte hielt sie den dreien mit den Worten entgegen: »Bitteschön. Der eine Apfel ist für das kleine Mädchen da drüben, das so große Angst vor mir hat.«

»Können Sie Marie denn sehen?« fragte Siegfried mit unverhohlener Verwunderung.

»Natürlich«, antwortete die Blinde, »ich habe zwar kranke Augen, aber der Geist ist immer noch gesund.«

Am späten Abend dieses ereignisreichen Tages setzte sich Mutter Annelies an das Bett ihrer

Tochter und fragte, was denn heute passiert sei. Irgend etwas wäre nicht wie sonst.

»Kann man mit dem Verstand sehen?« stellte Marie die Gegenfrage.

»Hm. Irgendwie schon.«

»Und fliegen?«

»Vielleicht. Aber vergiß jetzt diesen Unsinn und schlaf! Morgen fahren wir in die ČSSR. Da mußt du ausgeruht sein.«

Dieser Urlaub blieb Marie als besondere Kostbarkeit in Erinnerung. Als erregende Gratwanderung zwischen Kindheit und Reife. Als Synthese spielerischer Genüsse und zunehmender Genußfähigkeit. Denn Marie wurde sich mehr und mehr der Vorzüge ihres Lebens bewußt. Aber auch der Verlierbarkeit aller Werte.

Bereits im darauffolgenden Herbst schlug die erste große Enttäuschung Kerben in Maries ausgeglichenes Dasein. Iris mußte fort. Ihre Mutter hatte beschlossen, dem neuen Partner nach Berlin zu folgen, wo auch eine größere Wohnung und eine besser bezahlte Arbeitsstelle zu erwarten waren. Die Tränen der Tochter übersah sie geflissentlich. An Maries Trauer hingegen nahm die ganze Familie Sommer Anteil. Voller Nachsicht entband sie ihr jüngstes Mitglied von Pflichten, die die letzten Stunden des Zusammenseins der Freundinnen belastet hätten. Beide waren jetzt fast unzertrennlich. Meistens führten sie sentimentale Gespräche, aus denen sich Siegfried und Tristan verständnislos heraushielten.

Nach Iris' Weggehen versuchte Marie, den früheren Lebensrhythmus wieder aufzunehmen. Aber es gelang nicht. Siegfried und Tristan blieben der Sommerschen Familienrunde immer öfter fern; sie hatten sich längst ihren Schulfreunden stärker zugewandt. Und zu den eigenen Klassenkameradinnen konnte Marie keinen Weg zurückfinden. Ein Außenseiterdasein gefiel ihr jetzt besser; es konservierte die Erinnerung an Iris. Was schließlich die Hauptsache war.

Eine Zeitlang vertrieb Marie die Langeweile mit Handarbeiten. Erst strickte sie sich von Kopf bis Fuß selbst ein, dann die anderen Familienmitglieder. An Pullovern, Röcken und Westen der verschiedensten Konfektionsgrößen ließ sich Einfallsreichtum im Umgang mit Farben und Formen hervorragend beweisen. Vor allem Motive der Flora und Fauna der näheren Umgebung variierten auf den wärmenden Bekleidungsstücken, von der stachligen Kastanie bis zum stachligen Igel. Als das Thema »Röhrender Hirsch mit Tanne« gehörig abgearbeitet war, legte Marie das Strickzeug weg. Für immer.

Dann avancierte der Sport zum Hobby. Marie war eine gute Schwimmerin, aber auch im Laufen, Weit- und Hochspringen hatte sie nur selten Konkurrenten zu fürchten. Als sie zur Erweiterten Oberschule und damit in eine neue Klassengemeinschaft kam, eilte ihr der Ruf voraus, daß sie in einigen leichtathletischen Disziplinen kaum zu schlagen sei. Was zu überprüfen war. Die sportlichen Wettkämpfe, an denen Marie teilnahm, oft sehr erfolgreich, verschafften ihr so viele neue Freunde und Freundinnen, daß sich die Eltern nicht mehr alle Namen merken konnten.

Am Ende des neunten Schuljahres erkämpfte Marie bei einem Schulsportfest mit internationaler Beteiligung den Sieg in ihrer Altersgruppe. Lehrer und Mitschüler tobten vor Begeisterung. Später wurde gefeiert. Die Kantine einer Laubenkolonie außerhalb der Stadt bot einen romantischen Blick auf die Nordhänge des mittleren Erzgebirges und erwies sich auch als idealer Festort. Speisen und Getränke waren billig, Musik und Tanz preiswert, die durch die geöffneten Fenster hereinströmenden Düfte der Junirosen kostenlos. Der Rausch war unvermeidlich.

Mitten in einer Hochstimmung aus jugendlichem Übermut und neuentdeckter Weinseligkeit improvisierten ein paar Schüler eine spaßige Siegerehrung. Der Akkordeonspieler dröhnte einen Tusch durch den Raum. Marie wurde mitsamt ihrem Stuhl auf die Tanzfläche getragen, mit Margeriten bekränzt und zur Entgegennahme der Huldigungen aufgefordert. Diese bestanden im Vortragen einer Hymne, beginnend mit der bemerkenswerten Zeile »Marie, Marie, das kann nur sie...«, sowie einem überraschenden Zeremoniell. Zwei der Jungen, Torsten und Ralf, überreichten »dem Mädchen mit den schnellsten Beinen« unter dem Beifall der Anwesenden einen Ehrenstrauß. Das Gebinde bestand aus mehreren Stengeln eines weißblühenden Doldengewächses und hätte einer ganzen Mannschaft zur Ehre gereichen können. Denn es war fast zwei Meter hoch.

»Die werden gekürzt«, entschied abends der Vater mit einem vergleichenden Blick auf sein kleines Auto. Darin sollte schließlich das leicht beschwipste Töchterlein bequem Platz finden und nicht »irgendein großkotziges Gemüse«. Marie gelang es jedoch mittels einiger psychologisch gut eingesetzter Querelen, die Auswirkungen des Machtworts auf ein Mindestmaß zu reduzieren. So saß sie denn während der Heimfahrt beengt, aber glücklich auf dem Rücksitz. Während sie dem Vater die Neuigkeiten des Tages ins Ohr plapperte, kitzelten ihr die weißen Dolden die Nase.

An ihrem Wunsch, Lehrerin zu werden, hielt Marie hartnäckig fest. Daneben hatte einzig und allein noch der Wille, eine Familie zu gründen und eigene Kinder großzuziehen, Bestand. Keiner, der Marie kannte, als sie achtzehn Jahre alt war, zweifelte an der Tragfähigkeit ihrer Pläne. Sie selbst am allerwenigsten. Denn sie wußte, was sie wert war. Darüber ließen sie sowohl der niedrige Zensurenquotient als auch die große Zahl gleichaltriger Bewunderer nicht im unklaren.

Also ging alles seinen Gang; Marie bekam, was sie wollte – die Immatrikulation an der Pädagogischen Hochschule in Dresden einschließlich der ihr abenteuerlich anmutenden Entfernung vom Elternhaus. Der Einzug in das Internat war gleichbedeutend mit der Entdeckung der Schatzinsel, auf der es trotz Konzentration aller Interessen auf ein Ziel ebenfalls nicht allzu diszipliniert zugegangen sein soll. Die Mutter zumindest hätte an beiden Orten die Hände über dem Kopf zusammengeschlagen, wenn sie anwesend gewesen wäre. Aber das war sie nicht.

So konnte Marie den Beginn ihrer Selbständigkeit verhältnismäßig unangefochten genießen. Sie wohnte in einem Dreibettzimmer, zusammen mit zwei Kommilitoninnen, die wie sie Diplomlehrer für Russisch und Geschichte werden wollten. Die eine, Ramona Fleischer, die in der Oberlausitz zu Hause war, absolvierte bereits das zweite Studienjahr und kam nur zum Schlafen »auf die Bude«. Die andere, Stefanie Höhne aus Freiberg, war ebenfalls ein Neuling. Ihr schloß sich Marie gern an – aus Sympathie und Bewunderung.

Mit diesen Gefühlen hatte es eine ähnliche Bewandtnis wie einst bei Iris; Stefanie konnte etwas, was Marie nicht konnte. Nur daß die besondere Begabung der Freibergerin nicht auf dem Gebiet der Musik lag, sondern auf dem der Zoologie. Stefanie verstand es hervorragend, mit Tieren umzugehen. Im elterlichen Haus und Garten hatte sie einen Hund, eine Katze, ein Pony, zwei Schildkröten und zwei Zwergkaninchen zurückgelassen. Und in dem Gestüt einer benachbarten Landwirtschaftlichen Produktionsgenossenschaft gab es einen schlanken Rappen, der als Reiter nur sie akzeptierte.

Als Zeichen der Zuneigung zu ihrer »animalischen Sippe« fuhr Stefanie anfangs fast jedes Wochenende nach Hause, die Taschen voller Möhren, Löwenzahnblätter, Innereien und anderer merkwürdiger Leckerbissen. Außerdem trug sie ständig ein drolliges Gruppenfoto mit sich herum, das sie selbst mit allen ihren Vierbeinern zeigte. Dennoch überzeugten nicht solche Äußerlichkeiten von den individuellen Talenten der neuen Freundin. Die weitaus größere Überzeugungskraft entsprang Stefanies natürlicher Autorität.

Sie war nur eineinhalb Meter groß und außergewöhnlich schlank. Ein Leichtgewicht. Haltung und Blick jedoch verrieten Kraft. Eine Mischung aus Unerschrockenheit, Geradlinigkeit, Entschlossenheit, mit der sich offensichtlich kein Tier, das über einen normalen Instinkt verfügte, anlegen wollte. Marie, deren zoologische Erfahrungen einzig und allein auf der Haltung einer weißen Maus namens Elvira beruhten, beobachtete dieses Phänomen voller Erstaunen.

»Warum studierst du eigentlich nicht Veterinärmedizin?« fragte sie die Freundin einmal.

»Wollte ich doch«, war die Antwort, »aber die Uni in Leipzig hat mich abgelehnt. Meine Zensuren sind nicht ganz so vorzeigbar wie deine.«

»Habe ich ein Glück!« stellte Marie lachend fest.

»Na, und ich erst«, konterte Stefanie.

Die Freundinnen kamen überein, ihre Studien so rationell wie möglich zu betreiben. Sie machten sich ein Verfahren zunutze, das als »Kompe«, von »Kompagnon« herrührend, bezeichnet wurde und sehr verbreitet war. Dementsprechend einigten sich Stefanie und Marie auf eine wechselweise in Kraft tretende Teilhaberschaft an den Arbeitsergebnissen der Partnerin. Das bedeutete, daß die Niederschriften der einen stets auch die Niederschriften der anderen waren und deshalb die Teilnahme an Lehrveranstaltungen ab und zu überflüssig machten. Blaupapier war keine Mangelware, also zählten die Stunden der Freizeit ebenfalls nicht zu den Raritäten.

Damit wußten die beiden Mädchen eine ganze Menge anzufangen. Die ersten Monate in Dresden liefen sie sich zwischen Pillnitz und Radebeul die Füße blasig. Später reduzierten sie die Entfernungen auf Ziele in der Innenstadt.

»Dresden sieht aus wie ein Patient, der viele schlecht vernarbte Wunden hat«, meinte Stefanie einmal melancholisch.

»Ja«, bestätigte Marie den Vergleich, »weil die Heftpflaster zu klein sind und wie zufällig darübergestreut wurden.«

»Oder weil die Verletzungen zu groß sind.«

»Oder die Ärzte zu unerfahren.«

Solche Beobachtungen aber beeinträchtigten die Sympathien der beiden Freundinnen für ihre Wahlheimat keineswegs. Sie mochten Dresden – sowohl die beschädigte Silhouette als auch den nie erloschenen Glanz großer Traditionen und landschaftlicher Schönheiten. Die sich überschwenglichen Gefühlen als romantische Kulisse anboten. Beispielsweise der Liebe.

Für den aufregenden Auftakt hatte sich der Zufall einen sommerlichen Herbsttag und die biegsame Gestalt eines jungen Steuermannes ausgesucht. Er trug den sinnvollen Namen Klaus-Peter Oberwasser und die Uniform der Angestellten der Weißen Flotte. In dieser Eigenschaft schipperte er tagaus, tagein von Dresden nach Schmilka und wieder zurück. Die Perfektion, mit der der Mann seine Heuer verdiente, entsprach dem stetigen Betrieb der Decksmaschinen und hinterließ in ihm ein beachtliches Potential ungenutzter Energien. Die viel Zündstoff enthielten.

Daß ein Funke entstehen und auf einen weiblichen Passagier überspringen konnte, war abzusehen. Stefanie übernahm die Funktion des Heuschobers, der am nächsten stand. Ohne die Zufälligkeit ihrer Position zu durchschauen. Zunächst.

Es geschah an einem Sonnabend. Die Hochschule hatte einen Heimfahrtstag festgelegt, an dem es weder die Freibergerin noch die Karl-Marx-Städterin in die elterlichen Arme trieb. Die Mädchen wollten Natur genießen, solange das für die späte Jahreszeit ungewöhnlich sanfte Wetter anhielt. Immerhin war der kalendarische Winter schon in Sicht.

Diese Konstellation, die die Freundinnen an eine der Landungsbrücken am Terrassenufer führte, bildete die Basis für den Verlauf des Geschehens. Der Zufall hat sich nicht übermäßig ins Zeug gelegt. Er ließ Stefanie und Klaus-Peter im Gedränge auf der Gangway zusammenstoßen und Kenntnis voneinander nehmen. Er sagte: »Hoppla«. Sie sagte: »Oh«. Ein ungeduldiger Fahrgast rief: »Geht das hier endlich einmal vorwärts?«

Die Reise dauerte Stunden und bot ausreichend Gelegenheiten für absichtliche Begegnungen. Zwischen Blasewitz und Loschwitz fragte Klaus-Peter nach dem Namen seiner stürmischen Bekannten. Kurz vor Heidenau beschaffte er ihr und ihrer Freundin einen Platz vor der Kommandobrücke. Hinter Pirna kredenzte er ihnen Kaffee aus dem Kontingent der Besatzung. Und zwischen Stadt Wehlen und Kurort Rathen schlug er ein Wiedersehen in Dresden vor.

Als Stefanie zusagte, hatte sie eine rauhe Stimme und einen roten Kopf. Deshalb nahm sie ein wichtiges Detail im Angebot des zielstrebigen Verehrers nicht wahr – daß es nämlich beiden Mädchen galt.

Marie allerdings hatte schon unterm Blauen Wunder herausgefunden, daß die wohlgefälligen Blicke des flotten Binnenschiffers länger auf ihr als auf der Freundin ruhten, und unablässig Ahnungslosigkeit vorgetäuscht. Nun, da Stefanies Interesse offenkundig wurde, war sie in Bedrängnis. Liebeskummer schien programmiert zu sein, vielleicht auch das Scheitern einer wunderbaren Freundschaft. Marie wollte die Gefahr im Keim ersticken, mit Offenheit. Oben auf der Bastei mit Blick auf den Strom sprach sie von ihren Beobachtungen und Befürchtungen. Leider mit unwesentlichem Erfolg. Stefanie glaubte kein Wort.

Die Folge war der erste heftige Streit zwischen den Freundinnen, der sie tagelang mit Übellaunigkeit und Beschämtheit strafte. Bis die Stunde der Verabredung kam. Zu diesem Zeitpunkt gab es nur noch Ängste niederzukämpfen. Nichts schien mehr im Lot zu sein. Marie ließ Stefanie allein zum Stelldichein gehen und beschloß, auf deren Rückkehr zu warten – und sei es bis zum nächsten Morgen. Aber siehe da, schon zwei Stunden später ging die Tür. Im Rahmen stand die Ungläubige, weinend, aber bekehrt. Stefanie hatte Klaus-Peter veranlaßt, ihr eine einzige deutliche Frage ebenso deutlich zu beantworten. Und er hatte es getan.

Diese Episode brachte die Freundinnen einander noch näher als zuvor. Bald betrachteten sie es als unzumutbar, die Besuche zu Hause einzeln abzustatten und eine tagelange Trennung in Kauf zu nehmen. Also führten sie eine andere Lösung als die bisher übliche herbei, die Zwei-plus-zwei-plus-zwei-Variante. Das bedeutete, die Wochenenden einmal zu zweit in Freiberg, einmal zu zweit in Karl-Marx-Stadt und einmal zu zweit in Dresden zu verbringen.

Im zweiten Studienjahr unternahmen sie auch die obligatorische Studienreise ins Ausland gemeinsam. Sie führte Marie und Stefanie für zwölf Wochen nach Kiew – während sich der Großteil der Seminargruppe für Moskau, Leningrad oder Smolensk entschieden hatte. Die Pädagogische Hochschule der ukrainischen Hauptstadt veranstaltete kein Federlesen mit den Gästen. Sie wurden herzlich begrüßt, einer Seminargruppe zugeordnet und fortan wie Einheimische behandelt.

Dieses Verfahren hatte Vor- und Nachteile. Umringt von Russen und Ukrainern machten die Mädchen zwar rasche Fortschritte im Gebrauch der slawischen Sprachen. Mit dieser oder jener anderen slawischen Besonderheit hatten sie dagegen Probleme. Kein Abend neigte sich zur Mitternacht, ohne daß die ramponierten Etagen des Studentenwohnheimes im Rhythmus wilder Gesänge und Tänze erzittert hätten. Denn sie wurden mit Selbstgebranntem in Schwung gehalten. Heja, Kasatschok.

»Das Herumgehample ist vielleicht das beste Mittel gegen Hautjucken«, vermutete Stefanie einmal ironisch und scharrte an ihrem Oberarm herum.

»Wieso«, fragte Marie gedehnt und massierte mit der rechten Hand das linke Schulterblatt, »mußt du dich etwa auch immerzu kratzen?«

»Ja, und merkwürdige rote Flecke habe ich am ganzen Körper.«

»Ich werde verrückt. Ich glaube, wir haben Flöhe. Iiiii.«

Aber diese Vermutung stellte sich als Irrtum heraus. Oleg, ein Kommilitone aus Moldawien, klärte ihn auf. »Klopui«, sagte er ohne Anzeichen von Verwunderung, »Heteroptera.« Und das bedeutete Wanzen.

Das Geschrei, das die Mädchen auf diese Information hin anstimmten, war nicht minder lautstark als das Gejohle auf den Gängen. Marie drohte sogar, sich die Sachen vom Leib zu reißen und die Nacht stehend unter der Dusche zu verbringen. Aber Oleg hielt das für völlig überflüssig. Seiner Erfahrung nach wären die Tierchen Nomaden, die es höchstens vier Wochen in einem Zimmer aushalten könnten. Dann würden sie sowieso umziehen. Wozu also die ganze Hektik?

Obwohl Oleg nicht verstand, warum sich die Mädchen dennoch nicht beruhigen ließen, schien er sich von nun an für ihr Wohlbefinden verantwortlich zu fühlen. Allabendlich betrat er die Gefahrenzone, um sie durch seine Anwesenheit »zu entschärfen«. Er wäre so etwas wie ein Immunpräparat, erklärte er, weil sich die Tierchen längst an ihm gütlich getan hätten und deshalb seine Umgebung meiden würden. Ebenso wie die von Sascha, dem Russen, und Sergej, dem Ukrainer. Alle drei wären sie bereit, den Kampf gegen die Eindringlinge aufzunehmen.

Aus welchem Grund auch immer, Marie und Stefanie nahmen das humorvoll vorgetragene Angebot an. Und sie bereuten es nicht. Die Gespräche mit den Jungen bewirkten zumindest, daß die leidige Insektenplage in den Hintergrund der Aufmerksamkeit gedrängt wurde.

Von da an galten die fünf als unzertrennlich, im Hörsaal, im Seminarraum, im Wohnheim. Die Mensa mieden sie, um Geld zu sparen – die Mädchen für Souvenirs, die Jungen für Wein und Kwaß. Große Ansprüche an die Verpflegung stellte sowieso keiner. Das wäre einer Provokation gleichgekommen. Die tägliche Hauptmahlzeit bestand aus Brot mit Thunfisch. Zweimal gab es Kartoffeln und Äpfel – aber nur deshalb, weil Marie zufällig davon geschwärmt und Oleg umgehend einen Brief nach Hause geschickt hatte. Seine Eltern waren Mitglieder einer

Kolchose. Ihre Antwort kam vierzehn Tage später an.

Unter der Führung ihrer drei Freunde lernten Stefanie und Marie zwei konträre Seiten von Kiew kennen – die großartige, heroische aus Tradition und offiziellem Gegenwartsgepränge sowie die armselige, mitleiderregende aus unzureichenden Sozialleistungen und staatlich organisierter Bescheidenheit. Zu fünft besuchten sie Museen und Baudenkmale, stromerten im Flußhafen herum und durchstöberten die vernachlässigten Gassen und Hinterhöfe der Außenbezirke. Was sie entdeckten, war eine widersprüchliche, aber anregende Kulisse für ihren jugendlichen Überschwang.

Zwei Tage, bevor der Studienaufenthalt der Deutschen zu Ende ging, fiel der erste Schnee. Im fahlen Licht einer tiefstehenden Nachmittagssonne stiegen die Freunde zum Höhenufer des Dnjepr nördlich des Höhlenklosters Petscherskaja Lawra hinauf. In der Nähe des pavillonähnlichen Rundbaus von Askolds Grab drängten sie sich unter dem weißgedeckten Dach einer ausladenden Buche zusammen und überließen sich ihrer Abschiedsstimmung. Sascha holte eine Flasche Selbstgebrannten aus dem Inneren seines Anoraks und reichte sie herum. Die Mädchen husteten und wischten sich die Tränen aus den Augen. Die Jungen lächelten wehmütig in sich hinein.

»Wer war denn Askold?« fragte Stefanie nach dem zweiten Schluck auf Russisch.

»Ein Waräger«, wußte Sergej als einziger die

Antwort, »ein Mitglied der nordslawischen Stämme, deren Residenzstadt Nowgorod war.«

»Warum ist Askold nicht dort begraben worden?« wunderte sich Marie.

»Weil ihn Rurik, sein Herr, ausgeschickt hatte, um den Weg nach Konstantinopel zu finden. Doch der tapfere Recke fand Kiew und stellte die Suche ein – bis an sein Lebensende. Vor mehr als tausend Jahren war Kiew die Hauptstadt des Poljanenlands, das von Angehörigen ostslawischer Stämme besiedelt war. Sie hatten sich am Ufer des Dnjepr eine große Burgfestung mit Wachtürmen und Schutzwällen gebaut, hinter denen sich auch Askold und seine Mannen häuslich einrichten durften. Sie ließen andere Waräger nachkommen und übernahmen die Herrschaft über Stadt und Land.«

»Woran ist Askold eigentlich gestorben?« versuchte sich Sascha zu erinnern.

»Am Neid der eigenen Leute. Sie haben ihn heimtückisch umgebracht. Askolds Geist soll deshalb immer noch auf Rache sinnen.«

»Huuh«, ahmte Stefanie den Schrei einer Eule nach. »Ich glaube, hier spukt es. Und kalt ist es auch. Kommt, wir verschwinden von hier, bevor uns Askold für seine Feinde hält.«

»Oh, das tut er bereits«, gab Oleg mit dem Pathos eines russischen Märchenerzählers zu bedenken. »Wir täten gut daran, ihn vom Gegenteil zu überzeugen. Sonst verfolgt er uns ein Leben lang.«

»Und wie geht das?« fragte Stefanie, auf und ab hüpfend.

»Jeder muß ihm ein freundliches Ständchen bringen. Also los, wer fängt an?«

»Du«, rief Marie, um von sich abzulenken. Worauf Oleg unverzüglich ein moldawisches Volkslied trällerte, dem Sergej ein ukrainisches und Sascha ein russisches Pendant hinzufügte. Dann brüllte Stefanie ein temporeiches »Hopp, hopp, hopp, Pferdchen, lauf Galopp« in Richtung des Pavillons, worauf sich einige Krähen geräuschvoll auf den höchsten Baum der Umgebung retteten und Schreie der Entrüstung ausstießen. Erst als wieder Stille eingetreten war, schauten vier Augenpaare auf Marie, die sich vor diesem Moment gefürchtet hatte – entschlossen, ihr Heil in der Flucht zu suchen.

»Tut mir leid«, sagte sie obenhin, »ich kann nicht singen.« Und bevor die anderen ihre Forderung wiederholen konnten, wandte sie sich ab und lief davon. Nebel und Schnee nahmen die Flüchtende bereitwillig unter ihre schützende Tarnkappe.

Abends, während der inoffiziellen Abschiedsfeier im Wohnheim, versuchte Marie, die neuerworbene Knitterfalte aus ihrem guten Ansehen herauszubügeln. Kurzerhand gab sie die Absicht, sich eine Armbanduhr made in U.S.S.R. zu kaufen, auf und opferte die letzten Rubel für zwei Flaschen Sekt, ebenfalls made in U.S.S.R. Eine Geste, die die Freunde zu sofortiger Gnade veranlaßte.

»Die Frage ist nur«, konnte Oleg sich dennoch eine kleine Bosheit nicht verkneifen, »ob Askold damit zu besänftigen ist. Er geht schließlich leer aus.«

»Müßte er aber nicht«, stellte sich Stefanie an die Seite der Freundin, »wenn du für Marie eine Lanze brechen würdest.«

»Könnte ich versuchen«, grinste Oleg schlitzohrig, »mit mindestens drei Grabgesängen. Aber da werde ich sicher kalte Füße bekommen.«

»Und, wenn du möchtest, meine Badelatschen«, sagte Marie spontan, »darauf warst du doch immer so scharf.«

»Na, wenn das so ist, einverstanden.«

Als die Freunde am nächsten Morgen vom obligatorischen Türenschlagen und Stimmengeräusch auf den Gängen geweckt wurden, hatten sie nicht mehr als drei Stunden Schlaf genossen und einen besonders anstrengenden Tag vor sich. Das letzte Seminar und die Reisevorbereitungen zwangen zur Eile. Also erhielten Müdigkeit und Katerstimmung keine Chance, beachtet zu werden. Die Nachtschwärmer sprangen wie üblich aus den Betten, unter die Duschen und aus dem Haus.

Nur eine nicht, Marie. Sie mühte sich vergeblich, wie sonst auf die Beine zu kommen. Denn die gehorchten plötzlich nicht mehr. Sie streikten. Wofür oder wogegen war nicht zu ermitteln.

»He, Faulenzerin«, rief Stefanie aufmunternd, als sie mit feuchtem Haar ins Zimmer zurückkam, »du hast noch zehn Minuten für die Morgentoilette zur Verfügung. Dann müssen wir lossprinten.«

»O Gott, ich kann nicht«, sagte Marie in einem Tonfall aus Ratlosigkeit und Entsetzen. »Meine

Beine haben ihre Seele ausgehaucht. Ich glaube, sie sind gestorben.«

»Unsinn«, gab sich die Freundin mütterlich streng. »Ich glaube eher, deine Arbeitswut ist dahin. Also gut, bleib liegen! Ich vertusche deine Abwesenheit.«

Erst gegen Mittag, als sie Marie noch immer im Bett vorfand, begann Stefanie, sich Sorgen zu machen. Zwischen Kofferpacken und Reinigungsarbeiten lief sie in eine Apotheke und kam mit einer merkwürdig riechenden Salbe in einer provisorischen Verpackung aus Zeitungspapier zurück. »Da«, sagte sie zu Marie, »schmier dir das Zeug auf die Beine. Das soll helfen.«

Damit schien Stefanie recht zu behalten, denn gegen Abend konnte Marie wieder aufstehen. Die ersten Schritte wirkten zwar grotesk, dafür trugen sie zur Heiterkeit der letzten Stunden in Kiew wesentlich bei.

»Da sieht man wieder einmal«, resümierte Oleg mit erhobenem Zeigefinger, »wie schnell Askolds Rache wirken kann. Ohne Sekt und ohne Badelatschen hätte er sein Opfer wahrscheinlich niemals mehr in Ruhe gelassen.«

»So aber ist es seinem Zorn entronnen«, deklamierte Marie, schon wieder obenauf. »Für alle Zeiten.«

3. Kapitel

Der geschlossene Himmel

Ich weiß, daß ich im Himmel bin. Die Wolke, auf der ich liege, ist weich und warm. Mir geht es gut. Hier gibt es keine Sorgen. Die gekrümmten Gestalten mit den drohenden Gebärden und den weit aufgerissenen Mündern habe ich auf der Erde zurückgelassen. Und die ist weit, weit weg. Oder? Irrtum, der blaue Planet ist mir gefolgt. Aber er wird gleich untergehen. Die gekrümmten Gestalten mit den drohenden Gebärden und den weit aufgerissenen Mündern sind Schiffbrüchige. Schiffbrüchige des Lebens. Natürlich wollen sie sich auf die Wolke retten. Ohne vorher gestorben zu sein. Das ist verboten, verdammt noch mal. Weg mit euch, Ihr zerstört ja den Himmel! Hört, die Alarmanlage heult auf! Schrill, sehr schrill. Da, die Wolke bricht entzwei. Hilfe, ich falle. Hilfe.

Während ich erwache, weiß ich bereits, daß ich geträumt habe. Ich liege im Bett, und niemand macht sich daran zu schaffen. Nur die Alarmanlage heult noch immer. Aber jetzt kann ich sie orten. Ich springe auf. Laufe ins Arbeitszimmer. Hebe den Telefonhörer ab. Befürchte einen Moment lang, daß sich einer der Schiffbrüchigen in Erinnerung bringen will. Schüttle über mich selbst den Kopf. Und melde mich: »Reimer«.

Stille.

»Hallo.«

Ein rhythmisches Geräusch ist zu vernehmen. Es klingt wie das Hecheln eines Hundes. Aber ich ahne, daß es Marie ist. Beim Telefonieren hat sie stets Schwierigkeiten, den Hörer ruhig ans Ohr zu halten. Und wenn er ihr aus der Hand fällt, muß sie Schwerstarbeit leisten, um ihn sich zurückzuholen. Ich warte.

»Hier Sau-er-brei. Bist du es, Clau-di?«

»Ja, Marie. Schön, daß du anrufst. Wie geht es dir?«

Wieder Stille. Ohne Hecheln. Ich übe mich in Geduld. Heute wird sie auf eine harte Probe gestellt. Irgend etwas scheint nicht zu stimmen. Der Alptraum fällt mir wieder ein. Die Vision von den Schiffbrüchigen des Lebens, die den Himmel attackieren, kehrt zurück. Ich sehe die weit aufgerissenen Münder und weiß, daß sie gleich schreien werden. Tatsächlich, sie tun es.

Es ist Marie, die schreit. »Ver-flucht, verflucht«, bricht es laut und verzweifelt aus ihr heraus. Dann weint sie.

Ich bekomme es mit der Angst zu tun. Aufregungen sind Gift für Maries gemarterten Körper. Aufregungen können ihren Zustand schlagartig verschlimmern.

»Was ist los?« rufe ich nervös. Dann hole ich tief Luft und zügle meine Ungeduld. »Sag es mir«, gebe ich mich unvermittelt seelenruhig, »dann werden wir überlegen, was zu tun ist. Irgend ein Ausweg findet sich immer.«

»Sie sind nicht ge-kom-men«, sagt Marie in einem Tonfall, als wäre plötzlich ihre ganze armselige Widerstandskraft zerbrochen.

Ich weiß sofort, was sie meint, und atme erleichtert auf. Obwohl mir bekannt ist, was für Marie auf dem Spiel steht, gibt es für mich als Außenstehende viel Schlimmeres als ein nicht eingehaltenes Besuchsversprechen. Außerdem kann das ja Ursachen haben, die zu akzeptieren sind. Selbst wenn es sich um Martin Sauerbrei handelt.

Aber Marie ist anderer Meinung. »Er will mich fer-tig-ma-chen«, sagt sie so entsagungsvoll, daß ich mir ihr Geschrei zurückwünsche. »Und das schafft er auch.«

»Hör mal, Marie«, fasse ich spontan einen Entschluß, »würde es dir passen, wenn ich schon morgen zu dir käme? Du weißt ja, daß ich wieder in Chemnitz zu tun habe. Und bei deinen Eltern wollte ich auch schon längst einmal vorbeischauen.«

»Ja«, sagt Marie mit einem Quentchen Freude in der Stimme, »komm nur. Ab Mit-tag bin ich frei. Die Neu-ro-lo-gin ist nur bis elf Uhr bei mir.«

»Wunderbar«, rufe ich übertrieben begeistert, »sagen wir zwölf Uhr. Dann können wir uns ausführlich unterhalten. Außerdem brauche ich deine Hilfe. Ein Brief aus Moskau bereitet mir Schwierigkeiten. Und da du von Russisch mehr verstehst als ich, dachte ich...«

»Geht in Ord-nung«, unterbricht mich Marie mit Eifer in der Stimme.

Nachdem ich den Hörer aufgelegt habe, setze ich mich an den Schreibtisch und blättre im Terminkalender. Morgen ist Freitag, der dritte September. Auf der Seite, die ich unter diesem Datum aufschlage, drängen sich die Eintragungen. Erstens Manuskriptabgabe bei einer lokalen Tageszeitung. Zweitens Interview für ein Prominentenporträt. Drittens Pressegespräch eines Bauunternehmens. Viertens Abschluß eines Honorarvertrags mit einem Herausgeber von Reiseliteratur. Ich seufze abgrundtief, stütze den Kopf auf beide Handflächen und gebe mich meiner Ratlosigkeit hin.

Zwei Minuten später schlägt die große alte Standuhr, die unter den Möbelstücken auf dem Korridor die absolute Autorität verkörpert. Es ist acht Uhr morgens. Ich schiebe den Stuhl weg und laufe ins Bad. Während ich mir einen lauwarmen Regen auf die Haut trommeln lasse, versuche ich in Gedanken, die Freitagstermine wegzuspülen. Erstens durch vorfristige, zweitens durch verspätete, drittens durch postalische, viertens durch gar keine Erledigung. Undsoweiter. Am Ende habe ich ein neues Arbeitsprogramm sowohl für heute als auch für morgen.

Bevor ich die Wohnung verlasse, schreibe ich Clemens ein paar Zeilen. »...nehme ich an, daß Du vor mir wieder da sein wirst. Im Kühlschrank steht noch Hühnerfrikassee. Ich kaufe heute für die Wochenendreise ein und lasse auch Deine geliebten Wanderschuhe reparieren. Auf dem

Heimweg werde ich noch kurz bei Konstanze und Robert vorbeigehen. Ich muß ihnen schonend beibringen, daß ich Anna morgen abend nicht betreuen kann. Kuß. Claudia.«

Tagsüber bin ich zerstreut. Während des Interviews mit dem Intendanten eines erfolgreichen Laientheaters verspreche ich mich mehrmals, weil mir Marie ins Wort zu fallen scheint. »Und das schafft er auch«, betont sie immer erneut und mit zunehmender Halsstarrigkeit.

»Wieso«, fragt mein Gesprächspartner plötzlich, »sind Sie etwa anderer Meinung?«

»Aber im Gegenteil«, antworte ich verwundert. »Wie kommen Sie denn darauf?«

»Weil Sie den Kopf geschüttelt haben.«

Ansonsten gelingt es mir ganz gut, die Zeit zu überlisten und ihr ein paar Aufgaben mehr als geplant zuzuordnen. Die Einkäufe für das Wochenende sind der letzte Tagesordnungspunkt. Er fällt auf den späten Nachmittag. Die verlängerten Ladenöffnungszeiten kommen mir deshalb sehr gelegen. In der Kosmetikabteilung eincs Warenhauses bleibe ich vor den Lippenstiften stehen. Die Farbpalette ist reichhaltig. Die Brauntöne haben die meisten Abnehmer gefunden. Aber der aktuelle Modetrend interessiert mich in diesem Moment nicht. Ich suche etwas Pastellzartes. Ein Rot für Marie, das ihr schon als junges Mädchen etwas bedeutet hat.

Ich finde das Rot an einem Stift, dem laut Etikett »besonders gute Haftung« bescheinigt wird. Überprüfbar für fünfzehn Mark achtzig. Während ich mir die Ware zum Geschenk verpacken lasse, lächle ich. Mir fällt ein, daß Marie Lippenstifte nur dann gut findet, »wenn die Dinger kußecht sind«.

Mein Besuch bei Konstanze, Robert und Anna fällt hastig aus. Ich trete durch die Tür, nehme mein Enkelkind auf den Arm und sage: »Ich muß gleich wieder weg. Und morgen kann ich leider auch nicht kommen.« Als ich die enttäuschten Gesichter sehe, reiche ich schnell noch eine persönliche Verpflichtung nach: »Aber nächste Woche werde ich mit Anna den Zoo besuchen. Ehrenwort.«

Zu Hause begrüßt mich als erstes die Standuhr mit der Mitteilung, daß es inzwischen einundzwanzig Uhr geworden ist. Zum zweiten dröhnt mir der Fernsehapparat mit Maschinengewehrsalven und Kriegsgeschrei entgegen. Und drittens empfängt mich Clemens mit ausgebreiteten Armen und festlich gedecktem Tisch.

»Ich werde verrückt«, quieke ich, »du hast die Stelle bekommen!«

»Exakt«, bestätigt Clemens meine Vermutung im Tonfall eines Quizmasters. »Und das ist Ihr Preis, meine Dame.«

»Oh«, sage ich, Unentschlossenheit vortäuschend, »falls ich mich jetzt zwischen Ihnen und dem wundervollen Nudelauflauf da auf dem Tisch entscheiden muß...«

»Lieber nicht, ich bin nur die Zugabe.«

»Na, dann ist ja alles gut.«

Es stellt sich heraus, daß Clemens ab erstem November bei einem Bauunternehmen als

Großeinkäufer arbeiten wird. Für dreizehn recht passable Monatsgehälter im Jahr. Siebenundfünfzig Bewerber hatte es gegeben. Der Grund dafür, daß die Wahl auf Clemens fiel, ist wahrscheinlich seine jahrzehntelange Berufserfahrung als Bauingenieur. Obwohl dieser Vorzug zwangsläufig mit »dem Nachteil eines zu hohen Alters« einhergeht, wie der Arbeitgeber mehrmals betont habe. Clemens steht kurz vor seinem neunundvierzigsten Geburtstag.

»Alterchen«, sage ich, während wir mit einem Glas Riesling anstoßen, »das hast du gut gemacht.« Dabei kriecht die Vorstellung in mein Gemüt, daß Marie gerade jetzt regungslos an die Zimmerdecke starrt. Unwillkürlich rechne ich mir aus, daß soviel Geld plus soviel Geld gleich soviel Geld ergibt. Daß ich also in Zukunft weniger Arbeitsaufträge zu übernehmen brauche als bisher, um das Familieneinkommen angemessen zu stabilisieren.

»Fährst du morgen zu ihr?« fragt Clemens mit einem prüfenden Blick auf meine Hände, die das Weinglas spielerisch rotieren lassen. »Du bist so schweigsam.«

»Ja«, antworte ich in um Nachsicht bittender Stimmlage, »es gibt Probleme.«

»Gibt es die nicht immer?«

»Schon. Aber in diesem Fall besteht die Chance einer Lösung.«

»Und die kannst nur du herbeiführen?«

»Es sieht so aus. Übrigens, brauchst du morgen unbedingt das Auto?«

»Nein.«

Der nächste Tag läßt sich gut an, mit Spätsommerwetter. Die Verkehrsdichte auf den Straßen ist zwar beängstigend, aber es kommt nicht zu Staus. Gegen neun Uhr durchfahre ich Borna, eine Stunde später bin ich in Chemnitz. In der Nähe des Busbahnhofs finde ich sowohl eine Parklücke als auch eine Telefonzelle. Der Mann im Rathaus, von dem ich Informationen über behindertengerechtes Bauen haben möchte, ist am Apparat und sogar gutgelaunt. Er erklärt sich bereit, mir kurzfristig eine halbe Stunde seiner kostbaren Zeit zu opfern. Heute scheint ein Glückstag zu sein.

Gegen halb zwölf schlendre ich zum Auto zurück, in der Hand einen Rosenstrauß in Pink. Am Alten- und Pflegeheim bin ich kurz vor der vereinbarten Zeit. Ich will Marie nicht warten lassen; damit verbringt sie ohnehin einen Großteil ihres Lebens. Etwas oberhalb der Biegung, die die Straße vom Portal wegführt, parke ich. Als ich aussteige, sehe ich ein Paar in den Sechzigern auf mich zueilen. Der Mann ist mittelgroß und untersetzt, die Frau klein und zierlich. Ich kenne die beiden von einer einmaligen Begegnung her. Sie sind Maries Eltern.

»Nanu«, sage ich zur Begrüßung, »zum Freitag findet man Sie doch sonst nie hier. So ein Zufall.«

»Das ist kein Zufall, Frau Reimer«, ergreift Annelies Sommer das Wort. Sie ist fast immer die Redseligere von beiden. »Marie hat uns hergebeten. Sie möchte, daß wir Sie abfangen.«

»Wie bitte?« rufe ich entgeistert.

»Ja, weil sich alles geändert hat und Sie telefonisch nicht mehr zu erreichen waren.«

»Was hat sich geändert?«

»Der Plan für den heutigen Tag. Und wissen Sie, wer das ganze Durcheinander hervorgerufen hat? Unser sogenannter Schwiegersohn.«

Annelies Sommer hält inne und schaut mich vielsagend an. Ich schaue hoffnungsvoll zurück. »Was«, entgegne ich vorsichtig, »hat er sich doch noch gemeldet?«

»Ja, heute morgen. Plötzlich will er kommen. Heute.«

»Aber dann ist ja alles in Ordnung. Ich dachte mir schon, daß er verhindert war. Es gibt ja auch stichhaltige Gründe für einen Wortbruch. Kommen Sie, gehen wir doch hinein.«

»Das ist es ja eben, Frau Reimer, er hat sich ebenfalls für zwölf Uhr angesagt.«

»Ja und?«

»Er lehnt doch jede Begegnung mit anderen ab, wenn er ins Heim kommt. Er behauptet, Marie würde sich falsche Zeugen beschaffen, und droht, sofort wieder zu gehen, wenn seine Forderungen nicht erfüllt werden. Wir beide lassen uns schon lange nicht mehr blicken, wenn er sich angekündigt hat. Marie zuliebe. Sie wartet so sehr auf ihre Kinder.«

»Ich verstehe. Aber Sie selbst, warten Sie nicht auch auf Markus und Mareike?«

»Und ob. Aber leider hat er uns den Umgang mit ihnen verboten. Wir würden unsere Enkel beeinflussen, sagt er, und ihnen schaden. Können Sie sich das vorstellen?«

Ich zucke mit den Schultern und hebe zusammenhanglos mein Mitbringsel hoch. »Ich bin gleich zurück«, sage ich und laufe in Richtung Hauptportal davon.

Die Pförtnerin kennt mich nun schon; ihr genügt es, daß ich grüßend die Hand hebe und weitereile. Im Foyer herrscht Bewegung; die sogenannten mobilen Patienten kommen nach dem Essen fast alle hierher. Einige der alten Leute stehen in Gruppen zusammen, andere sitzen auf Bänken. Hinter drei schwatzenden Greisinnen finde ich plötzlich Marie. Sie bemerkt mich nicht, denn sie schaut konzentriert durch eines der Fenster zur Straße hinüber. Auf Wangen und Hals leuchten rote Flecke. Sie erschrickt, als ich ihre Schultern umfasse.

»Schon gut, Marie«, sage ich, während ich ihr das Kästchen mit dem Lippenstift auf den Schoß lege. »Deine Eltern haben mir alles erklärt. Also, viel Freude an den Kindern. Ich rufe dich heute abend an. Tschüß.«

»Halt, Clau-di!« ruft Marie, als ich ihr schon den Rücken zuwende. »Was ist mit dem Brief?«

»Ach, ja«, erinnere nun auch ich mich meines Anliegens und ziehe aus einer Tasche meines Blazers ein weißes, gefaltetes Blatt Papier mit kyrillischen Buchstaben. Während ich das Schriftstück in Maries Handtasche stecke, habe ich in mir ein schlechtes Gewissen niederzukämpfen. Denn ich verschweige, daß der Brief nicht mein Eigentum und daß er darüber hinaus schon längst übersetzt worden ist. Ein gewisser Kostja beginnt mit »Maja Ljubljesnaja!« Zu Deutsch »Meine Liebste!«

Wieder im Freien, schaue ich suchend die Straßenbiegung hinauf. Annelies und Wolfgang Sommer stehen noch dort, wo ich mein Auto geparkt habe. Sie sind im Gespräch mit einer etwa vierzigjährigen kurzhaarigen Frau im weißen Kittel, Maries Neurologin. Sie und ich kennen uns flüchtig.

»Prednisolon verträgt die Patientin zwar ganz gut«, sagt die Ärztin soeben, wobei sie meinen Gruß mit einem freundlichen Nicken erwidert. »Aber der Knochenbau leidet darunter, obwohl ich reichlich Kalzium verabreichen lasse. Wirkung und Nebenwirkung von Medikamenten sind leider nie ganz genau vorauszubestimmen – was im Fall Ihrer Tochter aber dringend erforderlich wäre. Bevor ich sie also auf Imorek oder ein anderes aussichtsreiches Pharmazeutikum umstellen kann, brauche ich Vorausdaten. Dazu sind intensive Untersuchungen erforderlich, zu denen allein Spezialkliniken in der Lage sind. Deshalb habe ich die Reise ins Sauerland beantragt.«

»Das ist aber ziemlich weit«, gebe ich zu bedenken. »Ich kenne die Prozedur einer Beförderung im Krankenfahrzeug. Auf Dauer ist sie schon für Gesunde zu anstrengend. Wäre es für Marie nicht besser, wenn sie gleich hier in der Nähe stationär behandelt werden könnte? Bei Dresden gibt es doch ein bekanntes Rehabilitationszentrum.«

»Jaja, es wird soeben durch zwei neuerbaute hochmoderne Kliniken erweitert. Aber die Eröffnung kann erst frühestens Anfang nächsten Jahres stattfinden. Soviel Zeit sollten wir nicht verlieren.«

Die Ärztin schaut auf ihre Armbanduhr, grüßt Abschied nehmend und eilt auf einen cremefarbenen Kleinbus zu. Fenster und Türen des Fahrzeugs tragen das Zeichen des Roten Kreuzes.

»Mit anderen Worten«, sage ich nachdenklich, »Marie wird bald verreisen.«

»So ist es«, übernimmt Wolfgang Sommer plötzlich die Regie, »aber darüber können wir zu Hause weitersprechen. Frau Reimer, wir hoffen, daß Sie uns begleiten. Heute bietet es sich ja geradezu an, daß Sie Ihr Versprechen, uns zu besuchen, wahrmachen.«

Wir fahren die Leipziger Straße stadtauswärts und biegen irgendwo nach links ab. Hier, im Straßengewirr einer zunehmend begrünten Wohnlandschaft, kenne ich mich nicht aus und schenke den Großteil meiner Aufmerksamkeit dem Kleinwagen vor der Frontscheibe. Wolfgang Sommer hat entschieden, als Lotse zu fungieren. Rechts neben mir sitzt seine Frau. »Damit wir Sie nicht verlieren«, war ihre Begründung beim Einsteigen.

»Ach«, seufzt sie jetzt, »wir sind ja so froh, daß Sie ab und zu nach Marie schauen. Sie braucht Abwechslung. Selbst wenn mein Mann und ich siebenmal die Woche zu ihr gingen, genügte ihr das nicht.«

»Ich weiß«, bestätige ich diese Feststellung, »wem sagen Sie das. Auch deshalb krame ich im Leben Ihrer Tochter herum. Darin gibt es schließlich allerhand Menschen, denen Marie einmal etwas bedeutet hat. Gute Beziehungen lassen sich doch auffrischen.«

»Ach, wissen Sie, das habe ich auch einmal gedacht.« Annelies Sommers Stimme klingt schmerzvoll. Ich schaue kurz nach rechts und registriere eine schlaffe Gestalt, einen zusammengekniffenen Mund und zwei gesenkte Augenlider. »Trotzdem steht fest, daß sich kaum noch jemand bei uns sehen läßt, geschweige denn bei Marie. Selbst unsere engsten Freunde meiden uns.«

»Auch der Bruder Ihres Mannes und seine Familie?«

»Auch die. Nur Tristan hat sich vor einigen Monaten an uns erinnert, aber nur aus geschäftlichen Gründen. Er leitet seit zwei Jahren das Autohaus, an dem wir gleich vorbeikommen werden, und hat uns den neuen Wagen da vorn aufgeschwatzt. Ein paar Raten sind noch ungetilgt.«

Wir fahren jetzt eine schmale Seitenstraße bergan. Im rechten Winkel zu den plattenbelegten Gehwegen stehen dreistöckige, weinlaubüberwucherte Häuserreihen. Deren Abstände zueinander sind groß und parkähnlich bepflanzt worden. Das obere Ende der Straße wird durch einen Kinderspielplatz markiert. Dahinter strebt der Berg weiter aufwärts, bekleidet mit einem Streifen Wiese und Wald.

Der Wagen vor mir hält neben der letzten Häuserreihe. Ich schließe mich an und stelle den Motor ab. Dann steigen wir aus und schauen zurück. Die Großstadt liegt uns zu Füßen wie ein besänftigter Koloß. Seine Stimme ist kleinlaut geworden. Hier oben findet sie kein Gehör. Hier dominieren die Stimmen der Natur und der Kinder, die sich auf dem Spielplatz tummeln. Ich drehe mich um und schaue fasziniert zu dem kleinen Mädchen hinauf, das kopfunter an der Schaukel hängt und ruft: »Höher! Höher! Höher!«

Wir betreten das Haus Nummer Drei. Auf jeder Etage befinden sich zwei Wohnungen, acht sind es insgesamt. Das Treppenhaus ist in Beige gehalten. Eine der schmucklosen Türen im Erdgeschoß wird geöffnet, als wir darauf zugehen. Im Rahmen steht eine etwa sechzigjährige merkwürdig proportionierte Frau. Die ausladenden Fettmassen, die sie mit sich herumschleppt, umgürten Bauch und Hüfte, den Oberkörper unbehelligt lassend, so daß sich der Vergleich mit einer Birne aufdrängt.

»Ach, da sind Sie ja«, krakeelt die Frau, »schönen guten Tag. Sie werden sich freuen, Frau Sommer, die Torte ist ein Augenschmaus. Fast zu schade, um gegessen zu werden. Aber schmecken tut die außerdem. Ich sage Ihnen, mir läuft das Wasser im Mund zusammen, wenn ich nur daran denke.« Schmatzend reckt die Birnenförmige ihre Arme nach vorn und überreicht ihrer Nachbarin einen stabilen quadratischen Kasten. Das Bild auf dem Deckel wirbt in den Farben Creme, Schokolade und Kirsche um Anhänger lukullischer Ausschweifungen. Offensichtlich sehr erfolgreich.

»Oh, Frau Schickedanz«, entgegnet Annelies Sommer mit Honigstimme, »vielen Dank für Ihre Hilfe. Natürlich reservieren wir Ihnen eine Kostprobe. Die ganze Torte werden wir zu dritt ja sicher nicht schaffen. Übrigens, das ist Frau Reimer, eine Bekannte von Marie.«

»Ach, das arme Ding«, stellt sich Frau Schickedanz schnurstracks auf weinerliches Pathos um. »Was muß das Mädchen nur alles aushalten. Früher war sie in allem die Erste. Und so gutherzig. Immer freundlich. Nein, so ein Jammer. Manchmal frage ich mich, ob die Kleine denn noch irgend etwas von ihrem Leben hat. Man kann ihr ja auch nicht helfen...«

»Doch, Sie könnten ihr helfen!« falle ich der Rednerin abrupt ins Wort. »Und ob Sie ihr helfen könnten!«

Stille im Treppenhaus. Erschrockene Gesichter. Ich habe zu scharf gesprochen, weiß ich jetzt. »Frau Schickedanz«, wiederhole ich deshalb im Tonfall einer Seelsorgerin, »Sie könnten Marie mit ganz einfachen Mitteln helfen. Indem Sie sie ab und zu besuchen. Mit ihr sprechen. Interesse verraten. Waren Sie schon einmal im Heim?«

»Ich wollte schon immer einmal dort vorbeischauen«, umgeht Frau Schickedanz eine direkte Antwort, »aber ich habe es nie fertiggebracht. Ich kann es einfach nicht ertragen, daß sie nun so daliegt. Wo sie früher so ein Wiesel war. Ich müßte immerzu nur weinen. Ich habe halt ein viel zu weiches Herz.«

Frau Schickedanz läßt ein theatralisches Schluchzen ertönen. Was seine Wirkung auf

Mutter Annelies nicht verfehlt. Sie reißt ihr Taschentuch hoch, um die herunterstürzenden Tränen aufzufangen. Vater Wolfgang wendet sich ab und steigt die Treppe weiter nach oben. Hektisch suche ich nach der Chance, die Situation zu retten. Für Marie.

»Ihr weiches Herz ehrt Sie«, balze ich, obwohl ich es als verlogenen Vorwand für Egoismus anprangern sollte. »Aber noch ehrenvoller ist es, ein mutiges Herz zu haben. Und das traue ich Ihnen durchaus zu. Sie müssen es nur entdecken. Marie würde sich freuen. Auf bald, Frau Schickedanz.«

Die Wohnung mit dem Namensschild »Sommer« liegt in der dritten Etage. Viel Ruhe, viel Licht, gute Fernsicht. Himmelsnähe. Die Räume sind gemütlich eingerichtet und sorgfältig gepflegt, kleinbürgerliches Wohlbehagen erzeugend. Nestwärme. In der Küche, links neben der Tür, stehen eine gepolsterte Eckbank und ein Tisch in Eichenholz, zum Einbaumobiliar passend.

»Das ist alles neu«, sagt die Hausfrau nicht ohne Stolz.

»Und was ist noch wie früher?« frage ich.

»Das Kinderzimmer. Das soll so bleiben, wie es war.«

Als ich Maries ehemaliges kleines Reich betrete, fällt mir sofort auf, daß es nicht mehr in Weiß und Orange gehalten ist, sondern in Weiß und Grün. Ansonsten finde ich alle Vorstellungen, die mich mit diesem Raum verbinden, vergegenständlicht – durch die überlasteten

Bücherregale, die das Fenster umrahmen, durch die Bettcouch, die im rechten Winkel zur Schrankwand steht, und vor allem durch den großen, beidseitig ausgezogenen Tisch mit der Eisenbahnanlage.

Ich setze mich auf die Kante der Bettcouch, im Rücken die Schrankwand, links das Fenster, rechts die Eisenbahnanlage, vor mir die Wand mit der Tür und einem kleinen Schreibtisch. Auf der polierten Platte liegt nur ein einziger Gegenstand, ein mittelgroßes, in rosafarbenes Kunstleder eingebundenes Buch. Ich nehme es in die Hand und schlage es auf. Es ist Maries Poesiealbum und enthält an die dreißig Eintragungen aus Kindertagen. Sentimentale Empfehlungen, die in einen durchaus passenden Rahmen aus gemalten Schnörkeln, Engeln und Blumen gepreßt wurden. Die meisten der Unterschriften wirken ungelenk. Ein Name ist besonders groß und deutlich hervorgehoben: Iris. Sie schreibt: »... Es kommt auf Herz und Augen an, daß sie was Glück ist sehen.« Und auf den Verstand, füge ich insgeheim hinzu, und auf die Fantasie.

Ich lege das Buch auf seinen Platz zurück. Mein suchender Blick wandert weiter, Gegenstand um Gegenstand erforschend. Nach Zeichen eines Glücks, das längst dahin ist. Eines Himmels, der geschlossen wurde. Der nur noch zeitweise einen fragwürdigen Zweck erfüllt. Als Museum.

Ich drehe mich um und mustere die Giebelseite der Bettcouch. Im Raum zwischen Wand und Mobiliar liegt ein Kissen. Auf seinem dunkelgrünen wollenen Untergrund leuchten aufdringlich zwei weiße Initiale: M.S. Ich nehme das Kissen und drehe die Unterseite nach oben. Vergebens. Die beiden provokatorischen Buchstaben leuchten mir auch von hier aus entgegen. Ich lege das Kissen an seinen Platz zurück und bette meinen Kopf darauf. Dabei mache ich eine Entdeckung.

Etwas oberhalb der Liegefläche zeigt das Holzfurnier der Schrankwand eine Beschädigung. Ein paar Kratzer nur, die von weitem den Eindruck erwecken, durch einen unbeabsichtigten Zusammenstoß mit einem anderen harten Gegenstand entstanden zu sein. Aber das stellt sich als Irrtum heraus, wenn man näher herankommt. So wie ich jetzt. Ich erkenne, daß die Kratzer dem langlebigen Material absichtlich zugefügt wurden und einen Sinn ergeben. Unter dem winzigen Symbol eines Herzens ist zu lesen: »Marie liebt Martin. Ewig.«

»Darf ich bitten«, schallt Annelies Sommers Sprechgesang vom Korridor herein, »der Kaffee ist fertig.«

Das Wohnzimmer trägt ein Festtagskleid. Auf dem Tisch im Mittelpunkt der braunsamtenen Sitzgruppe liegt schimmernder Damast. Altes Meissener Porzellan widerspiegelt den Schein von zwei Kerzen. Im Hintergrund steht der Rosenstrauß in Pink, einen wirkungsvollen Kontrast zu dem herbstlichen Bild herstellend, das das große, nur teilweise verhängte Fenster ins Blickfeld rückt. Ich erkenne, daß ich in Ehren empfangen werde. Daß ich ein Hoffnungsträger bin. Einer der raren Gäste dieses Hauses.

Die Torte schmeckt tatsächlich vorzüglich. »Ich habe mir eingebildet«, versuche ich bei der zweiten Tasse Kaffee, die Stimmung aufzubessern, »daß das Kinderzimmer seine orangeweiße Farbgebung von einst behalten hat. Apfelsine mit Sahne. Und was finde ich vor? Tanne mit Schnee.«

»Irrtum«, geht Wolfgang Sommer auf meinen bewußt lockeren Umgangston ein, »wenn Sie genau hinsehen, finden Sie Sachsen mit Pfiff. Marie hat sich selbst für Grünweiß entschieden. Vor Jahren schon, als sie noch in Dresden studiert und sich für alle möglichen Sportarten interessiert hat, sogar für Fußball. Eine Zeitlang schwärmte sie für eine Leipziger Elf. Deshalb die Landesfarben auf der Tapete. Das galt als modern. Maries damalige beste Freundin, die Stefanie, hat das zumindest behauptet.«

»Was ist eigentlich aus Iris geworden?«

»Eine waschechte Berlinerin«, kommt Annelies Sommer einer Antwort ihres Mannes zuvor, »mit Herz und Schnauze.«

»Und Geld«, vervollständigt der Überrumpelte ein wenig brummig.

»Ach«, frage ich gespannt, »ist sie Künstlerin geworden?«

»Nein, Friseuse«, erweist sich Annelies Sommer wieder als die Schnellere. »Mit dem Konservatorium hat es nicht geklappt, dafür aber mit dem Geschäft. Es soll gut gehen. Das steht in Iris' letztem Brief an uns alle. Wollen Sie ihn lesen, Frau Reimer?«

»Ja, gern«, sage ich hoffnungsvoll.

Annelies Sommer öffnet eine Schublade und entnimmt ihr eine dicke Mappe voller Schriftstücke. Eines davon hebt sich blaßlila von den anderen ab, trägt ein Datum, das fast zwei Jahre zurückliegt, und eine Unterschrift, die schon im Poesiealbum zu finden war. Sie hat sich wenig verändert.

»Liebe Familie Sommer«, lese ich, »ich habe lange keine Zeit zum Schreiben gefunden. Aber jetzt drängt es mich, Ihnen wenigstens in Kürze die Neuigkeiten mitzuteilen. Ich habe mein Vorhaben, einen Friseursalon zu eröffnen, Anfang des Jahres wahrgemacht. Damit bin ich nun zwar aus dem Gröbsten heraus, aber nach wie vor muß ich höllisch aufpassen, daß die Kosten den Gewinn nicht verschlingen. Also Einsatz ohne Pause. Ich kann froh sein, daß Mann und Kind pflegeleicht sind. Rainer hilft, wo er kann, und Jenny wird nach der Schule von der Oma betreut. Sie sagt, daß sie mit ihrem Enkelkind nachholen will, was sie bei ihrer Tochter versäumt hat.

Daß es Marie gesundheitlich nicht gut geht, tut mir sehr leid. Aber sie wird die Krankheit schon überwinden. Wo sie doch immer alles geschafft hat, was sie wirklich wollte. Sicher wird sie auch mit ihren gesundheitlichen Problemen fertig. Ich wünsche gute Besserung. Und allen zusammen, also auch Siegfried und Tristan, ein frohes Weihnachtsfest. Herzlichst. Iris.«

Ich falte das blaßlila Papier zusammen und lege es wortlos auf den Tisch. Dann öffne ich ein Ventil für meine Enttäuschung. »Sie weiß ja überhaupt nicht, was los ist«, sage ich gedehnt. Dann schweige ich, erschrocken über die Deutlichkeit meiner Worte und den Mangel an Rücksicht auf elterliche Gefühle. Aber Annelies Sommer hilft mir aus der Klemme.

»Das glauben die meisten Nichtbetroffenen«, bestätigt sie meine Feststellung. »Uns selbst ging es früher nicht anders. Heute wissen wir, daß der Krankheitsverlauf bestenfalls aufgehalten und daß keine Therapie einen Erfolg garantieren kann. O ja, wir sind informiert. Bestens. Entsprechend gering sind unsere Hoffnungen auf Besserung oder gar Heilung. Manchmal ist es eine Qual zu wissen. Warum sollten wir auch noch Iris damit belasten? Das wäre keine…«

Sie bricht ab, weil ihr die Stimme nicht mehr gehorcht. Die Worte verebben in einem Schnaufen, das in ein Schluchzen übergeht. Wolfgang Sommer starrt schweigend vor sich hin. Nun stecke ich tiefer in der Klemme als zuvor. Ich versuche, die verlorene Zwanglosigkeit zurückzuerobern, indem ich ein beruhigendes Wort sage. Aber ich finde kein einziges, das der Situation angemessen wäre. Mein Hirn scheint nicht mehr zu funktionieren.

Dennoch sehe ich klar. Die verfängliche Situation schärft meinen Blick auf zwei Menschen mit den Symptomen eines schweren Schicksals. Einer Krankheit, die sie selbst nicht haben. Die sie aber miterleiden. Weil sie lieben. Liebe,

Nähe, Leid – das ist die zwingende Kausalität einer engen Beziehung zwischen Betroffenen und Nichtbetroffenen. Ohne Liebe keine Nähe, ohne Nähe kein Leid. Die Alternative heißt Distanz. Silvia Adler weiß, warum sie darauf hält. Weil sie sonst verletzlich würde. Wie Annelies und Wolfgang Sommer.

Beider Dasein ist wie ein langsames seelisches Sterben. Für jedermann sichtbar. Wer will diesem Vorbild schon nacheifern? Wer ist so stark, daß ihm die Angst nichts anhaben kann? Die Angst vor dem Leiden und Mitleiden. Vor der Gefahr, dem Sog der Nähe nicht mehr entrinnen zu können. Niemand ist so stark. Aber jeder könnte die Angst bekämpfen. Und besiegen. Wenn er nur wollte.

Maries Eltern verzichten darauf, Verwandten, Bekannten und Freunden Entscheidungen abzuverlangen, die vielleicht eine Absage für immer provozieren könnten. Sie warten – auf den nächsten Besuch von Eberhard und Sonja, auf den nächsten Brief von Iris. Auf ein Glück per Zufall. Vielleicht ist das ihre Form des Überlebenkönnens. Meine ist es nicht. Ich hätte Iris längst die ganze Wahrheit mitgeteilt.

»Möchten Sie die Adresse von Maries Schulfreundin haben?« fragt Wolfgang Sommer, als hätte er meine Gedanken erraten.

»Gern. Hat Marie nicht hin und wieder selbst nach Berlin geschrieben?«

»Ja, schon. Aber Sie kennen doch ihr Bemühen, ihren eigenen Zustand zu verharmlosen. Sie braucht das halt.«

»Ich verstehe.«

Später frage ich nach Frau Schönkopf, Maries einstigem Vorbild.

»Weggezogen«, antwortet Wolfgang Sommer kurz und bündig.

»Vor drei Jahren habe ich sie das letzte Mal getroffen«, fühlt sich die Hausfrau zu weiteren Auskünften verpflichtet. »Die Schuldirektion hatte ihr gerade gekündigt. Weil sie in der Partei gewesen war. Sie wissen schon, in welcher.«

»Haben Sie vielleicht ein Klassenfoto bei der Hand?« frage ich interessiert.

»Aber selbstverständlich«, sagt Annelies Sommer voller Eifer. Sie öffnet ein weiteres Schubfach. Entnimmt ihm ein schweres braunes Album. Legt es vor mir auf den Tisch. Und schlägt die erste Seite auf. Ein Bild in der Größe dreizehn mal achtzehn Zentimeter zeigt einen glatzköpfigen Säugling mit Kulleraugen. Darunter steht geschrieben: »Marie mit zwei Monaten«.

Die nächste Seite enthält mehrere kleinere Fotografien eines etwas älteren Babys mit Daunenhaaren, die übernächste das Porträt eines Kleinkindes. Dessen Zugehörigkeit zum weiblichen Geschlecht ist nun besonders einer hellblonden Lockenpracht abzuschauen, die von Bild zu Bild mehr Fülle zeigt. Das dazugehörige Mädchen hingegen wird nach und nach größer und dünner.

»Marie war eine schlechte Esserin«, jammert die noch nachträglich besorgte Mutter. »Mit fünf Jahren hatte sie sogar die Magersucht. Der Arzt mußte sie zur Kur schicken, gottlob erfolgreich.«

Der obligatorischen Ablichtung eines aufgeputzten Kindes mit Zuckertüte folgen die Gruppenfotos. Marie inmitten einer Unterstufenklasse nebst Lehrerin. Marie zwischen zwei Jungen, die sich ähneln, vom Rotschopf bis zum aufgeschlagenen Schienbein. Marie neben einer etwa gleichaltrigen Molligen mit dunklen Knopfaugen. Marie auf dem Siegerpodest, umringt von Halbwüchsigen. Marie und die Seminargruppe. Marie im Hochzeitsstaat.

»Gibt es auch jüngere Aufnahmen von ihr?« frage ich, als Annelies Sommer das Album zuschlägt. »Mir ist aufgefallen, daß es ausschließlich Erinnerungen an die Zeit vor der Krankheit enthält.«

»Ja, diese«, sagt Wolfgang Sommer und zeigt auf die Wand hinter meinem Rücken. Ich drehe mich um und sehe, was er meint. Auf einem Hängebord, zwischen Büchern und Nippes, steht eine gerahmte Farbfotografie im Postkartenformat, Marie im Rollstuhl zeigend.

»Wir haben mehrere Vergrößerungen anfertigen lassen«, ergänzt die Hausfrau, »möchten Sie eine haben?«

»Sehr gern«, antworte ich erfreut. »Ich kann sie gut gebrauchen.«

Gegen sechzehn Uhr verabschiede ich mich von meinen Gastgebern. Sie versuchen zunächst, mich mit herzlichen Worten zurückzuhalten, dann akzeptieren sie meine Argumente. Der Heimweg ist lang und der Ehemann nicht der geduldigste. Was ich nicht erwähne, ist ein Vorhaben, für das ich mich soeben erst entschieden habe.

Wolfgang Sommer begleitet mich bis zur Haustür. »Wenn ich Sie so leichtfüßig die Treppe hinuntersteigen sehe«, bemerkt er beiläufig, »denke ich an Marie, als sie zwanzig war. Immer mußte sie die Schnellste sein. Wenn wir sie heutzutage mal vom Behindertenfahrdienst herbringen lassen, müssen wir den Treppenkuli benutzen. Das ist ein Zusatzgerät zum Rollstuhl, das nur bis zu einer bestimmten Steigung gut funktioniert – was auf diese Bedingungen hier natürlich nicht zutrifft.«

Nachdem ich im Wagen langsam den Berg hinabgerollt bin, schlage ich auf der übergeordneten Straße die Chemnitzer Richtung wieder ein. Das Autohaus, auf das mich Annelies Sommer vor wenigen Stunden aufmerksam gemacht hat, winkt mir mit wehenden Fahnen zu. Sie tragen ein kreisförmiges Symbol. Ich fahre schwungvoll in eine der zahlreichen Parklücken vor dem Pavillon und steige aus. Im Eingangsbereich begegne ich einem Mann, an dessen blauem Kittel ich das kreisförmige Symbol wiederfinde, und frage nach Herrn Sommer.

»Der Chef ist in seinem Büro«, gibt der Angestellte bereitwillig Auskunft. »Am besten ist, Sie gehen durch den Ausstellungsraum bis zur Treppe, in der oberen Etage den Gang nach links und durch die letzte Tür. Dann sind Sie da.«

Die Informationen erweisen sich als richtig – mit einer Einschränkung; hinter der besagten Tür bin ich noch lange nicht am Ziel. Denn dort empfängt mich nicht der Chef, sondern die Chefsekretärin. Sie ist jung, schlank, selbstbewußt und offensichtlich mit weitreichenden Befugnissen ausgestattet, die sie geschickt zu gebrauchen weiß. Während sie mir unmißverständlich nahelegt, den Raum sofort und durch dieselbe Tür wieder zu verlassen, weil »eine Frau Reimer nicht avisiert« sei, lächelt sie. Ihre Zähne sind eine Augenweide.

Ich zeige ihr, daß auch mein Gebiß keine Lücken aufweist. Dabei recke ich meinen linken Arm weit nach vorn und plaziere meinen Presseausweis mitten auf die aufgeräumte Schreibtischplatte der begabten Rausschmeißerin. Dann empfehle ich ihr betont leise, mich dem Chef unverzüglich anzumelden, ansonsten würde sie ihm bestimmt keinen Gefallen erweisen.

Zwei Minuten später betrete ich das Allerheiligste. Ein eleganter Rothaariger in den Dreißigern erhebt sich von seinem grauledernen Drehsessel unter einer gauguinverdächtigen Gemäldereproduktion. Der Mann erweckt einen attraktiven Gesamteindruck. Sein Lächeln ist kamerareif. Es hält und hält und hält.

Bis es wegbricht. Sich in sein Gegenteil verkehrt. In einen verkniffenen Ausdruck von Erschrockenheit, Mißtrauen, Abwehr. Und zwar in demselben Moment, in dem ich sage, daß ich eine Freundin von Marie bin.

»Was wollen Sie von mir?« fragt er kurzangebunden.

Daraufhin lege ich ein kurzes Schweigen ein – angemessen der Gefahr, die ich wie ein Gewitter heraufziehen sehe. Der Gefahr, mißverstanden und sofort abgelehnt zu werden. Als unbefugter

Eindringling in eine private Welt. Mein erstes Wort könnte mein letztes bleiben, ohne daß ich wirklich gesprochen hätte. Ich entschließe mich, mein berufliches Image vorerst nicht abzulegen.

»Ich bereite eine Veröffentlichung über Behindertenproblematik vor. Ihre Cousine ist mir dabei eine große Hilfe. Wenn Sie mir ebenfalls einige Fragen beantworten würden, natürlich aus der Sicht einer entfernten Kontaktperson, wäre ich Ihnen sehr verbunden. Außerdem interessiere ich mich für einen der Mittelklassewagen, die Sie im Angebot haben.«

Ich scheine der Gefahr entronnen zu sein; das Lächeln ist wieder da, wenn auch in einer etwas schiefen Variante.

»Aber setzen wir uns doch«, sagt der Gastgeber endlich und weist mit einer lässigen Geste auf einen der beiden erdbeerfarbenen Stühle, die diesseits des ausladenden grauen Schreibtisches stehen, der uns barriereartig trennt.

»Welchen Mittelklassewagen meinen Sie denn? Ich stelle Ihnen gern die passenden Prospekte zur Verfügung. Wie wäre es mit einer Auswahl aller Typen dieser Größenordnung?«

»Das wäre nicht schlecht; ich könnte dann in Ruhe eine Entscheidung treffen. Übrigens, was bedeutet Ihnen Marie?«

»Was schon«, sagt er leicht verärgert, während er hinter sich in ein Regal greift, »eine Erinnerung an die Kindheit. Aber die ist lange her.«

»Erinnern Sie sich noch an den Pullover, den Ihnen Marie gestrickt, und an die Entschuldigungsbriefe, die sie Ihnen geschrieben hat?«

»Ja. Und?« Er läßt seinen Blick im Raum herumturnen.

»Jetzt sind Sie an der Reihe.«

»Womit?«

»Mit einem Geschenk. Ich meine, mit einem Geschenk, das man nicht kaufen kann. Mit ein wenig Zuwendung. Wissen Sie eigentlich, wie dringend Marie so etwas braucht? Dringender als Medikamente, denn die erhält sie regelmäßig. Aber was die Gaben reiner Nächstenliebe betrifft, die sind knapper als der Minirock Ihrer Sekretärin. Entschuldigen Sie, das wollte ich nicht so sagen.«

»Dachten Sie an einen Besuch im Heim?« reagiert er erstaunlicherweise versöhnlich.

»Ja«, entgegne ich mit voreiliger Freude, »vor allem daran. Darüber hinaus gibt es natürlich noch andere Möglichkeiten, eine Verbindung wiederherzustellen. Die Sie sicher besser einschätzen können als ich.«

»Übrigens«, dämpft er meine Begeisterung, »da Sie soeben das Wort knapp gebrauchten – bei mir steht es vor dem Wort Zeit.«

»Das glaube ich Ihnen«, gebe ich enttäuscht zu. »Und ich habe nicht die geringste Chance, einen Austausch der Attribute zu erreichen. Ich kann Sie nur bitten, einen Austausch der Gefühle anzustreben. Sagen wir Anteilnahme gegen Gleichgültigkeit.«

»Gut«, verspricht er und erhebt sich, »ich werde es mir überlegen. Hier ist das Informationsmaterial.«

»Ich halte Sie für einen Gentleman«, versuche

ich, ihn schnell noch festzunageln, denn ich komme nicht umhin, die Prospekte an mich zu nehmen und mich ebenfalls zu erheben. »Vielleicht helfen Ihnen Ihre Eltern und Ihr Zwillingsbruder bei der Einhaltung des Versprechens.«

»Siegfried ist weit weg, in Amerika. Und mit meinen Eltern werde ich sowieso sprechen.« Er geht zur Tür und öffnet sie.

»Ach, wenn Sie wüßten, wie sich Marie über Post aus Übersee freuen würde. Ich danke Ihnen, Herr Sommer, daß Sie mir ein wenig von Ihrer knappen Zeit geopfert haben. Auf Wiedersehen.«

Er verbeugt sich lächelnd. Im Blickfeld der lächelnden Sekretärin. Ich nicke ihr zu, mir ebenfalls ein Lächeln ins Gesicht zwingend. Dann bin ich draußen. Ich komme mir vor, als hätte ich Drehpause – von der Arbeit an einem Film über Etikettenschwindel.

Während der Heimfahrt verdränge ich meine Übellaunigkeit. Die Verkehrsdichte auf der Bundesstraße Fünfundneunzig verlangt Konzentration. Aber als ich den Wagen vor dem großen alten jugendstilgeprägten Mietshaus parke, in dem ich zu Hause bin, ist das depressive Gefühl wieder da. Ich kämpfe es mühsam nieder. Clemens soll mich guter Dinge erleben.

Als ich die Wohnung betrete, liegt sie im Dunkeln. Nur der Fernsehapparat im Wohnzimmer verbreitet ein diffuses, zuckendes Licht. Auf dem Bildschirm turnen zwei Nackedeis aufeinander herum. Clemens liegt, vom aufgeregten Gehabe ungerührt, auf der Couch und schläft. Ich wecke ihn erst, als das Abendbrot fertig ist, herzhaft gefüllte Hefeplinsen. Er gähnt und sagt: »Na, endlich.«

Gegen zweiundzwanzig Uhr fällt mir ein, daß ich Marie versprochen habe, noch anzurufen. Sie wird warten. Ich gehe zum Telefon und wähle die Nummer des Alten- und Pflegeheims. »Würden Sie mich bitte mit der Rollstuhlstation verbinden«, sage ich zu der dunklen weiblichen Stimme, die sich gemeldet hat. Nach dem anschließenden Knacken in der Leitung ist eine helle weibliche Stimme zu hören: »Schwester Regina«. Ich sage auch ihr meinen Vers auf. »Es ist schon sehr spät«, gibt sie zu bedenken. »Und Frau Sauerbrei liegt nicht allein im Zimmer. Na, gut, wenn es so dringend ist. Aber bitte, fassen Sie sich kurz.« Nach einem weiteren anschließenden Knacken in der Leitung habe ich Marie am Apparat.

»Ach, Clau-di, dich ha-be ich ganz ver-gessen.«

»Sicher aus verständlichen Gründen. Wie waren die Kinder?«

»Was heißt wie«, stößt sie die Silben wie aneinandergereihte Peitschenhiebe aus. »Hät-test du mal bes-ser ge-fragt, wo sie wa-ren. Mar-tin hat sie näm-lich nicht mit-ge-bracht, der Schur-ke.«

»Aber warum ist er dann gekommen?« frage ich ungläubig.

»Weil er mich zur Schei-dung ü-ber-re-den woll-te. Wie-der ein-mal. Die Kin-der wa-ren gar kein The-ma für ihn.«

»Dann mußt du das Umgangsrecht, das du einklagen willst, eben doch mit ganz konkreten Forderungen ergänzen. Eine Zusage für irgendwann einmal im Monat würde offensichtlich wenig nützen. Am besten, du schreibst gleich an deinen Anwalt.«

»Schon ge-sche-hen. Die Se-kre-tä-rin von Frau Kühn-ast hat mir ge-hol-fen. Ich las-se dir mor-gen ei-ne Ko-pie durch-fa-xen.«

»Sehr gut«, lobe ich Marie, denn ich bin froh, daß sie auf die erneute Enttäuschung mit Aktivität reagiert. »Du gibst dich nicht geschlagen. Übrigens, der Kaffeeklatsch bei deinen Eltern war sehr unterhaltsam. Wir hatten viel Spaß miteinander. Auch von deinen Freundinnen haben wir gesprochen, beispielsweise von Steffi. Mit ihr warst du doch auch in Kiew zusammen, damals als…«

Ich unterbreche meine Rede, weil sich ein papageiartiges Kreischen durch die Leitung zwängt, entstanden in der greisen Kehle von Frau Genslein. »Ja«, spricht Marie in den Hintergrund hinein, »wir hö-ren gleich auf.«

»Du brauchst ein Einzelzimmer«, stelle ich wieder einmal fest. »Ich bin sicher, daß du es bald bekommen wirst. Der Verband, in den du kürzlich eingetreten bist, wird deinen Antrag sicher unterstützen. Wir werden noch darüber sprechen. Aber jetzt sollten wir erst einmal Schluß machen.«

»Ich fah-re bald ins Sau-er-land«, fügt Marie noch eine gute Nachricht an.

»Ich weiß. Ich freue mich für dich. Aber nun gute Nacht. Schlaf schön, Marie!«

Der Kampf geht weiter, schlußfolgere ich, nachdem ich den Hörer aufgelegt habe, und meine damit nicht allein Maries Leben. Ich selbst bin dabei, mein journalistisches in ein rein persönliches Vorhaben umzuwandeln. Und das wird Clemens nicht gefallen.

»Am Wochenende machen wir es uns gemütlich«, schnurre ich, während ich mich zu ihm auf die Couch setze.

»Was soll das heißen?« entgegnet er. »Wir wollten doch drei Tage im Riesengebirge verbringen.«

»Geht doch in Ordnung«, sage ich begütigend, »aber Ausschlafen muß auch sein.«

Am nächsten Morgen halten wir es im Bett bis gegen zehn Uhr aus. Um diese Zeit kriecht Maries Brief an ihren Anwalt aus dem Fax-Gerät. Er ist lang. Die Passage zum Umgangsrecht ist dick angestrichen. Darin heißt es: »... habe ich ernsthaft und nur der Kinder wegen versucht, mich mit ganz wenigen, sporadisch erfolgten Besuchsstunden zu begnügen. Leider nutzt das mein Mann mehr und mehr dafür aus, mir Markus und Mareike zu entfremden. Deshalb möchte ich nun doch eine gerichtliche Festlegung nicht allein der Häufigkeit, sondern auch der Zahl und der zeitlichen Abstände der Besuchsstunden beantragen. Sonst werden mich meine Kinder bald nicht mehr wiedererkennen. Des weiteren müßte festgelegt werden, daß ich berechtigt bin, gemeinsam mit den Kindern das Zimmer zu verlassen. Während der beiden bisherigen Besuche hat das mein Mann unterbunden, indem er die Mäntel einbehielt und ...«

Am Sonntag kraxeln Clemens und ich zur Elbequelle hinauf. Die Bergkuppe ähnelt einem riesigen gestürzten Teller, dessen Rand in Watte gepackt wurde – in ein besonders weiches, flockiges Material, von dem kleine Fetzen über die unebene Fläche eilen.

Obenauf gibt es eine steinerne, brunnenrandähnliche Markierung, von der aus sich ein lächerlich schmales Rinnsal seinen Weg durch die Wiesen bahnt. Jetzt, im Oktober, tragen sie ihr Herbstkleid in den Farbschattierungen zwischen hellem Beige und sattem Ocker – wellenartig zusammenfließend und auseinanderdriftend. An das Meer erinnernd.

Hier, in dieser Landschaft von großartiger Schönheit, haben Clemens und ich uns kennengelernt. Vor fast siebenundzwanzig Jahren. Damals, bei Eis und Schnee, hatten wir Mühe, den steilen, auf der Karte als schwer begehbar ausgezeichneten Weg hinter uns zu bringen. Heute, da er sich als glitschige Geröllhalde entpuppt, ist die Mühsal noch größer. Wohl auch aufgrund der Jahre, die wir mit uns herumtragen.

Das kleine Hotel in Vrchlabí, in dem wir für ein langes Wochenende Quartier bezogen haben, empfängt uns abends wie ein zweites Zuhause. Erst zu später Stunde, nachdem wir geduscht, etwas geruht und uns umgezogen haben, gehen wir noch in das schlichte, gemütliche Restaurant hinunter. Bei gegrillter Forelle und Melniker Wein werten wir das Tagesgeschehen aus. Es klingt, als hätten wir viele Abenteuer bestanden.

»Oben auf dem Kamm«, hebelt Clemens unvermittelt die außergewöhnlich harmonische Stimmung aus, »da hast du wieder an sie gedacht.«

»An sie?« frage ich, Unverständnis vortäuschend, obwohl ich weiß, daß er Marie meint. Dabei versuche ich, eine Gefühlsmischung aus Abwehr und Verständnis zu sondieren. Und entscheide mich letztendlich für größtmögliche Sachlichkeit. »Warum sollte ich nicht an sie denken? Du weißt doch, was ich mir vorgenommen habe.«

»Und ob ich das weiß. Für einen Artikel wolltest du recherchieren. Nicht mehr und nicht weniger. Nun muß ich erkennen, daß du dich in Wirklichkeit um ein neues Familienmitglied bemühst. Mag sein, daß du dir damit deine Menschlichkeit beweisen willst. Mir jedenfalls geht dieses sentimentale Getue auf die Nerven.«

Die Auswirkungen dieses Streits spüren wir am nächsten Morgen noch – zumal unsere trübe Stimmung durch den unaufschiebbaren Abschied vom Riesengebirge gefördert wird. Außerdem regnet es, so daß die herrliche Landschaft nicht viel mehr Reize enthüllt als ein verlassener Braunkohletagebau in der Leipziger Tieflandsbucht. Der letzte Blick ins Paradies bleibt uns verwehrt. Ich seufze und sage: »Scheißleben«.

Kurz vor Jablonec geben wir die Absicht auf, ein zweites Mal nach Frydlant, wie Friedland, zu fahren. Die Burg, das architektonische Sammelsurium etlicher Jahrhunderte, zeitweiser Stammsitz Albrechts von Waldstein, den Schiller Wallenstein nannte, sollte warten – auf besseres Wetter, auf bessere Zeiten, auf fröhlichere Gäste, als wir es sind. Wir bleiben deprimiert. Oder?

»Ich habe eine Idee«, beendet Clemens plötzlich unser Schweigen. Wir stehen in Liberec an einer Ampelkreuzung. Die Wassertropfen auf der Frontscheibe leuchten kurz auf, bevor sie weggewischt werden. Die Sonne ist wieder da. Ich schaue hoffnungsvoll nach links. »Da wir nun den kürzeren Weg nehmen«, spricht Clemens weiter, »hätten wir doch Zeit für Dresden. Stell dir vor, ich würde die Außenstelle meiner neuen Firma schon kennen, wenn mein Dienst beginnt. Das wäre ein Vorteil. Findest du nicht?«

»Doch«, sage ich erleichtert, »das finde ich auch. In der Reisetasche ist noch ein frisches Hemd zum Jackett. Und eine passende Krawatte habe ich sowieso eingepackt. Na, wie bin ich?«

»Ausgekocht.«

Die Stimmung ist gerettet. Lächelnd sinne ich Clemens' letztem Wort nach, dessen neuerliche Bedeutung er nicht kennt. Denn der Plan, den ich mir schnurstracks für meinen Aufenthalt in Dresden aufstelle, ist mein Geheimnis.

Wir kommen gut voran. Am böhmisch-sächsischen Grenzübergang in Schmilka brauchen wir nicht einmal anzuhalten. Dann sind wir auf der Bundesstraße Einhundertzweiundsiebzig. Sie führt uns in Bad Schandau über die Elbe und von dort aus in geringer Entfernung zum linken Ufer bis Dresden. Wir fahren über die Carolabrücke und finden im anschließenden Straßengewirr überraschenderweise eine Parklücke.

Von weitem erkenne ich den 1901 errichteten Prachtbau, an dessen Vorderfront die Initialen König Alberts golden leuchten. Hinter der Fassade sitzen Leute, die das Land mitregieren. Schon seit Anfang des Jahrhunderts öffnet das Palais dieser wichtigen Aufgabe seine Tore und Pforten. Die Beauftragten, die Ziele und die Initialen wurden ab und zu geändert – von den Regierten. Der Gebäudekomplex auf der gegenüberliegenden Straßenseite ist architektonisch und geschichtlich bedeutend weniger wertvoll. Aber Geschichten könnte auch er erzählen, beispielsweise über seine Zeit als Pädagogische Hochschule.

Drei Stunden habe ich frei. Um keine Zeit zu vergeuden, lege ich mir einen Sturmschritt zu. Nach fünf Minuten bin ich am Goldenen Reiter, blinzle zum starren starken August hinauf und wende mich in die Richtung, die mir der Kopf seines Pferdes weist. In der Neustadt betrete ich eine Telefonzelle und ziehe aus der Tasche meiner Jacke einen weißen Briefbogen. Darauf steht inmitten einiger in Alteleutehandschrift zusammengedrechselter Zeilen eine sechsstellige Zahl. Das ist die Telefonnummer von Stefanie Höhne, verheiratete Renkewitz. Zehn Jahre lang hat Marie nichts mehr von ihr gehört. Ich nehme mir vor, kein elftes hinzukommen zu lassen.

Den Brief haben Annelies und Wolfgang Sommer vergangene Woche aus Freiberg erhalten, als Reaktion auf eine schriftliche Anfrage ihrerseits. »... ob Sie uns«, hatte es darin geheißen, »als Eltern von Marie-Luise Sauerbrei, geborene Sommer, baldmöglichst den gegenwärtigen Wohnort ihrer einstigen Kommilitonin mitteilen könnten?...« Als Empfängerin kam, wie sich herausstellte, nur noch die Oma infrage. Sie hat mit der Antwort nicht lange gezögert.

Ich stecke mehrere Münzen in den Automaten. Wähle die sechs Ziffern. Höre, daß der Ruf ankommt. Befürchte, daß niemand zu Hause ist. Spreche eine törichte Beschwörungsformel. Und gebe die Hoffnung auf.

»Renkewitz«, sagt eine samtene weibliche Stimme in demselben Moment, als ich den Hörer auf die Gabel drücken will.

»Oh, guten Tag«, rufe ich erfreut, »mein Name ist Reimer, Claudia Reimer. Entschuldigen Sie bitte die Störung. Aber ich bin zufällig auf der Durchreise in Dresden und würde bei dieser Gelegenheit gern mit Ihnen sprechen. In einer sehr dringenden Angelegenheit. Es handelt sich um eine gemeinsame Bekannte. Um Marie-Luise Sommer.«

»Wo ist sie?« fragt die Samtstimme. »Steht sie neben Ihnen?«

»O nein, das könnte sie gar nicht. Deshalb möchte ich Sie ja so gern sprechen. Aber ich habe höchstens zwei Stunden Zeit für eine Unterredung. Und da dachte ich, daß...«

»Von wo aus rufen Sie an?«

»Aus einer Telefonzelle ganz in Ihrer Nähe.«

»Na, dann kommen Sie doch einfach in meine Wohnung. Kennen Sie die Adresse?«

»Aber ja, von Ihrer Großmutter. In zehn Minuten bin ich bei Ihnen. Bis gleich.«

Ich stürme die Straße entlang. Entdecke in Stefanies Nachbarschaft ein Blumengeschäft. Kaufe zehn gelbe Lilien. Und finde mich pünktlich vor einer nußbaumfurnierten Wohnungstür ein. Auf dem in Augenhöhe angebrachten Messingschild steht der Name Renkewitz. Als ich auf den Klingelknopf drücke, bellt in der Wohnung plötzlich ein Hund los, wahrscheinlich ein großer. Ebenso plötzlich schweigt er wieder. Sicher hat er einen Befehl erhalten. Nun wird die Tür geöffnet.

Im Halbdunkel des Korridors steht ein Mädchen, nach der Größe zu urteilen ein Kind von zehn Jahren. Das nehme ich zumindest an, solange bis die Kleine zu sprechen beginnt. Und zwar mit Stefanies Stimme. »Bitte«, summt es in mein Ohr, »treten Sie näher. Oh, was für wunderschöne Blumen.«

Das Wohnzimmer ist groß und hell. Durch die geöffnete Tür zum Balkon fließt nachmittägliches Sonnenlicht herein, das mich meinen Irrtum vollends erkennen läßt. Das vermeintliche Kind ist eine Frau. Mit allem Drum und Dran. Sie ist schwanger.

»Senta, komm!« sagt Stefanie so ruhig, als würde sie nur ach ja seufzen. Aber auf dieses unscheinbare Signal hin springt eine ausgewachsene Deutsche Dogge von einer Decke neben dem großen olivgrünen Kachelofen auf und stellt sich neben ihre Herrin. Das Fell des Hundes ist sandfarben und glänzt seidig. Die Nase vibriert.

Die dunklen Augen sehen erst mich, dann Stefanie an. Sie tätschelt Senta dem Hals und erklärt ihr, als spräche sie zu einem Menschen: »Das ist Frau Reimer. Alles klar? Nimm Platz!«

»Ein schönes Tier«, sage ich anerkennend, nachdem wir uns auf die olivgrüne Couch gesetzt haben, von der aus wir durch die Öffnung der Balkontür schauen können. Draußen stehen zwei Kübel mit buschigen, kräftigen Hibiskuspflanzen. Daran leuchten mehrere trichterförmige rote Blüten. Sie wippen auf und ab.

»Senta mag Sie«, entgegnet die Gastgeberin, ebenfalls anerkennend, wie mir scheint. Dann gießt sie Kaffee in die Tassen, die auf dem niedrigen geschwungenen Tisch vor uns stehen. Stefanies Hände sind klein und kräftig. Ihr Haar hat die Farbe reifer Kastanien und den Schnitt eines Pagen. Als sie mich fragend anschaut, bemerke ich eine fast asiatisch anmutende Pikanterie der Form des Gesichts und einen Goldton im Braun der Augen. Und in allem den Ausdruck von Geradlinigkeit. Ich mag Stefanie.

»Hier«, entschließe ich mich endlich zu einer Erklärung, »das ist Marie heute.« Dabei entnehme ich meiner Handtasche das postkartenformatige Foto, dessen Zwilling auf dem Hängebord des Sommerschen Wohnzimmers steht, und lege es auf den Tisch.

»Was?« Die Samtstimme klingt eher verhalten als erschrocken, eher ungläubig als erstaunt. Aber die Tasse, die Stefanie absetzt, klirrt unverhältnismäßig laut.

Ich sage nichts, ich warte.

»Hatte sie einen Unfall?« kommt die erste Frage noch mit einer gewissen Gelassenheit auf mich zu. Dennoch erhalte ich zunächst keine Gelegenheit zu antworten, denn weitere Fragen stürzen sofort hinterher – angetrieben von einer Erregung, die den Hund veranlaßt, aufzustehen und zu knurren. »Wird sie wieder gesund?« bohrt Stefanie. »Was ist mit ihrer Ehe? Martin hat Marie doch immer als sein Aushängeschild betrachtet. Was ist passiert? Platz, Senta!«

Dann erzähle ich alles, was ich über Marie weiß. Über die Art ihrer Krankheit, deren Variationsreichtum, Verbreitungsgrad und Unerforschtheit. Über deren Einfluß auf Maries Leben. Über ihr Hinundherpendeln zwischen Hoffnung und Hoffnungslosigkeit. Über Einsamkeit und Warten in einem Kerker, dessen Tür zum Sterben vielleicht weiter offensteht als zum Leben.

»Und ich dachte immer«, flüstert Stefanie, nachdem wir beide minutenlang geschwiegen haben, »daß Marie die Glücklichere von uns beiden sei. Schönheit, Intelligenz, Charme – solche Trümpfe pflegen doch zu stechen. Aber Marie ist außerdem noch gut. Sie hat Sensibilität. Vielleicht ist gerade das ihr Fehler. Wer weiß das schon in dieser unsensiblen Welt?«

Ich nicke. Bemerke, daß die wippenden Hibiskusblüten meine Bewegung nachzuahmen scheinen. Komme mir irgendwie genarrt vor. Frage mich warum. Schaue auf Stefanie. Und weiß plötzlich die Antwort. Die junge Frau neben mir ist der personifizierte Widerspruch. Sie hat das Aussehen eines Kindes und führt die Reden einer Großmutter. Merkwürdig.

Jetzt werden mir auch die Besonderheiten des Zimmers bewußt, in dem wir sitzen. Es drückt Gediegenheit aus. Inhaltliche und gestalterische Harmonie. Eine geglückte Synthese von Funktionellem und Künstlerischem. Die beiden Ölgemälde an der rechten Wand sind Originale. Der Schreibsekretär darunter dürfte eine Kostbarkeit des vorigen Jahrhunderts sein. Vor dem sachlich-korrekt wirkenden Bücherregal zu meiner Linken steht eine Plastik. Sie stellt einen knienden weiblichen Akt dar. Die Körperhaltung ist wundervoll ausgewogen.

In allem finde ich Zeichen der Reife, die ich bei Konstanze und Robert vergeblich suchen würde – obwohl sie nur wenig jünger sind als Stefanie. Ich lasse meine Blicke auf der rätselhaften Kindfrau herumspazieren. Sie merkt es nicht. Sie hält sich mit der linken Hand die Augen zu. Über die Wangen purzeln Tränen. Bis Stefanie mit einer energischen Geste ihr Taschentuch hervorholt und das Gesicht trockenreibt. »Ich weiß«, erklärt sie stockend, »daß Heulen nicht hilft. Und Fehler nicht ungeschehen macht.«

»Warum haben Sie die Verbindung zu Marie eigentlich abgebrochen?«

»Weil ich so blöd war, mich von Martin einschüchtern zu lassen. Er betrachtete seine Frau immer als seinen Besitz und ihre Bekannten als Eindringlinge. Schon zur Hochzeit gab es deshalb Streit. Ich merkte, daß Marie darunter litt, und wollte nicht der Anlaß für ihre Probleme sein. Nach dem Studium haben wir uns noch ein paarmal geschrieben. Das war alles. Ein Wiedersehen hat es seither nicht gegeben.«

»Ich weiß. Deshalb bin ich ja hier. Um Sie zu bitten, das Versäumte nachzuholen. Baldigst. Sagen wir in vier Wochen. Dann ist Marie aus dem Sauerland zurück. Wir sollten die medizinische Therapie durch eine psychologische unterstützen. Marie braucht Freunde. Bitte, sagen Sie ja.«

»Oh« entgegnet Stefanie kummervoll und schaut an sich herab. Mein Blick folgt dem ihren, und mir wird bewußt, daß ihre Schwangerschaft etwa vor sieben Monate begonnen haben muß. »Es ist unser erstes Kind«, spricht Stefanie weiter. »Aufgrund meiner geringen Körpergröße ist die Entbindung ein Wagnis. Der Arzt hat mir dringend davon abgeraten, es einzugehen. Aber wir wollen es durchstehen. Mein Mann hilft mir, wo er nur kann. Er ist achtzehn Jahre älter als ich.«

»Ach so«, sage ich gedehnt. Nun ist mir einiges klar geworden – der Grund für den personifizierten Widerspruch ebenso wie der Grund dafür, daß ich dieses Haus enttäuscht verlassen werde. Oder?

»Aber ich möchte trotzdem bald zu Marie fahren«, sagt Stefanie entschlossen. Steht auf und läuft unruhig hin und her.

»Nein.« Plötzlich bin ich es, die anderen Sinnes geworden ist. »Das geht nicht. Ihr Martyrium würde das von Marie nicht kleiner machen. Bringen Sie erst Ihr Kind zur Welt. Und wenn es aus dem Gröbsten heraus ist, holen Sie die Reise nach Chemnitz nach. Hier ist die Anschrift des Alten- und Pflegeheims. Marie freut sich auch über ein paar Zeilen. Alles Gute für Sie und Ihre Familie.«

Ich erhebe mich. Senta springt auf ihre vier Beine.

»Frau Reimer«, sagt Stefanie in einem Tonfall, der einer Bitte um Verzeihung gleichkommt, »darf ich Sie um Ihre Adresse bitten? Und um Ihre Telefonnummer? Ich möchte so gern, daß wir uns gegenseitig auf dem laufenden halten. Über Maries Zustand. Vielleicht auch über meinen.«

»Aber ja«, antworte ich erfreut. Mir scheint, daß mein Besuch doch nicht ganz umsonst war. Daß Stefanie mein Anliegen erkannt hat. Sie ist halt eine liebenswerte Person.

Zwanzig Minuten später steige ich keuchend in unser Auto. Clemens sitzt schon hinter dem Lenkrad. Er ist gutgelaunt und stellt keine Fragen. Während wir die Stadt in Richtung Autobahn verlassen, erzählt er von seinen Erlebnissen in den vergangenen drei Stunden. Sein Urteil ist vorwiegend positiv. Mein Innenleben ist wieder im Gleichgewicht. Die Begegnung mit Stefanie beflügelt meine schönsten Hoffnungen in bezug auf Marie. Noch heute abend werde ich an Iris schreiben, nehme ich mir vor. Oder besser morgen.

Als ich mich jedoch endlich dazu bequeme, für eine »sehr geehrte Frau Leonhart« ein paar höflich-korrekte Mitteilungen zu Papier zu bringen, ist es bereits November geworden. Vor mir auf dem Schreibtisch liegt eine Karte von Annelies und Wolfgang Sommer. Die Chemnitzer schreiben, daß sie Marie im Sauerland besucht hätten. Ihr würde es in der Klinik gefallen, vor allem weil ihr Besserung in Aussicht gestellt worden sei. Ich könne sie abends ab achtzehn Uhr telefonisch erreichen. Anbei die Durchwahlnummer.

Mitten in einem langen Satz schlägt die Standuhr sechsmal die volle Stunde. Ich lege den Füllfederhalter zur Seite und greife zum Telefonhörer. Während ich die Nummer wähle, die auf der Sommerschen Karte steht, fühle ich mein Herz klopfen. Wie immer, wenn ich nach längerer Pause Kontakt mit Marie aufnehme, bekommt es viel zu tun. Denn es muß einen Berg von Befürchtungen überwinden.

»Sau-er-brei.«

»Hier ist Claudia. Guten Abend, Marie.«

»Ich wer-de ver-rückt.«

»Was gibt es Neues?«

»Al-ler-hand. Die Ärz-te hier wol-len mich zum Ste-hen brin-gen. Stell dir das mal vor.« Maries Tonfall verdeutlicht ihren Höhenflug.

»Jetzt werde ich verrückt. Bist du allein im Zimmer?«

»Nein, a-ber wir drei sind uns ei-nig. Ich darf so laut spre-chen wie ich will. Gut, was?«

»Sehr gut. Wann kommst du zurück nach Chemnitz?«

»Wahr-schein-lich En-de des Mo-nats. Leider.« Jetzt steht Maries Tonfall wieder auf festem Boden.

»Wieso. Du hast mir doch erzählt, im Heim würdest du bald ein eigenes Zimmer erhalten, das du dir gemütlich einrichten darfst. Mit einer Schrankwand, mit einem Teppich, mit Bildern.

»Schon. A-ber was nützt es?« Das klang wie Ankunft untertage.

»Das bedeutet immerhin, daß du uneingeschränkt Besuch empfangen darfst.«

»Wen denn?«

»Beispielsweise mich. Ich freue mich auf deine Rückkehr. Ich glaube, wir haben uns viel zu erzählen.«

»O ja, be-stimmt. Al-so, bis bald. Auf Wie-der-se-hen, Clau-di.«

Das abrupte Klicken in der Leitung erstaunt mich. Aber zugleich fühle ich Trotz und Optimismus. Der Wunsch, Maries Lebenslust aufzupäppeln, ist mit neuer Intensität zurückgekehrt. Ich schreibe den Brief an Iris Leonhart zu Ende und bringe ihn sofort zum Briefkasten an der Hauptstraße. Dabei sinne ich Maries Tonfall nach, mit dem sie fragte: »Wen denn?«

Plötzlich erinnere ich mich einer früheren Äußerung Maries, die von demselben Tonfall geprägt war: »Ach, wenn ich doch nur et-was zum Ku-scheln hät-te.« Auf einmal wird mir bewußt, daß die Worte einem Signal gleichkamen. Einem Hilferuf. Den ich trotz seiner Eindringlichkeit überhörte. Weil ich, nichtbehindert und arrogant, mein eigenes Umfeld als Voraussetzung für eine Partnerschaft zwischen Mann und Frau als Maßstab setzte. Dieses Flair von Riesengebirge und Honigmond. Und ein Bett, das anderen verborgen bleibt.

Wieder zu Hause, rufe ich Konstanze an.

»Du, sag mal«, gehe ich sofort auf mein Ziel los, »worüber freut sich eine einsame junge Frau am meisten?«

»Erstens über einen Mann, zweitens über ein Bett.«

»Und eine behinderte einsame junge Frau?«

»Macht das einen Unterschied?«

»Etwa nicht?«

»Worin soll denn der Unterschied bestehen, wenn sie es nicht gerade mit dem Kopf hat?«

4. Kapitel

Die Leidenschaft der Elfe

Die Liebe zu Martin wuchs in Marie zunächst auf dem Boden einer romantischen Neigung. Ihr hatten es stattliche, dominante Männer angetan. Solche, die das schlichte väterliche Erscheinungsbild in den Schatten stellten. Erst mit der Zeit fand Marie in sich die zweite Voraussetzung für das große Gefühl, Mütterlichkeit. Als Ergänzung dieser beiden Wesensmerkmale schien Martin erschaffen worden zu sein.

Als sie sich zum erstenmal begegneten, war es gerade Frühling geworden. Morgens stand ein hoher, azaleefarbener Himmel über den grünen Hügeln des rechten Elbufers. Im Großen Garten blühten Armeen von Narzissen. Der Gesang der Amseln würdigte die Weisheit der Professoren zur Bedeutungslosigkeit herab. Nichts schien auf einmal wichtiger zu sein, als die Begegnung der Geschlechter. Deshalb kam das Leben im Internat auch spätabends nicht zur Ruhe. Denn das ließen plänkelndes Gelächter, klappernde Aufzugtüren und quietschende Bettgestelle nicht zu.

Feste gehörten seit jeher zu den willkommenen Abwechslungen im Studienbetrieb. Deshalb konnten die Organisatoren den Zeitraum zwischen Ankündigung und Veranstaltungstermin stets klein halten. Auch die Entscheidung für oder gegen eine Teilnahme am »Großen Manöverball« mußte innerhalb von zwei Tagen getroffen werden. Marie und Stefanie brauchten für ihre Zusage allerdings nur eine Überlegung von wenigen Minuten. Denn sie hatten Ramona Fleischer bereits eine »sturmfreie Bude« versprochen.

Dabei nahmen sie das öffentlich bekundete Anliegen der Veranstalter gelassen hin. Ein Politoffizier namens Bernd Schulze hatte zwar die Erwartung seiner Befehlsgewaltigen gehorsam zu Papier gebracht und die Gäste aufgefordert, »das Fest der Waffenbrüderschaft in der Militärakademie zu einem sichtbaren Beweis unverbrüchlicher deutsch-sowjetischer Freundschaft und damit zu einem unvergeßlichen Ereignis werden zu lassen«. Aber die Mädchen waren es gewöhnt, mit solchen Sprüchen umzugehen. Stefanies Kommentar bestand in einer einzigen Bemerkung: »Was für eine umständliche Umschreibung der Vokabeln tanzen, saufen, grapschen.«

Die Veranstaltung strafte ihre strengen Vorzeichen selbst Lügen. Die Eröffnungszeremonie geriet salbungsvoll, aber kurz, der unterhaltsame Teil des Abends lang, aber kurzweilig. Die Mädchen, die im fahnengeschmückten Festsaal eindeutig in der Minderheit waren, leuchteten wie Blüten zwischen dem graugrünen Blattwerk Hunderter von Uniformen. Die Kapelle spielte hinreißend – erst getragen, dann zackig, dann schwungvoll. Zuletzt erotisch.

Als der Tanz begann, sahen sich die meisten weiblichen Gäste gleich von mehreren Bewerbern umringt und schlitterten anschließend auf dem Parkett von einem Arm in den anderen. Die Musik übertrumpfte rhythmisches Schuhsohlengeschleif, Atemgekeuch, Herzgeklopfe. Manchmal kamen ein paar Gesprächsfetzen aus deutschem oder russischem Vokabular gegen die Übermacht der Blasinstrumente an. Oder ein hohes, schrilles Lachen aus weiblicher Kehle.

Marie hatte ein Kleid an, das sie anläßlich ihres zwanzigsten Geburtstages dem Vater aus der Geldbörse gelockt hatte. Es war hellblau, schlicht und von fließender Leichtigkeit. In der Tasche des Oberteils steckte ein weißes Tüchlein mit Maries Initialen. Die aufwendige Stickerei war ein Geschenk der Mutter gewesen. Manchmal flatterten ein paar blonde Haarspitzen darüber hinweg. Denn Marie trug aus festlichem Anlaß ungebändigte Locken. Das exquisite Rouge auf ihren Lippen schimmerte in frühlingshaftem Pastell. Es war die Gegengabe einer Kommilitonin namens Carmen Schilling für ein paar erfolgreiche Nachhilfestunden in Englisch. Thema: »London by Night«.

Der geheimnisvolle Glanz der fernen Millionenstadt schien sich auf Marie zu übertragen. Sie fühlte sich emporgehoben von einem bisher unbekannten Feuer aus zwei Gläsern Sekt und vielen schmeichelhaften Komplimenten. Sie erkannte, daß sie bisher wie ein häßliches Entlein gelebt hatte, obwohl sie ja in Wirklichkeit ein schöner Schwan war. Der sich der großen Zahl seiner Bewunderer kaum erwehren konnte. Sie anlockte mit glänzendem Gefieder. Sich ihnen entzog mit sanfter Gewalt. Sich niemals hingab. Außer einem einzigen.

Er saß am Nachbartisch, zu seiner Linken einen sowjetischen Offizier, zu seiner Rechten eine Sängerin des Chors der Pädagogischen Hochschule. Die Laienkünstlerin trug noch die blaue Bluse mit dem Symbol der aufgehenden Sonne, in der sie zur Begrüßung vor zwei Stunden das Lied »Wahre Freundschaft soll nicht wanken« geschluchzt hatte. Mit großem Erfolg. In den Musikpausen standen die Bewerber um einen Tanz Schlange an ihrem Stuhl. Allein ihr Tischnachbar würdigte sie kaum eines Blickes.

Seine Augen waren bei Marie. Die den Ausdruck darin als beängstigend und faszinierend zugleich empfand. Von dem sie nicht loskam. Sie war ein Medium. Wenn sie von anderen Männern über die Tanzfläche geschwenkt wurde, blieben die beängstigenden und faszinierenden Augen in ihr. Sie würden sie nicht mehr loslassen. Das ahnte Marie.

Als er zu ihr kam, war es Mitternacht. Zu dieser Zeit hatten sich die meisten Paare schon gefunden und die Einzelgänger für die Bar entschieden. Zu beiden Seiten Maries hielten sich zwei Rivalen fest, ein Moskauer und ein Berliner. Sie sprachen über Raumfahrtprogramme, Mondlandungen, Raketensysteme. Und ließen ihre Angebetete dabei nicht aus den Augen. Als sie sich erhob, langsam, ohne Erklärung, schöpften sie keinen Verdacht. Denn der Kapellmeister hielt den Taktstock noch nicht in der Hand.

Der Mann vom Nebentisch hatte sich in einiger Entfernung genau in Maries eingeengtem Blickfeld aufgebaut. Er schaute nur herüber. Ohne ein Wort. Ohne Verbeugung. Dennoch erfaßte Marie seine stumme, sehnsüchtige und zugleich fordernde Frage: »Kommst du?« Und sie ging. Erhob sich, langsam, ohne Erklärung, und ging zu ihm hinüber. Die Musik setzte ein, als hätte ein unsichtbarer Regisseur seine Anweisungen gegeben. Die Mitwirkenden wußten, was sie zu tun hatten. Der jugendliche Held legte den Arm um die Schultern der Schönsten und führte sie zur Tanzfläche. Von dort aus trug sie ein langsamer Walzer unverzüglich in den Himmel. Wo die Seele jauchzen durfte. Und aufschreien. Und lachen. Und weinen.

Marie zerfloß in der Gewißheit, den Sinn des Lebens gefunden zu haben. Eine Brust, an die sie sich lehnen konnte. Zwei Arme, die sie führten. Die sich erregend muskulös anfühlten und sicher noch vieles mehr konnten, als den Rhythmus eines Liedes nachzuvollziehen. Zwei Augen, deren stahlgraues Leuchten Leidenschaft verhieß. Und, oh, einen Mund, der sich sicher irgendwann einmal öffnen würde. Zu wundervollen Offenbarungen.

»Ich kann eigentlich gar nicht tanzen«, sagte der Mund. Marie wagte einen flüchtigen Blick nach oben. Sah zwei weiße Zahnreihen. Bemerkte ein verlegenes Lächeln.

»Ich eigentlich auch nicht«, bekannte sie. »Vielleicht kommen wir deshalb so gut miteinander zurecht.«

»Wir haben noch ganz andere Gemeinsamkeiten«, meldete sich der Mund nach geraumer Zeit wieder.

»Welche?« fragte Marie erwartungsvoll.

»Die Anfangsbuchstaben unserer Namen. M. S.«

»Ach nein.«

»Ich heiße Martin Sauerbrei.«

»Marie-Luise Sommer. Aber alle nennen mich nur Marie.«

»Sind Sie aus Dresden?«

»Nein, aus Karl-Marx-Stadt. Hier studiere ich. Und woher kommen Sie?«

»Ich bin gebürtiger Randleipziger. Der Name des Nestes, in dem meine Eltern heute noch leben, wird Ihnen nichts sagen. Ich nenne es Großlochnitz. Wegen des Braunkohletagebaus, der die Umgebung verunstaltet.«

»Und warum sind Sie heute hier?«

»Weil ich eingeladen worden bin. Als Auszeichnung für gute Leistungen im dritten Studienjahr. Meine Penne ist die Offiziershochschule der Landstreitkräfte in Löbau. Fachrichtung Nachrichten.«

»Können Sie etwa morsen?«

»Unter anderem.«

Die Unterhaltung war in Gang gekommen und sollte möglichst kein Ende mehr nehmen. Daran waren beide Gesprächspartner interessiert. Als die nächste Tanzpause begann, führte Martin

Marie aus der Gefahrenzone ihrer beiden Tischnachbarn heraus. Im Foyer würde es keine Störungen geben. Ein großflächiger Spiegel hielt ihnen das Bild eines hochgewachsenen Soldaten und einer mittelgroßen Elfe mit langem Blondhaar vor Augen. Zweier Wesen, die füreinander geschaffen waren. Zumindest äußerlich. Daran konnte es keinen Zweifel geben.

Als sie sich küßten, schien auch ihr Inneres zu verschmelzen. Gedanken, Sehnsüchte, Empfindungen gehorchten einer geheimnisvollen Macht, die sie zwang, sich immer stärker einander zuzuwenden. Harmonie zu erleben. Bis auf einen Rest.

Nach etwa einer halben Stunde kehrten sie in den Saal zurück – glücklich und erschüttert, als kämen sie aus dem Jenseits. Marie gehorchte nicht mehr den Regeln der Vernunft, sondern nur noch denen des Gefühls. Als sie wie auf Wolken zur Tanzfläche voranschwebte, verstellte ihr jemand den Weg. Der Moskauer bat sie um den nächsten Tanz. Aber sie erfaßte den Sinn seiner Worte nicht. Schob das Hindernis zur Seite. Wartete allein auf Martin. Er kam, nahm sie in die Arme und ließ die Umwelt versinken.

Zehn Minuten später war großer Zapfenstreich. Die Tische wurden rasch entvölkert. Die Massen ordneten sich nach Farben und Geschlechtern. Auf der Straße standen mehrere graugrüne Busse mit laufenden Motoren. Alles war plötzlich kalt, dunkel und einsam. Marie stand fröstelnd da und wußte nicht wohin. Das Fahrzug, auf das Martin winkend zuging, war nicht das ihre. Er und sie mußten Abschied nehmen. Weshalb, begriff Marie nicht. Bis sie Stefanies Stimme hörte. »Wo bleibst du denn bloß?« rief die Freundin vorwurfsvoll. »Wir sind alle schon eingestiegen.«

In diesem Moment machte Martin kehrt. Lief zu Marie zurück. Blieb kerzengerade vor ihr stehen. Streckte eine Hand nach ihrer Wange aus. Ließ die Hand eine sanfte Drehung vollführen. Und ging wieder.

Stefanie nahm Marie bei den Schultern und drängte sie kopfschüttelnd zum Bus. Die Freundin war in eine Traumwelt eingetaucht und brauchte reale Zwänge. Diese Notwendigkeit blieb noch lange bestehen. Denn immer wieder beschwor Marie die Erinnerung an die sanfte Drehung herauf, die sie auf ihrer Wange gespürt hatte. Nach der sie sich ewig sehnen würde.

Von da an bangte Stefanie um Maries Freundschaft. Denn plötzlich galten die guten alten Gemeinsamkeiten nur noch wenig. Kaum etwas blieb so, wie es vor dem Fest gewesen war. Marie wollte Dresden nicht mehr verlassen, es sei denn mit Martin. Ihm machten soeben einige wichtige Prüfungen zu schaffen, so daß er selbst an den Wochenenden höchstens ein bis zwei Stunden für Privates abzweigen konnte. Für Küsse in Eile. Die Marie jedoch teurer waren als ein bis zwei Tage Aufenthalt in Freiberg oder Karl-Marx-Stadt.

Annelies und Wolfgang Sommer bekamen ihre Tochter wochenlang nicht zu Gesicht. Erst als die

Ferien begannen, stand sie wieder einmal vor der Tür. Aber erstaunlicherweise nicht mit Stefanie, sondern mit einem jungen Mann. Der gut aussah. Der nicht allzuviel vom Reden, dafür aber vom Dazwischenreden hielt. Der seinen Einfluß auf Marie weidlich ausnutzte, bis vom elterlichen Einfluß nicht mehr viel übrig blieb. So daß sich nun alles ändern würde. Das war sicher.

Vor allem die Mutter beobachtete aufmerksam und mit Sorge, daß die Tochter ein neues Gesicht aufgesetzt hatte. Einerseits schien es von gewohnter Entschlußkraft, andererseits von ungewohnter Selbstaufgabe zu zeugen. Von Zerrissenheit in zwei Lager. Mit der Tendenz, sich ausschließlich dem Lager der Selbstaufgabe zuzuwenden.

»Hat es das schon jemals gegeben?« jammerte Annelies Sommer am ersten Abend, nachdem die Tür des Kinderzimmers hinter Martin und Marie eine Barriere gebildet hatte.

»Was«, bohrte der Vater gereizt, »daß zwei miteinander ins Bett gehen?«

»Nein, daß unser Kind immerzu nur ja sagt. Zu jeder Meinung, die dieser Mensch äußert. Und sei es der größte Blödsinn.«

»Keine Angst, das wird sich ändern.«

In ihren Nächten mit Martin lernte Marie, sich selbst zu erkennen. Die Kraft ihres Körpers, ihres Gefühls, ihrer Fantasie, ihres Willens. Eine kosmische Allmacht, die seit Urzeiten in ihr wohnte. Sie emporriß. Glühende Sonnen aufgehen und wieder verlöschen ließ. Im Rhythmus der unvergänglichen Natur.

Martin fühlte sich hingerissen. Die Leidenschaft der Elfe war der des Soldaten um einiges voraus. Lockte ihn in immer neue Gefilde. Brachte ihm immer vollkommenere Seligkeit. Ließ ihn an die ewige Liebe glauben. Schenkte ihm ein neues Vokabular. Und den Mut zu weitreichenden Entscheidungen.

»Weißt du was«, schlug er bereits im Juli vor, »das beste wäre, wir würden heiraten.«

»Ja«, sagte Marie.

Anschließend hatten sie ihren ersten Streit. Daraus gingen beide mit neuen Erfahrungen hervor – vor allem mit der einen, daß die Liebe Marie doch nicht willenlos gemacht hatte. Nicht bereit, ihre Persönlichkeit zu opfern, indem sie in der des Partners völlig aufging. Sie bestand darauf, daß sie ihr Studium zu Ende brachte. Daß sie an ihrem Wunsch, Lehrerin zu werden, weiter festhalten konnte. Martin hatte ihr empfohlen, auf alles Berufliche zu verzichten, sofort. Schließlich würde er als Offizier viel gutes Geld verdienen.

Mit dem Wort Hochzeit kehrte Maries Widerspruchsgeist zurück. Für ein rasches Happyend wollte sie ihre schönsten Träume nicht opfern. Auch nicht den Traum von Däumelinchen im Brautkleid. Ganz in Weiß. Mit Kranz und Schleier. Und einer Kutsche, vor der zwei Schimmel gingen. Und vielen Gästen, die gratulierten, sangen, tanzten, lachten. Nein, dieses Erlebnis wollte sie haben. Auch wenn es viel Zeit kosten würde. Und eine Menge Geld.

»Heute«, sagte Martin an einem Sonntagvormittag im Oktober zu seiner Braut, »werde ich dich meinen Eltern vorstellen.«

»Aber wieso denn so plötzlich?« entgegnete sie und ließ den Mund offenstehen.

»Erstens ist es an der Zeit«, zählte er auf. »Zweitens hat uns mein Vater eingeladen. Drittens nimmt uns einer seiner Muschkoten im Jeep mit. Komm, der Mann wartet in der Nähe der Brücke.«

Marie aber war nicht begeistert. Sie hätte sich auf das lange erhoffte und immer wieder verschobene Ereignis gern intensiv vorbereitet – ihr Haar gewaschen, ihr bestes Kleid angezogen, das im Karl-Marx-Städter Kinderzimmer zurückgeblieben war, die Vorbereitung auf die nächste Klausur hinter sich gebracht und vor allem Blumen gekauft. Jetzt, da von alledem nichts getan werden konnte, bot sich der ungünstigste Zeitpunkt für eine der zukunftsträchtigsten Begegnungen ihres Lebens an. Und das naßkalte Wetter war auch nicht gerade eine Ermunterung zu Reisen in einem zugigen Fahrzeug.

»Warte einen Moment«, seufzte Marie unlustig, schaute vergleichend von Martins Ausgehuniform zu ihren Jeans hinab und öffnete die Eingangstür des Internats, vor dem sie standen. »Ich sage Steffi Bescheid und ziehe mir einen Rock an. In fünf Minuten bin ich zurück.«

Während der Fahrt zog Marie die Kapuze ihrer Studentenkutte über den Kopf. Den vorbeieilenden Bildern in ihrem eingeengten Blickfeld schenkte sie zudem wenig Beachtung. Am Ende hätte sie den Weg nach Großlochnitz nicht beschreiben können. Sicher war sie sich allein darüber, daß er an einer großräumigen baumlosen Senke vorbeiführte. Darin herrschte ein echsenartiges Tier mit Flügeln und schlug sich den stählernen Wanst voll.

Die Straße war kurz und wirkte dörflich. An jeder Seite standen in Reihe mehrere ein- oder zweistöckige Siedlungshäuser, ausnahmslos in den landesüblichen grauen Putz gehüllt. Trotz dieses Makels vermittelten sie den Eindruck, von liebevollen Händen gepflegt, geschützt und verschönert zu werden – außer einem einzigen. Dieses stand in einem Garten, in dem das Laub vom Vorjahr noch herumlag, hatte Risse in der Außenfassade, Fenster, von deren Rahmen die Farbe längst abgeblättert war, eine Tür, die schief in den Angeln hing. Und, was für Marie die deprimierendste Feststellung enthielt, ein Schild mit dem Namen Sauerbrei.

Von da an schienen sich die unangenehmen Eindrücke der Besucherin regelrecht aufzudrängen. Denn von dem, was sie sah, hörte, fühlte, schmeckte, roch, war nur wenig dazu angetan, ihre Achtung zu gewinnen. Geschweige denn ihre Zuneigung. Martins Eltern erwiesen sich als ungleiches Paar, das sich auf eine kuriose Weise ergänzte. Horst, der Vater, ein Mann von nur mittelgroßer, bauchiger Statur, besah die Welt allein von der wichtigtuerischen Warte des militärischen Emporkömmlings. Inge, die Mutter, ein großes, hageres Mannweib, war seine Regentin und Nutznießerin. Sie bildete seine Meinung, beeinflußte sein Tun und Lassen. Und verstand es, sich daraus ein verhältnismäßig genußvolles Leben zu zimmern.

Das häusliche Milieu war das unmittelbare Produkt dieser Partnerschaft. Bequemlichkeit rangierte vor Pflichterfüllung, denn dieses Wort galt nur für den uniformierten Dienst des Familienoberhaupts – nicht einmal für die Entwicklung der vier Söhne. Denn die sollten sich gefälligst selbst entwickeln und zusehen, daß sie das Ziel erreichten, das sie sich irgendwann einmal selbst gesetzt hatten. Drei von ihnen unter Mißachtung der Chance, Offizier zu werden wie der Vater. Und befehlen zu dürfen wie er. Und ebenso zu gehorchen.

Daß Martin die Erlaubnis erhalten hatte, seine zukünftige Frau vorzustellen, sollte als großzügige Geste Inge und Horst Sauerbreis begriffen werden. Ein Motiv, dessen Plumpheit Marie als beschämend empfand. Denn in ihrem eigenen Elternhaus hätte es der Hervorhebung einer Selbstverständlichkeit nicht bedurft. Um so weniger, als es doch darum gehen sollte, sich für das Lebensglück der Kinder zu interessieren. Mindestens. Aber hier, in den befremdlichen Räumen mit ihren verräucherten Tapeten, schienen nicht allein die Maßstäbe für Sauberkeit auf dem Kopf zu stehen.

Die Gespräche am Eßtisch bestanden im wesentlichen in einer eitlen Selbstdarstellung der Gastgeber, deren Berechtigung durch den offensichtlichen Widerspruch von Fakten und Beurteilung sofort ad absurdum geführt wurde. So empfand es jedenfalls Marie. Was sie normalerweise zum Lachen gebracht hätte, wenn Martin nicht gewesen wäre. Er schien weder die Hohlheit der Debatte noch den inneren Rückzug seiner Liebsten zu bemerken. Er war ganz bei der Sache.

Zum erstenmal fühlte sich Marie in Martins Gegenwart einsam, fast verraten. Das Band zwischen ihr und ihm schien lose geworden zu sein, eine beängstigende Situation heraufbeschwörend. Während sich die drei Sauerbreis köstlich amüsierten, driftete Marie immer weiter von ihnen weg. Bemühte sich dennoch, den Abstand wieder zu verringern – durch ein paar Worte. Aber die waren längst untergegangen im Meer der Enttäuschungen. Niemand konnte sie von dort zurückholen. Am wenigsten Marie selbst.

Als von der Straße her das vereinbarte Hupsignal ertönte, empfand sie es als Erlösung von einer qualvollen Niederlage. Ahnte sie, daß es nur eine zeitweilige Erlösung war. Unterdrückte sie jedoch die Befürchtungen, die sich ihr aufdrängten. Denn jetzt wollte sie erst einmal aufatmen und nicht an eine Zukunft denken, die ihr plötzlich fremd geworden war.

Diese Rechnung aber ging nicht auf. Martin nämlich sah alles ganz anders. Während der Heimfahrt war er gutgelaunt und voller neuer Pläne. »Gleich nach dem Studium«, plauderte er, »soll mein Dienst in einer Leipziger Kaserne beginnen. Das ist so gut wie sicher, weil Vater die Berufung unterstützt. Also wird es auch nicht schlecht um die Einnahmen stehen. Stell dir vor, wie schön wir uns die beiden Zimmer in der oberen Etage herrichten können, wenn...«

»Welcher oberen Etage?« unterbrach Marie den bedrohlichen Redefluß.

»Na, im Haus meiner Eltern. Dort sind wir doch nach unserer Hochzeit am besten und billigsten aufgehoben.«

»Aber das finde ich überhaupt nicht«, rief Marie erschrocken. »Und meine Meinung zählt doch schließlich auch.«

»Die müßtest du aber meiner etwas mehr anpassen, wenn wir verheiratet sind.«

»Dann heirate ich überhaupt nicht.«

Diesen Entschluß vermochte auch eine schwerwiegende Entdeckung nicht ins Wanken zu bringen. Marie war schwanger. Im Zwiespalt der Gefühle wollte sie ihr Geheimnis hüten, solange es zu hüten war. Dann sollte Martin der erste sein, der von ihrem hoffnungsvollen Zustand erfuhr. Am besten in einer romantischen Stunde, die für eine gefühlvolle Versöhnung genau die richtige sein würde.

Aber diese Stunde brach nie an. Ein tragisches Ereignis machte sie hinfällig und unterzog die Liebe Martins und Maries der ersten harten Bewährungsprobe. Daran konnten ihre Gefühle wachsen oder zerbrechen. Eine dritte Möglichkeit gab es nicht.

Das Unglück geschah an einem kalten Novembermorgen. Marie war in Eile. Noch unter der Dusche stehend, angelte sie schon nach dem Badetuch, das sie über die Brüstung der Kabinentür gehängt hatte. Plötzlich fuhr ein scharfer

Schmerz in ihren Leib. Schien ihn zu zertrennen in viele zuckende Bestandteile. Riß Marie zu Boden.

Eine Kommilitonin, die das Aufstehen verschlafen hatte, fand die Unglückliche gekrümmt am Boden liegend, sich in einem krampfartigen Zustand windend. Unter ihr breitete sich eine Pfütze aus, rot und glänzend. Die Nachzüglerin rief um Hilfe. Und erkannte bereits, daß diese zu spät kommen würde. Zumindest für den winzigen Embryo, der seinen Weg zum Abfluß bereits genommen hatte.

Im Krankenhaus erhielt Marie viel Zeit, über sich und die Welt nachzudenken. Sowie über sich und Martin. Als er an ihrem Bett saß, erfuhr er die ganze Wahrheit, die bitter war, obwohl sie hätte süß sein können. Darüber glaubte er den Verstand zu verlieren. Erst schwieg er, dann schrie er, dann weinte er. Wollte weg und kehrte um. Und verzieh Marie. Denn sie, verteidigte er seine Nachsicht, war schon gestraft genug.

Seit dieser unromantischen Versöhnungsstunde erhielt Maries Liebe eine neue Qualität. Sie öffnete sich der Bereitschaft, auch leidvolle Erfahrungen zu ertragen, Zugeständnisse zu machen, Opfer zu bringen. Als Martin seine Forderung wiederholte, in das wenig einladende Haus seiner Eltern zu ziehen, erklärte sie sich damit einverstanden. Nur eines setzte sie durch, die Verschiebung des Hochzeitstermins auf Mai des nächsten Jahres. Anschließend würde Martin die Löbauer Offiziershochschule verlassen, um seiner Berufung nach Leipzig zu folgen – als

Leutnant mit den allerbesten Karriereaussichten.

Eine Zukunft in Großlochnitz erschien Marie auch deshalb nicht mehr als düster, weil diese Zukunft begrenzt sein würde – durch die Verpflichtungen des vierten Studienjahres, durch Besuche in Karl-Marx-Stadt und vielleicht sogar in Freiberg, durch die Zuweisung einer eigenen Wohnung, um die sich Martin intensiv bemühen wollte. Das hatte er versprechen müssen.

Aber die ersten großen Träume wollten dennoch nicht zurückkehren. Die Sicht auf Kommendes blieb nüchtern und verlieh nun plötzlich der Gegenwart einen nie dagewesenen Reiz. Marie begann, sich die Vorzüge ihres derzeitigen Lebens bewußtzumachen – ihre Entscheidungsfreiheit, ihren zwanglosen Umgang mit Gleichgesinnten, ihre schulischen Erfolge. Lebensfreuden, die sie genießen wollte, als wäre jeder Tag ihr letzter. Ihre zeitweise geradezu euphorische Gemütslage versetzte Marie oft selbst in Erstaunen. Von Stefanie ganz zu schweigen. Nichtsdestotrotz empfand die lange Zeit Vernachlässigte die emotionalen Wandlungen der Freundin als Gewinn. Denn damit gelangten die guten alten Gepflogenheiten zu neuer Blüte. Also war allen Beteiligten geholfen. Zumindest vorläufig.

Der nächste Mai rückte schnell heran, herbeigesehnt und gefürchtet zugleich. Die Hochzeit setzte widersprüchliche Vorzeichen. In Maries Träumen erschien jetzt manchmal ein großes, blumengeschmücktes Haus, dessen einzige Tür offenstand. Noch. Denn zwei Unterschriften würden nicht allein den Zutritt ermöglichen, sondern auch die Tür schließen. Für immer. Einen Ausgang gab es nicht. Der Weg ins Innere war die einzige Alternative.

Annelies und Wolfgang Sommer scheuten weder Geld noch Mühe, ihrem einzigen Kind ein rauschendes Fest zu veranstalten. Alles schien zu gelingen. Am Hochzeitsmorgen waren weder Wolken noch Pannen zu erwarten. Dafür aber eine glückliche Marie. Als sie im langen Kleid aus weißer Spitze, mit Kranz und Schleier, geröteten Wangen und gelocktem Haar vor die Gäste trat, erschien sie ihnen als Beweis dafür, daß Märchen durchaus wahr werden können. Und dem Bräutigam, der ausnahmsweise in Schwarzweiß daherkam, wurde mehr denn je bewußt, daß er eine beneidenswerte Partie machte.

Marie fühlte, daß sie im Zenit ihres Lebens stand, glücklich und geängstigt zugleich. Dem raschen Wechsel ihrer widerstreitenden Gefühle wurde sie jedoch nicht lange überlassen. Kein Tänzer in der großen Runde versagte sich den Wunsch, die Braut mindestens einmal auf das Parkett zu führen. Martin war der zurückhaltendste der Bewerber. Er hatte das Gehopse noch nie gemocht. Und Marie akzeptierte diese Antipathie.

Dafür akzeptierte die Schwiegermutter Maries Verhalten nicht. Sie spitzte einen Pfeil aus Engstirnigkeit und Bosheit und verlangte von ihrem Mann, ihn abzuschießen. Horst Sauerbrei wich einer in Jahrzehnten eingeübten Folgsamkeit nicht aus. Aber er hielt sich nicht streng an die Weisung, sondern erst einmal an seinen Jüngsten. Der sollte doch besser der Schütze sein. Und Martin übernahm die Funktion.

Marie sah ihn etwas torkelnd auf sich zueilen und lachte. Ihr rechter Arm lag auf der Schulter von Iris, die erst am späten Nachmittag im Festsaal eingetroffen war und hundert Neuigkeiten mitgebracht hatte. Linksseitig beugte sie sich leicht zu Stefanie hinab, die soeben die Liebesgeschichte ihres Katers Konrad zum besten gab. Die Freundinnen gönnten sich einen Spaß, der harmloser kaum sein konnte. Als Martin Marie an der Schulter packte und aus dem friedlichen Kreis herausstieß, begriff keine der drei den Sinn der groben Geste.

»So, das reicht«, kreischte Martin im Tonfall seiner Mutter. »Vergiß gefälligst nicht, daß du zu mir gehörst.«

»Was?« fragte Marie, um kopfschüttelnd zu verstummen.

»Erst hängst du den Kerls am Hals, dann den Weibern. Das kann ja heiter werden.«

»Martin«, versuchte Marie den verhängnisvollen Lauf der Dinge aufzuhalten, »hör auf damit. Du bist ja betrunken.«

»Ja, aber nicht blöd. Na, warst du schon mit einem deiner Lieblinge im Foyer?«

»Du scheinst ja doch blöd zu sein«, verlor nun auch Marie die Beherrschung.

Da schlug ihr Martin ins Gesicht.

Das war das Ende der heiteren Feier. Die Kapelle verstummte, die Tanzenden standen betreten herum, die Gäste am Tisch erhoben sich, Martin jagte zur Tür hinaus. Dann herrschte Schweigen, das plötzlich von einem Schluchzen abgelöst wurde – einem lauten, trostlosen, stoßartigen Gefühlsausbruch, der nicht von Marie kam. Denn sie stand wie Lots Weib noch immer auf dem alten Fleck und gab sich ihrer Fassungslosigkeit lautlos hin. Das Schluchzen kam vielmehr aus der Ecke hinter dem Tresen. Dorthin hatte sich Mutter Annelies geflüchtet, um sich die Augen auszuweinen.

Die Gäste gingen bald. Die meisten sehr hastig, einige ohne Abschied zu nehmen. Marie setzte sich an die Festtafel. Starrte auf die noch nicht ausgetrunkenen Gläser, die noch nicht verblühten Blumen, die noch nicht heruntergebrannten Kerzen. Und dachte immer nur in einem Satz: Es wird noch schlimmer kommen. Es wird noch schlimmer kommen. Es wird noch... Wie eine kaputte Schallplatte. Bis, scheinbar nach langer Zeit, jemand den Tonabnehmer vom Plattenteller hob. Indem er einen Arm auf Maries rechte Schulter legte.

»Däumelinchen dachte, sie hätte ihren Prinzen gefunden. Dabei war es nur ein Maikäfer.«

»Ach, sei still«, sagte Marie herb, ohne aufzuschauen. Denn sie wußte, daß Tristan der Sprecher war. Er war ihr schon immer besonders zugetan gewesen.

Die Braut köpfte bereits die dritte Rose, als sich eine Hand auf ihre linke Schulter legte, eine zögerliche Drehung ausführte und dann ganz leicht ihre linke Wange streichelte. Wieder schaute sie nicht hoch und wußte dennoch, wer hinter ihr stand. Martin war es, ein Fremder. Der jetzt ihr Ehemann sein sollte und bei ihr zu bleiben versprach. Marie sagte nichts als: »So ein Reinfall«.

Die Dissonanz des Hochzeitstages sollte zumindest eine positive Auswirkung für Marie haben: Martin wies allein seinen Eltern die Schuld an seinem Ausrutscher zu. Das Ergebnis einer lautstarken Auseinandersetzung mit ihnen bestand in einer zunehmenden Distanz zwischen den »alten Leuten da unten« und den »jungen Leuten da oben«. Diese Unterscheidung brachte Martin eindeutiger als zuvor an Maries Seite und sorgte für einigermaßen geklärte Bedingungen, unter denen es sich unter einem gemeinsamen Dach leben ließ.

Im ersten Jahr ihrer Ehe kam Marie selten nach Großlochnitz, nicht einmal jedes Wochenende. Die knapp bemessenen Stunden des Wiedersehens füllte Martin aus; die Kontakte mit den Schwiegereltern beschränkten sich auf den Austausch einiger Höflichkeitsfloskeln. Aber die Zeit rückte die beiden ungleichen Paare doch etwas enger zusammen, sogar auf Maries Betreiben. Ständige Auseinandersetzungen wegen offenstehender Fenster oder knarrender Treppenstufen waren ihr einfach zu dumm. Deshalb überspielte sie aufkommende Zwistigkeiten immer öfter mit einem versöhnlichen Lächeln.

Als sich in Marie wieder ein Kind ankündigte, betrachtete sie es auch als Chance für die andauernde Versöhnung aller Familienmitglieder.

Denn selbst die Schwiegermutter, die oft beteuert hatte, daß ihr Säuglingsgeschrei auf die Nerven gehen würde, zeigte mehr Nachsicht als zuvor. »Paß auf«, hatte sie eines Tages lächelnd zu ihrem Mann gesagt, »diesmal bekommen wir endlich ein Mädchen ins Haus.«

Martin und Marie widmeten dem Ungeborenen viel Aufmerksamkeit. Diesmal sollte jeder unvorhergesehene Zwischenfall von vornherein vermieden werden. Diese eine wichtige Aufgabe brachte Marie dennoch in Übereinstimmung mit der zweiten, den Prüfungen für das Diplom. Als sie erfuhr, daß sie bestanden hatte, empfand sie es als Bestätigung dafür, daß ihr in Zukunft alles gelingen würde – wenn sie es nur mit aller Kraft wollte.

Mit pedantischer Genauigkeit hielt Marie die Termine für die Schwangerenberatung ein. Wenn sie auf der Waage stand und die Schwester die erforderliche Zunahme des Gewichts bestätigte, war sie glücklich. Im Juli, gegen Ende des fünften Schwangerschaftsmonats, beendete die stets anwesende Hebamme ihre Untersuchungen plötzlich mit einem spitzen Schrei, den sie im folgenden mit einer außergewöhnlichen Feststellung begründete: »Da sind ja mehrere drin. Hören sie doch mal, Herr Doktor! Das könnten drei oder vier Embryos sein. Mindestens aber zwei.«

Daraufhin erhielt Marie einen Überweisungsschein, der ihr Eintritt in eine der Leipziger Frauenkliniken verschaffte. Dort mußte sie lange warten, bis sie in einen Raum mit vielen geheimnisvoll wirkenden Apparaten geführt wurde. Einer davon war ein Ultraschallgerät und von großer Bedeutung für Maries weitere Vorbereitung auf die Geburt. Denn es zeichnete ihren inneren Zustand nach und half dem Arzt, eine neue Diagnose zu stellen. »Freuen sie sich doch, Frau Sauerbrei«, sagte er aufmunternd, »Sie bekommen Zwillinge.«

Marie freute sich tatsächlich. Und auch Martin hielt die Neuigkeit für eine gute Nachricht. »Zwei Kinder sollen es doch sowieso werden«, lachte er, »warum denn nicht gleich auf einen Streich?«

Marie mußte sich beeilen, die Babyausstattung zu verdoppeln. Denn Mitte August, gut drei Monate vor dem festgestellten Entbindungstermin, begann ihre langersehnte Arbeit als Lehrerin. Und die gedachte sie nicht vorzeitig an den Nagel zu hängen. Der Schuldirektor war über ihren Zustand rechtzeitig informiert worden und hatte den Besetzungsplan seiner jungen Kollegin in mehrere kleine Posten eingeteilt. Nach der bezahlten Babypause von mehreren Monaten würde Marie in den Fächern Russisch und Geschichte weiterunterrichten dürfen – zunächst als Vertreterin erkrankter Kollegen, später als Klassenleiterin. Die Zwillinge würden tagsüber in einer Krippe versorgt werden, abends und nachts von ihren Eltern. Die Zukunft war feinprogrammiert. Also gesichert.

Maries Berufsleben währte jedoch nur zwei Monate, in denen sie sechs Wochen lang ihrer Arbeit nachging. In dieser Zeit eilte sie jeden Morgen außer sonntags gegen sieben Uhr aus dem Haus. Fuhr zehn Minuten mit dem Bus, dann eine Viertelstunde mit der Straßenbahn. Erreichte das Schulgebäude eines alten Leipziger Vorstadtwohngebietes kurz nach halb acht. Begann zehn Minuten vor acht mit dem Unterricht. Betrat tagsüber mindestens fünf verschiedene Klassenzimmer. Und fand das Leben herrlich.

Bis von heute auf morgen körperliche Symptome auftraten, die andere Schwangere nicht hatten. Mit zunehmender Häufigkeit veranlaßten sie Marie zu ungewohnten Vorkehrungsmaßnahmen – beispielsweise dazu, sich festzuhalten, wenn sie an der Tafel stand. Denn die dunkelgrüne Fläche wurde immer öfter lebendig. Verdoppelte sich. Beugte sich nach vorn und weit zurück. Verhinderte die Orientierung an einer Senkrechten. Zwang Marie am Ende gar, sich sofort hinzusetzen. Die Hände um die Tischkante zu krallen. Und das Zittern der Knie zu verbergen.

Auf ihre Beine konnte sich Marie immer weniger verlassen. Es schien, daß sie ihrer Besitzerin ein boshaftes Spiel aufzwingen wollten. Einmal waren sie munter wie eh und je, dann wieder schienen sie eingeschlafen zu sein, taub, unbrauchbar, nicht tragfähig. Das Laufen wurde zunehmend zum Risiko. Während der nächsten Schwangerenberatung klagte Marie dem Arzt ihr Leid. Er aber winkte lächelnd ab. »Keine Sorge«, sagte er selbstsicher, »solche Erscheinungen sind ganz normal. Für alle Fälle werde ich Sie krankschreiben. Sie brauchen halt Ruhe, Frau Sauerbrei.«

Aber die verordnete Therapie brachte keine Besserung. Im Gegenteil, bald schaffte es Marie nicht mehr allein, vom Erdgeschoß in die erste Etage zu gelangen. Der Körper wurde erwartungsgemäß schwerer, die Kräfte ließen unverhältnismäßig stark nach. Die Zwillinge schienen sich an Maries Substanz schadlos zu halten. Eine Vermutung, die allen Familienmitgliedern das innere Gleichgewicht erhielt. Bald würden sich sämtliche Probleme von selbst erledigen.

Die Geburt fand zwei Wochen früher statt, als der Arzt eingeschätzt hatte – an einem Novembertag, für den das Wort unfreundlich erfunden worden zu sein schien. Der Sturm riß die Fernsehantenne vom Dach, so daß sie wie ein Herbstdrachen im Apfelbaum neben der Haustür hing. Die Kälte verwandelte den schwachen, aber dauerhaften Niederschlag auf dem Boden in Eis. Auf den Straßen glänzte der Himmel.

Als das Fahrzeug der Schnellen Medizinischen Hilfe angeschlittert kam, war Marie schon ziemlich fertig. Die Intensität der Wehen hatte rasch zugenommen. Der Körper vollbrachte bereits Höchstleistungen, die offensichtlich kaum noch zu überbieten sein würden. Denn der Ausstoß an Blut, Schweiß und Tränen hatte selbst Inge Sauerbrei auf die Beine gebracht und veranlaßt, frierend und zitternd nach den Rettern Ausschau zu halten.

Die Besatzung des Sanitätskraftwagens hielt sich mit Erklärungen nicht auf, hob Marie auf die Trage und fuhr zwei Minuten später in Richtung Stadt davon. Das Tempo war gemäßigt, die Signalanlage nicht. Sie schickte entsetzliche Schreie in die Runde. Martin blieb unruhig zurück.

Mit Marie ging von nun an alles sehr schnell. An der Aufnahme der Frauenklinik wurde sie ohne Aufenthalt vorbeigetragen. Im Aufzug beugte sich bereits ein Arzt über sie und kontrollierte die Herztöne. Auf einer Pritsche im Vorraum des Kreißsaals sah sie über sich mehrere Gesichter und fühlte viele Hände. Die die Schmerzen erst aufzusaugen und dann wieder zurückzubringen schienen. Dann wurden die Nebel dichter, und eine männliche Stimme schrie vom anderen Ufer herüber: »Kaiserschnitt! Sofort!«

Nach einer Ewigkeit hörte Marie eine weibliche Stimme. Sie rief: »Aufwachen, Frau Sauerbrei, aufwachen!« Und eine Hand schlug ihr ins Gesicht, ohne daß es irgendwie wehtat. Es konnte ja auch nicht wehtun, denn es war nicht Martins Hand. Zweifelsfrei. Marie lächelte und dachte an den Klaps, den ihr die Mutter einmal gegeben hatte, als sie heimlich vom Erdbeerwein getrunken hatte. O je, davon war ihr ja immer noch übel. Speiübel. Der Magen machte eine abwehrende Bewegung und brachte alles wieder hoch, was jemals in ihn hineingekippt worden war.

Als Marie nach einem langen, todesähnlichen Schlaf erwachte, war es Nacht. Sie lag in einem fremden Bett. Eine Notbeleuchtung brannte. Der linke Arm ließ sich nicht bewegen, er war gefesselt. In der Beuge steckte eine Nadel, über die ein

Pflaster geklebt worden war. Von dort aus wand sich ein dünner Schlauch aufwärts. Dorthin, wo merkwürdigerweise eine Flasche hing. Sie sah aus, als wäre sie voller Wodka. Marie lächelte erneut und dachte an Oleg. Dann schlief sie wieder ein.

Gegen Morgen wurde sie geweckt. Eine junge, nach Lavendel duftende Schwester stand mit einer Schüssel vor ihr und tupfte ihr das Gesicht mit einem nassen Lappen ab. Dann bat sie Marie, sich auf die Arme zu stützen, damit sie ihr frische Wäsche anziehen könne. Zuletzt bürstete sie Maries Haar und sagte: »Schön.«

Als die junge, nach Lavendel duftende Schwester weitereilte, stand unvermittelt eine ältere, nach Desinfektionsmittel riechende Ärztin neben der Bettkante. Sie lächelte müde und sagte: »Herzlichen Glückwunsch, Frau Sauerbrei, Sie haben einer Tochter das Leben geschenkt.«

»Was ist mit dem anderen Kind?« fragte Marie angstvoll.

»Mit welchem anderen Kind?«

»Dem Zwilling.«

»Es gibt keinen Zwilling. Wer hat Ihnen denn diesen Bären aufgebunden?«

5. Kapitel

Partner ohne Vorurteile

»Schwerbehinderte junge Frau«, liest die nichtbehinderte junge Frau halblaut vor und läßt einen forschenden Blick über meinen Körper schnellen, »hübsch, natürlich, klug, humorvoll, einunddreißig Jahre alt...« Sie unterbricht ihren gleichförmigen Sprechgesang, schaut wieder auf, fragt mit betonter Sachlichkeit in der Stimme: »Sollen wir das alles halbfett drucken?«

»Nein«, antworte ich, ebenfalls sachlich, »nur die ersten drei Wörter.«

»Aha.« Die nichtbehinderte junge Frau beugt sich wieder über das Blatt Papier, das ich ihr vor einigen Minuten zugeschoben habe. Darauf steht der Anzeigentext, deutlich formuliert, fehlerlos geschrieben. Dennoch dauert es ein paar Sekunden, bevor die nichtbehinderte junge Frau weiter vorliest: »... einunddreißig Jahre alt, sucht liebevollen Partner ohne Vorurteile, aber nicht ohne Mut, Herz und Verstand. Zuschriften bitte an...« Sie unterbricht sich, trägt mit Kugelschreiber die Chiffre ein und fragt: »Möchten Sie, daß die Zuschriften mit Bild versehen werden?« Dabei schaut sie mich erwartungsvoll an.

»Nein, danke, nicht nötig.«

»Die Rechnung soll an diese Leipziger Adresse geschickt werden?«

»Ja, bitte.«

»Würden Sie den Auftrag hier bestätigen.«

Ich setze meinen Namenszug genau auf die Stelle, von der der Zeigefinger der nichtbehinderten jungen Frau soeben weggeschnellt ist. Erhebe mich von dem ungepolsterten Stuhl, den sie mir bei der Begrüßung angeboten hat. Frage mich, warum ich ihr in Gedanken ihre Nichtbehinderung zum Vorwurf mache.

Die nichtbehinderte junge Frau hat sich anders verhalten, als es bei der Aufnahme eines gewöhnlichen Textes zu erwarten gewesen wäre. Sie hat auf die Bedürfnisse einer schwerbehinderten jungen Frau reagiert, als wären die etwas völlig anderes als ihre eigenen. Unverständlich. Unakzeptabel. Ungehörig. Die Zögerlichkeit der Worte, die Verstohlenheit der Blicke lassen kaum eine andere Deutung zu. Ich bin verärgert.

»Entschuldigen Sie«, sagt die nichtbehinderte junge Frau, offensichtlich mit gezähmter Neugier, die ich unter anderen Umständen vielleicht für Schüchternheit gehalten hätte, »ich würde Ihnen gern eine private Frage stellen. Darf ich?«

»Bitte«, reagiere ich eher spitz als entgegenkommend, denn ich bin auf ein Glauben-Sie-wirklich-daß-sich-einer-findet? gefaßt.

»Steht Ihnen die Dame, für die Sie die Anzeige aufgeben, nahe?«

»Sehr. Warum?«

»Weil ich Ihnen in diesem Fall nachfühlen kann, wie Ihnen zumute ist.«

Die Beteuerung klang eher flehend als sensationslüstern. Doch diese Feststellung lockert meine innere Abwehrhaltung nur mäßig auf. Vorsichtshalber schenke ich der nichtbehinderten jungen Frau einen mißtrauischen Blick. Sowie zwei mißtrauische Worte: »Ach, ja?«

»Ja, man trägt eine Verantwortung für den behinderten Menschen und ist sich nicht sicher, ob aus Helfenwollen auch Hilfe wird.«

»Sicher ist ein Risiko dabei. Sollte ich es Ihrer Meinung nach etwa nicht eingehen?«

»O doch«, drängen die Worte impulsiv von den Lippen der nichtbehinderten jungen Frau, »ich begrüße Ihre Haltung. Ich habe nämlich vor einiger Zeit eine ähnliche Anzeige aufgegeben.«

»Sie?« Mein Erstaunen ist echt. Jetzt schicke ich selbst einen schnellen Blick auf die andere Seite des Schreibtisches, wo sich meine Gesprächspartnerin ebenfalls erhoben hat. Sie ist groß, hübsch, gut gewachsen und deshalb auf eine außergewöhnliche Form der Partnersuche keineswegs angewiesen.

»Ja, für meine Schwester. Sie ist querschnittsgelähmt.«

»Ach so!« Mein Ausruf entspricht der Erleichterung eines Schülers, der nach langem Grübeln den Lösungsweg einer Mathematikaufgabe gefunden hat. Ich lasse mich noch einmal auf den ungepolsterten Stuhl fallen. Die nichtbehinderte junge Frau setzt sich ebenfalls wieder hin. »Und«, füge ich schon wieder etwas mißtrauisch hinzu, »welche Erfahrungen haben Sie gesammelt? Schlechte?«

»Im Gegenteil. Brita hat beinahe ebensoviele Zuschriften erhalten, wie es bei normalen Anzeigenerstattern der Fall zu sein pflegt. Entschuldigung, ich meine bei gesunden.«

»Eigentlich versuche ich, meiner Freundin denselben Erfolg zu verschaffen. Nur ist er bei ihr weit weniger wahrscheinlich. Denn ihr Zustand ist keine bekannte Größe wie der Ihrer Schwester. Maries Krankheit schreitet voran. Ich kann nur hoffen, daß sie es mit möglichst kleinen Schritten tut.«

»Umsomehr würde mich interessieren, was Ihre Anzeige bewirken wird. Hier ist meine Karte. Es wäre nett, wenn Sie mich zu gegebener Zeit anrufen würden. Übrigens, welche Krankheit hat denn Ihre Freundin?«

»Multiple Sklerose. Das ist so etwas wie ein Eingriff in ihren inneren Schaltkasten. Ein Unbekannter dreht nach und nach die Sicherungen heraus, bis…«

»Ich verstehe«, unterbricht mich meine Gesprächspartnerin hastig, aber verständnisvoll. »Und Sie wollen dem Eindringling noch rechtzeitig auf die Finger klopfen.«

Ich lächle. Erstens über die treffende Antwort, zweitens über mich selbst. Ich habe die nichtbehinderte junge Frau vorhin gründlich mißverstanden. Und bin sehr zufrieden mit der Erkenntnis, daß ich die Dumme war.

Unten auf der Straße weht mir ein eiskalter Wind entgegen. Das Pflaster der Chemnitzer Innenstadt ist trocken. Die Pfützen vom Regen der vergangenen Tage haben sich in knisternde weiße Bullaugen verwandelt. Die Schaufenster der Geschäfte sind mit Waren überschüttet worden – dekoriert mit dem Schmunzeln stanniolverpackter Schokoladeweihnachtsmänner, dem dauerhaften Leuchten elektrischer Kerzen, dem zweifelhaften Charme immergrüner Kunststofftannenbäume. Heute ist der zehnte Dezember.

Schon von weitem sehe ich, daß Marie bereits auf mich wartet. Sie hat ihren Rollstuhl zwischen zwei schwingenden Türflügeln eines großen Kaufhauses plaziert, genau auf unserem Treffpunkt. Das schulterlange blonde Haar ist unbedeckt und flattert auf und ab. Sie wird sich erkälten, befürchte ich und laufe schneller. Dabei hebe ich einen Arm und winke. Aber Marie grüßt nicht zurück. Sie schaut durch ihre Brille auf ein mehrfarbig glänzendes Blatt Papier, das sie in der linken Hand hält. Als ich sie an der Schulter berühre, lacht sie und sagt: »Das könn-te mir gefallen.«

»Ach, ja?« entgegne ich und überlege, ob ich mir meine Verwunderung anmerken lassen sollte. Das Blatt Papier ist Teil eines Angebotsprospekts der Konfektionsabteilung des Kaufhauses. Das Bild, das Marie mir entgegenhält, zeigt ein Mannequin in einem nachtblauen Abendkleid, schmal, geschlitzt, von lässiger Eleganz. Wie geschaffen für eine junge, schöne, lebenslustige Frau. Für eine gesunde Marie. Der die Worte zugestanden hätten: »Das gefällt mir. Das möchte ich haben.«

»Das möch-te ich a-ber nicht ha-ben«, fügt Marie hinzu und lächelt ein wenig diabolisch. »Das De-kolle-té ist mir nicht tief ge-nug.«

»Und der Preis zu niedrig«, gehe ich erleichtert auf ihren heiteren Ton ein. »Du wirst dich doch nicht für einen so billigen Fummel entscheiden. Weißt du was, wenn wir die Weihnachtsgeschenke für deine Eltern und deine Kinder gekauft haben, kaufen wir mein Weihnachtsgeschenk für dich. Komm, wir haben viel zu tun. Außerdem zieht es hier wie winters auf dem Fichtelberg.«

Die Spielzeugabteilung befindet sich im Erdgeschoß. Marie begutachtet das Angebot mit Kennermiene. Ab und zu nimmt sie einen Gegenstand in die linke Hand und befördert ihn kopfschüttelnd zurück ins Regal. Manchmal lacht sie laut auf, ungezwungen, fröhlich, als hätte sie ihre Sorgen vergessen. Im ständigen Auf und Ab ihres bewegten Gefühlslebens ist sie jetzt ganz oben. Ich bin mir sicher, daß es dafür einen guten Grund gibt, und warte auf eines seiner Zeichen.

»Schau mal, Clau-di«, jauchzt Marie jetzt und hält mir eine originelle Stoffpuppe entgegen, »die ist ent-zük-kend. Sie sieht Ma-rei-ke ähn-lich.«

»Na, dann kaufen wir doch das Duplikat«, beeile ich mich zu sagen, »ich denke, kurz vor Weihnachten werden dich deine Kinder sicher besuchen.«

»Kann sein, kann nicht sein.« Diese Bemerkung klingt schnippisch und wird von einem Schulterzucken begleitet. Marie scheint für ihre größten Sehnsüchte eine neue Umgangsform auszuprobieren. Zumindest äußerlich.

Als wir im Leinenbeutel am Rollstuhl sowohl für Mareike als auch für Markus einige hübsche Geschenke verstaut haben, zeigt sich Marie unternehmungslustiger denn je. Mit einem Blick auf die Uhr und einem herausfordernden Lächeln entscheidet sie, auf das Mittagessen im Heim zu verzichten. Sie hätte es ohnehin dringend nötig, ein paar Pfunde abzuspecken. Das würde sie kleiden.

Ich schweige und überlege, ob ich ihr die Sache mit der Anzeige gestehen sollte. Aber dazu fehlt mir dann doch der Mut. Erst will ich herausfinden, wovon sich die neuerstandene Lebensfreude der Kranken nährt.

»Ge-stern«, sagt Marie unvermittelt, als hätte sie wieder einmal meine Gedanken erraten, »habe ich im Roll-stuhl ge-stan-den. Auf-recht.«

»Was?« entgegne ich ehrlich überrascht.

»Ja«, jubelt Marie, »da staunst du, was? Sil-vi-a Ad-ler hat mir ge-hol-fen.«

»Hat das etwas mit der neuen Therapie zu tun?«

»Auch.«

Wir fahren mit dem Aufzug in die Konfektionsabteilung in der ersten Etage. Überall kommen wir schnell voran. Marie wird stets bevorzugt bedient. Die meisten Leute treten höflich zur Seite, wenn der Rollstuhl sich ihnen nähert.

Dem Angebot an Damenbekleidung widmet sich Marie mit Interesse. Forschend durchfährt sie die schmalen Gänge zwischen den überfüllten Ständern. Kehrt immer wieder an einen bestimmten Punkt zurück. Und schaut in einem bestimmten Winkel aufwärts. Als mein Blick dem ihren folgt, landet er auf einer Bluse. Sie besteht aus einem weichfließenden Material in Weiß. Lediglich die Schulterpassen haben seidigzarte Stickereien in einem hellen Goldton. Er gleicht Maries Haarfarbe.

»Möchtest du die Bluse haben?« frage ich und schaue auf das Preisschild. »Sie ist nicht teuer. Und deine Konfektionsgröße ist auch vorhanden.«

»Ja«, zwitschert Marie mit einem Gesichtsausdruck, den ich bei ihr noch nie bemerken konnte. Sie muß ihn wohl aus früheren glücklichen Zeiten herübergerettet haben.

Die Kasse wird von einer kleinen Menschentraube umlagert. Ich stelle mich dazu, in der Hand die Bluse, im Blickfeld Marie. Sie wartet gut fünf Meter abseits auf mich und lächelt noch immer. Ein etwa sechsjähriger Junge nähert sich ihr vertrauensvoll. Sagt etwas, das ich nicht verstehen kann. Zeigt auf das Lenksystem des Rollstuhls. Marie gestikuliert mit der linken Hand und bewegt sich langsam im Kreis. Nach einer ganzen Drehung stehen sich das Kind und die Behinderte wieder gegenüber – Auge in Auge, ohne Scheu. Beide haben sich viel zu erzählen. Dann hebt Marie ein wenig die Arme, und der Junge nimmt die Einladung an. Er steigt auf die stabilen Fußstützen hoch und steht zwischen den beiden Beinen Maries. Als sie den Rollstuhl wieder langsam rotieren läßt, quiekt der Kleine. Die Wartenden an der Kasse amüsieren sich.

Plötzlich gerät die elegant gekleidete junge Frau vor mir in Bewegung. Ihre ungeteilte Aufmerksamkeit galt bisher den Vorgängen am Verpackungstisch. Erst die munteren Laute des Kindes lassen sie aufhorchen. Noch während die elegant gekleidete junge Frau ihre erste spontane Körperdrehung in dieser Angelegenheit ausführt, ahne ich, was kommen wird. Ohne es verhindern zu können.

»Sebastian«, kreischt die elegant gekleidete junge Frau in einer Lautstärke, die die Leute in der Nähe zusammenfahren läßt, »komm sofort hierher! Das fehlte mir gerade noch, daß du dir da etwas wegholst.«

Daraufhin liegt betretenes Schweigen über dem Kreis der wohlwollenden Zuschauer. Selbst die Kassiererin unterbricht ihre Tätigkeit und schaut fragend in die Runde. Der Junge steigt langsam und gesenkten Blickes vom Rollstuhl und trottet zu der fordernd ausgestreckten Hand seiner Mutter. Sie spricht weiter auf ihn ein, mit Worten, die ich nicht mehr beachte. Denn meine Aufmerksamkeit gilt nunmehr allein Marie.

Ihr Lächeln ist gestorben. Es hat einem Gesichtsausdruck Platz gemacht, den ich fürchte. Ich fühle, daß die Lunte brennt und die Detonation nicht mehr aufzuhalten ist. Überlege krampfhaft, ob noch irgend etwas zu retten sei. Und lasse die Dinge ihren Lauf nehmen.

»Kraah, kraah, kraah«, tönt es plötzlich von Maries Lippen, laut, schrill, wütend, angsteinflößend. Nicht allein die elegant gekleidete junge Frau erschrickt, aber bei ihr fällt es mir am deutlichsten auf. Während sie der Kassiererin zwei Hundertmarkscheine hinhält, zuckt sie zusammen, als würde sie unter Strom stehen. »Kraah, kraah«, peitschen immer neue Schreie wie Schläge über ihren Rücken, »Ra-ben-krä-hen, Ne-bel-krä-hen, Saat-krä-hen. Die-se ver-fluchten Vieh-cher sol-len ver-rek-ken. Vor al-lem aber die Aas-krä-hen, die-se Die-be und Fleischfres-ser. Die auch vor klei-nen Kin-dern nicht halt-ma-chen. Kraah, kraah.«

Die elegant gekleidete junge Frau reißt das Wechselgeld und die Tüte mit ihrer Ware an sich, schaut mich hilfesuchend an und sagt empört: »Das ist ja hier das reinste Irrenhaus.«

»Richtig«, gebe ich ihr recht, »und Sie sind die Gründerin.«

Während die elegant gekleidete junge Frau mit weitausholenden Schritten davoneilt, ihren verstörten Sohn mit sich ziehend, krächzt es noch einmal kurz, aber weniger scharf als zuvor auf. Dann ist Ruhe. Jetzt nehme auch ich eine Tüte mit Inhalt entgegen. Aber ich eile nicht davon, ich zwinge mich dazu, Ruhe zu demonstrieren. Was mir nicht gerade leichtfällt. Dafür scheint Marie wieder bester Laune zu sein. Sie grinst mir herausfordernd entgegen.

Zum Einkaufen allerdings verspüren wir jetzt beide keine Lust mehr. Wir verlassen das Kaufhaus auf dem kürzesten Weg und fahren ein paar Haltestellen mit dem Bus. Das Ein- und Ausssteigen macht uns wenig Mühe, denn eines der Trittbretter reicht fast bis auf den Boden hinab. Ich muß den Rollstuhl nur ein wenig ankippen. Während der Fahrt sprechen wir ausschließlich über die neue Bluse.

Im Heim will ich den gewohnten Weg einschlagen. Aber Marie hält mich zurück. »Ü-ber-ra-schung«, ruft sie und fährt mir flink voraus. Biegt bereits im Eingangsbereich des Foyers links ab. Fährt ein paar Meter in den Gang hinein. Und bleibt mittendrin vor einer der weißlackierten Einheitstüren stehen. Das Besondere daran erkenne ich sofort; in Augenhöhe befindet sich allein ein neues Messingschild mit dem Namen Sauerbrei. Marie hat ein eigenes Zimmer erhalten. Ich glaube, einen weiteren Grund für ihre derzeitige Lebenslust gefunden zu haben.

Das Zimmer ist höchstens zwölf Quadratmeter groß und hat etwa die gleichen Proportionen wie Maries bisheriges Domizil. Nur daß die Grenze zu dem dazugehörigen Nachbarbereich jetzt aus einer Wand besteht, verborgen hinter einer hübschen kleinen Möbelgarnitur mit warmgetöntem Kirschbaumfurnier. Sonst ist alles beim alten geblieben. Unter dem Fenster gegenüber der Tür sind einige Flachmöbel mit Fernsehgerät und Schreibmaschine aufgestellt worden. Linkerhand befinden sich Bett und Nachttisch. Sogar die Bilder von Mareike und Markus hängen wieder weit oberhalb des Kopfendes. Sicher hat Marie ihre Kinder so am besten im Blickfeld. Tagsüber.

»Schön«, antworte ich auf die stumme Frage, die von Maries erwartungsfrohem Gesicht abzulesen ist. »Klein, aber dein. Jetzt kannst du frei entscheiden, wann du das Licht an- oder ausschaltest. Wie lange du fernsiehst. Wie laut du telefonierst. Wie heftig du auf der Schreibmaschine herumhackst. Wie oft du Besuch empfängst.«

»Vor al-lem das«, kichert Marie, als hätte ich etwas Anzügliches gesagt. »Da steht näm-lich eini-ges ins Haus. Schau dir mal die Post an. Da wirst du stau-nen.«

Neugierig greife ich nach den Briefen und Karten, die auf einem zierlichen Porzellanteller einen kleinen Stapel bilden. Doch ehe ich den ersten Blick auf einen der Absender werfen kann, ändert ein bekanntes Signal mein Vorhaben. Ein Klirren und Scheppern ertönt. Die Tür wird aufgerissen. Im Rahmen erscheinen Schwester Ingeborg, Schwester Anja und der Lifter. »Geht in Ordnung«, sage ich, ohne irgendeine Aufforderung abzuwarten, und verlasse mit meiner Lektüre den Raum.

Am Automat hole ich mir Kaffee und gehe damit ins Foyer. Dort setze ich mich auf eine der Polsterbänke vor einen der polierten Tische. Zu meiner Linken wippen die Zweige einer bunt geschmückten Fichte ganz leicht auf und ab. Auf silbernen Glaskugeln schwimmt mein grotesk verzerrtes Gesicht herum. Ich breite Maries Postsendungen vor mir aus und greife zunächst zu den Karten.

Es sind zwei. Von der ersten, die ich mir ansehe, schaut mir ein harfespielender Engel verschreckt entgegen. Die Rückseite ist mit einer krakeligen Alteleutehandschrift bedeckt. Absender: Alma Schickedanz. Daß sie Marie ein friedliches Weihnachten neunzehnhundertdreiundneunzig wünschen würde, schreibt die Birne. Daß sie schon längst einen Besuch im Heim geplant hätte, aber die Verwirklichung auf das neue Jahr verschieben müsse, weil auch sie es nicht leicht habe. Die Gelenke würden nicht mehr richtig mitmachen, vor allem jetzt im Winter. Aber im kommenden Frühjahr würde sie ihre Beine ganz bestimmt wieder bewegen können, wenigstens bis zum Auto. Maries Eltern hätten ja noch Platz im Fond.

Die zweite Karte kommt von weither. Unter dem attraktiven Farbfoto einer wasserumspülten Uferlandschaft steht die Legende »Michigan Lake«. »Liebes Cousinchen«, schreibt Siegfried Sommer aus Milwaukee, »davon konnten wir einst nur träumen: Übersee. Das fand früher auf dem Spielplatz hinter Eurem Haus statt. Du warst die Squaw, ich der Lederstrumpf, Tristan spielte den feindlichen Indianerhasser. Heute zählt nur noch das Geschäft. Außer vielleicht für Dich. Meine Mutter hat mich angerufen und erzählt, daß es Dir gesundheitlich nicht gut ginge. Das ist sicher schlimm, aber nicht hoffnungslos. Die medizinische Forschung schreitet mit Riesenschritten voran. Ich bin überzeugt, daß auch gegen Deine Krankheit ein Kraut gewachsen ist. Also, Kopf hoch! Im nächsten Herbst bin ich wieder in Chemnitz. Dann komme ich bei Dir vorbei. Bis dahin sei herzlichst gegrüßt von Siegfried.«

Ich lehne mich zurück und versuche, in mir eine Kompanie widersprüchlicher Gefühle niederzukämpfen. Provoziert von Zustimmung und Ablehnung. Von Hoffnung und Hoffnungslosigkeit. Von der Erkenntnis, daß meine Träume von einer glücklichen Marie zwar nicht völlig unberechtigt sind, am Ende aber stets in nüchternes Erwachen münden werden. In abgenutzte Verrichtungen und Formulierungen. Weil die Menschen höchstens dazu bereit sind, ein Minimum ihrer Bequemlichkeit zu opfern. Ich bin eine Törin, weise ich mich selbst zurecht. Um mir anschließend entgegenzuhalten, daß ohne diese Torheit noch nicht einmal diese beiden Karten hier vor mir liegen würden.

Also weiter so, Claudia! befehle ich meinem inneren Rückzugsstrategen. Und sei es für ein Lächeln. Die beiden alten Frauen, die soeben an mir vorbeischlurfen, scheinen meinen Entschluß zu begrüßen. Denn ihr gleichzeitiges Nicken zu mir herüber wirkt aufmunternd. Ihre Stöcke verursachen ein leichtes Klicken auf dem gefliesten Boden. Das Geräusch verstummt, als die beiden alten Frauen am Tisch hinter der geschmückten Fichte Platz nehmen. Ihre dünnen, gebeugten Gestalten scheinen in grüngesäumte Bruchstücke zerlegt zu werden.

Ich schaue mir die Briefe an. Es sind drei. Einer ist bedruckt und trägt den Absender von Maries Rechtsanwalt. Er informiert seine Mandantin darüber, daß er ihre neuerlichen Forderungen in die Klageschrift eingebracht hätte und der Termin für die Verhandlung nicht vor April kommenden Jahres zu erwarten wäre. Der zweite Brief ist handgeschrieben und scheint eine Reliquie aus Vorwendezeiten zu sein. Denn sowohl das blaßblaue Kuvert als auch den gleichfarbigen Bogen ziert ein altes Symbol, der Super-Marx vom Stadtzentrum. Sein postalisches Abbild hat die Größe zwanzig mal zwanzig Millimeter.

»Mein liebes Kind«, steht unter dem Rauschebart geschrieben, »Tristan hat mich gebeten, mich wieder einmal bei Dir zu melden. Das habe ich sowieso vorgehabt, schon seit August vergangenen Jahres, als ich erfuhr, daß Du wieder in Chemnitz bist. Aber dann kamen die Probleme mit unserem neuen Haus auf uns zu. Sicher weißt Du von Deinen Eltern, daß wir gebaut haben – auf unserem Gartengrundstück draußen in Kappel. Wir mußten einen Kredit aufnehmen und uns um Genehmigungen, Material, Handwerker und vieles andere mehr kümmern. Onkel Eberhard und ich sind völlig fertig. Aber der Aufwand hat sich gelohnt. Wenn es Dir besser geht, kannst Du uns gern einmal besuchen. Du weißt, wir sind immer für Dich da. Herzliche Grüße auch von Onkel Eberhard und Tristan. Deine Tante Sonja. Anbei einhundert Mark.«

Ich seufze ein wenig vor mich hin und schicke meine Blicke auf Wanderschaft. Sie marschieren durch die großen Fenster bis hinüber zur Straße. Soeben fährt ein roter Mittelklassewagen mit dem Behindertenzeichen auf der Heckscheibe stadtauswärts vorbei. Etwas oberhalb des Heimes blinkt er und hält am Rand des Bürgersteigs.

Die Tür neben dem Fahrersitz wird geöffnet. Zwei lange, schlanke Frauenbeine in schwarzen Lederstiefeln betreten die Straße, gefolgt von einer mehr als mittelgroßen stattlichen Erscheinung in einem grauen Winterkostüm. Über dessen schwarzem Pelzkragen leuchtet ein blasses, schmales Gesicht, das von dunklem, akkurat geschnittenem Kurzhaar umrahmt wird.

Ich hole meinen Blick aus der Ferne zurück und öffne das dritte Kuvert. Es trägt einen Dresdner Poststempel vom November und die Handschrift von Stefanie Renkewitz. Das liebe Ding, denke ich und hoffe, wenigstens von ihr nicht enttäuscht zu werden. Der Brief ist vier Seiten lang und schon deshalb einen besonderen Dank wert. Aber der Inhalt übertrifft die Erwartungen, die der erste Eindruck in mir erweckte, dann doch noch.

»Meine liebe Marie«, beginnt Stefanie, »bitte, verzeih mir, daß ich mich jahrelang nicht um Dich gekümmert habe, obwohl ich mir doch hätte denken müssen, daß Du mich brauchen würdest – selbst wenn Du Deine Beine noch so bewegen könntest wie früher. Deine Krankheit, von der ich erst kürzlich erfuhr, macht mein Vergehen nun noch schlimmer. Ständig muß ich daran denken, was Du mir am Tag unserer Exmatrikulation eingetrichtert hast. Steffi, hast Du mehrmals betont, an unserer Freundschaft darf kein Mann etwas ändern, meiner nicht und Deiner auch nicht. Ich habe Dir damals recht gegeben und später das Gegenteil praktiziert. Erstens wollte ich einen Bogen um Deinen Martin schlagen, zweitens sorgte ich dafür, daß Du einen Bogen um meinen Erik schlugst. Meine neue Adresse hast Du nie erfahren...«

Ich hebe den Kopf, weil sich der große, langgestreckte Raum mehr und mehr bevölkert. An sämtlichen Tischen sitzen jetzt Leute, und auch auf dem Gang ist Bewegung. Schwestern, Bewohner und Besucher gehen vorüber, Wortfetzen und Lachen weitertragend. Soeben wird ein junger Mann in einem leichten Faltrollstuhl vorbeigeschoben. Hinter ihm her schreitet die stattliche Erscheinung im grauen Winterkostüm. Die Würde, die sie ausstrahlt, fasziniert mich. Von nahem findet mein forschender Blick weitere interessante Einzelheiten an ihr. Das gepflegte Gesicht entspricht dem einer junggebliebenen Fünfzigjährigen, geprägt von Nachsicht und Strenge, von Kummer und Trotz. Wer weiß, welches Schicksal dafür verantwortlich ist. Fast könnte ich es vermuten.

Die Unbekannte schiebt den Rollstuhl mit dem jungen Mann vor eines der Fenster, vollführt mit ihm eine halbe Drehung und stellt sich vor die Beinstützen. Jetzt habe ich das Gesicht des Behinderten schräg gegenüber. Es ist hübsch zu nennen. Dieses Urteil begründen vor allem ein zarter Teint, dem ein Rasiermesser noch fremd zu sein scheint, ein voller, weicher Puppenmund und zwei große braune Augen, die von den längsten Wimpern überschattet werden, die ich bei einem erwachsenen Menschen je gesehen habe. Jetzt sind die Lider weit nach oben geschlagen, denn der junge Mann blickt kindlich fragend zu der Frau auf.

Sie spricht auf ihn ein, unablässig, eindringlich. Sicher beschwört sie ihn, dieses zu tun, jenes zu lassen. Sein Beitrag zur Debatte ist Schweigen, gepaart mit Kopfnicken oder Schulterzucken. Nur einmal schüttelt er energisch sein dunkelbraunes gelocktes Haar durcheinander. Dann senkt er die Lider und zieht einen Flunsch. Diese Taktik scheint ihre Wirkung auf seine Gesprächspartnerin nicht zu verfehlen, denn sie beugt sich vor und haucht einen Kuß auf seine rechte Wange. Anschließend zupft sie an dem weißen Hemdkragen herum, der den Halsausschnitt seines Pullovers ziert. Aha, denke ich, sicher ist sie seine Mutter.

Nachdem der junge Mann eine Hand zum Gruß gehoben hat und ohne seine Begleiterin davongefahren ist, lese ich Stefanies Brief zu Ende. Sie erläutert Marie ausführlich ihre gegenwärtige Situation sowie ihre Vorhaben für den Fall, daß alles gut ginge. Anfang kommenden Jahres, spätestens im Mai, würde sie Marie besuchen und anschließend keinesfalls wieder so lange auf sich warten lassen wie zuvor. Und außerdem würde sie immer an ihre einzige Freundin denken. In alter fester Verbundenheit.

Ich schicke einen Stoßseufzer an die Decke. Zumindest Stefanie scheint halten zu wollen, was ich mir von meiner Reise in die Vergangenheit verspreche. Sie ist der erste Gewinn eines fragwürdigen Unternehmens. Aber vielleicht doch nicht der einzige. Ich werde sehen. Ein neuer Schwung bringt mich auf die Beine. Veranlaßt mich, Briefe und Karten an mich zu raffen.

Davonzustürmen, den Gang entlang bis zur Tür mit dem Namen Sauerbrei. Einmal kurz zu klopfen. Sofort das Zimmer zu betreten. Und deshalb einen kleinen, spitzen Schrei auszustoßen.

Meine Verwirrung rührt von der unerwarteten Szenerie her, die sich mir eröffnet. Von zwei ineinander verschlungenen Oberkörpern. Einem einheitlichen Ganzen, das bei meinem abrupten Erscheinen in zwei Teile zerspringt. In zwei Menschen, die ich kenne. Der eine ist Marie, der andere der kindliche junge Mann. Den Rücken gegen die Tür gepreßt, stehe ich dennoch dicht vor seinen Fußstützen. Denn er hat seinen Faltrollstuhl neben der unteren Giebelseite des Bettes plaziert. Maries etwas größeres Elektronik-Fahrzeug steht längs im Gang, so daß die Partner einen rechten Winkel zueinander gefunden haben, an dessen Schenkelpunkt sich Arme und Schultern berühren.

»Setz dich, Clau-di«, sagt Marie vergnügt und offensichtlich völlig Herr der Lage. Das vorhin so blasse Gesicht des jungen Mannes dagegen ist jetzt rosig getönt. Sein Blick wirkt unstet, fast ängstlich. Und in mir balgen sich Abwehr und Zustimmung herum. Ohne Aussicht auf Entscheidung. Ich bin ratlos. Ich habe keine Meinung. Umständlich durchsteige ich den Raum zwischen Schrankwand und Faltrollstuhl und lehne mich an die Kante eines Flachmöbels. Dummerweise befinde ich mich nun im Rücken der beiden jungen Leute. Sie aber wenden sich mir unverzüglich zu, soweit es der knapp bemessene Platz hergibt. Und Marie spricht unbekümmert weiter: »Das ist mein Freund. Er heißt Da-ni-el. Da-ni-el Ban-der-mann.«

»Hallo«, tue ich locker und finde mich unmöglich, »meine Name ist Reimer. Ich freue mich, Sie kennenzulernen.« Ich halte Daniel meine Rechte hin, und auch er gibt mir seine Rechte. Ich fühle eine zarte und dennoch erstaunlich kraftvolle Hand. Diesen Druck habe ich nicht erwartet. Ach so, fällt mir dann ein, er muß ja nicht gerade auch Multiple Sklerose haben.

»Da-ni-el hat auch Em Es«, klärt mich Marie wieder einmal im richtigen Moment auf. »Wir ha-ben uns in der Selbst-hil-fe-grup-pe ken-nen-ge-lernt.«

»Dann sind Sie also auch aus Chemnitz?« wende ich mich an meinen neuen Bekannten, froh, ein Gesprächsthema gefunden zu haben.

»Nicht ganz«, antwortet er in gepflegtem Hochdeutsch. »Ich wohne draußen am Stadtrand, Richtung Harthau.« Er hat eine schöne Baritonstimme, die mir irgendwie Vertrauen einflößt. Weil sie eine gewisse Charakterstärke zu verraten scheint.

»Dann haben Sie aber einen langen Weg zurückzulegen«, stelle ich mit zunehmender Gelassenheit fest, »wenn Sie an der Gruppenstunde teilnehmen wollen.«

»Das schon, aber mit dem Auto ist das kein Problem. Meine ... ich wollte sagen, ich werde immer zum Treffpunkt gefahren. Marie hat es doch viel schwerer. Sie muß den Behindertenfahrdienst beauftragen, damit sie von einem Spezialfahrzeug hin- und wieder zurückgebracht werden kann. Manchmal geht alles schief, weil der Fuhrpark ausgelastet ist. Und wenn alles zum richtigen Zeitpunkt klappt, kostet es viel Geld. Ich will damit sagen, daß ich unabhängiger bin als Marie. Deshalb haben wir uns darüber geeinigt, daß wir uns öfter hier treffen als woanders.«

Das war deutlich. Daniel hat mir eine Erklärung abgegeben, zu der er eigentlich nicht verpflichtet ist. Mit der er aber nicht allein seine Höflichkeit demonstriert hat, sondern auch sein Bekenntnis zu Marie. Er denkt für sie mit, erkenne ich. Er steht für sie gerade. Ich sehe dem jungen Mann in die weit geöffneten braunen Augen. Er schaut zurück. Und senkt die Lider nicht.

Plötzlich ist meine Ratlosigkeit verflogen. Ich beschließe, auf dieses zerbrechliche Bündnis zu setzen. Denn mir scheint, daß ein verzweifelt am Leben erhaltener Wille ein starker Halt sein kann. Vor allem dann, wenn er Bestätigung durch einen Partner findet. Sich reiben kann. Und siegen. Vielleicht ist dieser junge Mann die Chance, die ich für Marie haben wollte. Ein unverhoffter Zufall. Ein Volltreffer.

»Das finde ich wunderbar«, sage ich ehrlichen Herzens. »Haltet durch, Ihr beiden! Überlegt gut, was Ihr erreichen wollt! Und wenn Ihr euch ganz sicher seid, kämpft um euer Ziel!«

»In die-sem Sta-di-um sind wir schon«. Bei diesen Worten wirft Marie Daniel einen bedeutsamen Blick zu und zupft an ihrer neuen Bluse herum. Sicher hat sie sich das festliche Kleidungsstück vorhin von einer der Schwestern anziehen lassen. In Erwartung ihres Besuchers.

»Es hat bereits Ärger gegeben«, setzt er ihre Erklärung fort. »Immer ist irgend jemand da, der unser Zusammensein verbieten möchte. Alles, was bei Nichtbehinderten als normal gilt, soll bei uns anormal sein. Wenn nicht gar pervers.«

»Aha, aber jetzt muß ich gehen«, sage ich möglichst beiläufig, um meine Fluchtbereitschaft zu vertuschen – genährt von der Furcht vor einer unbedachten Äußerung, die ich später vielleicht widerrufen müßte. Ich erhebe mich, nehme Mantel und Tasche vom Haken neben der Tür, beuge mich über Marie und drücke sie kurz an mich. Dann sage ich mehr zu Daniel als zu ihr: »Das Wichtigste ist, daß Ihr an euch selbst glaubt. Mit aller Kraft. Wenn Ihr mich brauchen solltet, ruft an!«

»Ü-bri-gens«, fügt Marie hinzu, bevor ich die Tür von außen schließe, »Frau Ad-ler steht auf un-se-rer Sei-te.«

»Schön«, entgegne ich nicht ohne Sorge. Denn ich frage mich, aus welchem Personenkreis die Gegenseite besteht. Unwillkürlich fällt mir Daniels Mutter ein, die würdevolle Erscheinung in Grau. Die sich ihrem Sohn zu opfern scheint. Ihm wahrscheinlich eine gediegene Bildung zukommen ließ. Ihn hegt und pflegt. Immer für ihn da ist. Und einen Ödipus aus ihm macht. Ihre Unterstützung dürften die Liebenden kaum finden. Falls mich meine Menschenkenntnis nicht täuscht.

Im Foyer ist es inzwischen wieder ruhiger geworden. Nur noch wenige Plätze sind besetzt. Die elektrischen Kerzen auf den geschmückten Fichten verbreiten ein diffuses Licht. Ich habe Mühe, die Personen im Raum voneinander zu unterscheiden – vor allem die im Hintergrund, wo nur ein kleiner Weihnachtsbaum steht. Daß dort Daniels Mutter sitzt, erkenne ich folglich erst nach einigem Suchen. Ich gehe auf die bekannte Unbekannte zu, um mich vorzustellen. Doch kurz vor dem Ziel hält mich eine Entdeckung auf. Das optische Gegenstück zu dem grauen Kostüm bildet daneben ein weinrotes Kleid, das ich schon einmal gesehen habe. Es gehört Annelies Sommer.

Die beiden Frauen sind in ein Gespräch vertieft. Ich überlege, ob ich mich zu erkennen gebe oder lieber gleich den Rückzug antrete. Als ich mich soeben für die zweite Variante entschieden habe, blickt Maries Mutter auf, erkennt mich und winkt mich heran. Damit sind die Würfel gefallen. Ich gehe zum Tisch, grüße, setze mich auf den Stuhl, den die beiden Frauen zwischen sich freigelassen haben. Annelies Sommer stellt mich vor. Als gute Freundin der Familie, vor der man keine Geheimnisse zu haben brauche. Dann kommt der Spruch für mich: »Das ist Frau Elena Bandermann. Ihr Sohn ist auch…«

»Ich weiß«, unterbreche ich Annelies Sommers Erklärungen. Ich will den Stier an den Hörnern packen. »Ich habe ihn vorhin kennengelernt. Er gefällt mir. Ich glaube, er und Marie passen gut zusammen. Beide sind schön und klug. Und jeder hat dennoch einiges dem anderen voraus. Daniel beispielsweise seine größere sprachliche und körperliche Beweglichkeit, Marie ihre ausgeprägte Willenskraft...«

»Von der sie heftig Gebrauch macht«, werde ich jetzt von Elena Bandermann unterbrochen. Sie spricht ebenso kultiviert wie ihr Sohn und hat beinahe die gleiche tiefe Stimmlage. »Sie stellt Forderungen an Daniel, denen er nicht gewachsen ist. Die ihn in Konflikte stürzen, seinen Gesundheitszustand destabilisieren.«

»An denen er sich aber auch ausprobieren könnte«, gebe ich zu bedenken.

»Damit er wieder einmal erkennt, wozu er nicht fähig ist? Damit ihn der nächste Schub schneller ereilt als unvermeidbar?«

»Ich dachte eigentlich an den gegenteiligen Effekt.«

»Das ist sehr naiv gedacht.« Die Worte sind sachlich ausgesprochen worden, ohne einen Vorwurf zu verraten, eher ein Quentchen Resignation. Ich schaue prüfend in das schmale, von dunklem Kurzhaar umrahmte Gesicht, das der Kerzenschein warm tönt und dennoch steinern wirken läßt. Von dort aus lasse ich meinen Blick abwärts gleiten. Die Hände der kühlen Sprecherin liegen auf dem Tisch, lässig gekreuzt. Die Rechte hält eine glimmende Zigarette, die ganz leicht zittert. Plötzlich fühle ich Mitleid mit der würdevollen Erscheinung in Grau, die ihrem schweren Schicksal ihren Stolz nicht opfern will.

»Ich weiß«, gebe ich ebenso sachlich zu, »ich bin ein Traumtänzer. Das wirft mir mein Mann täglich vor. Als Fehler. Vielleicht ist es auch einer. Aber ich bin eher vom Gegenteil überzeugt. Nicht indem ich die allgemeine Frage beantworte, was die Welt ohne Träume wäre. Ich will die konkrete Frage beantworten, was Marie ohne Träume wäre. Und Daniel. Wenn wir alles von vornherein besser wissen als sie, wenn wir ihr Leben desillusionieren, dann bleibt ihnen wenig, für das es sich lohnt, den Schüben Widerstand zu leisten.«

»Sie sehen nur die eine Lösung«, höre ich die dunkle Stimme sagen und beobachte, wie Asche von der zitternden Zigarette fällt und auf der Tischplatte auseinanderkrümelt.

»Vielleicht gibt es nur die eine Lösung. Den Respekt vor den Wünschen der Betroffenen. Alles andere wäre dann Selbstbetrug. Beispielsweise ein Verbot...«

»Ich werde ihm nichts verbieten«, unterbricht mich meine sonst so disziplinierte Gesprächspartnerin zum zweitenmal. »Die Umstände werden es tun. Wie sie es immer getan haben, wenn Daniel wirklich etwas wollte. Die Krankheit brach aus, als er achtzehn war. Er hat das Abitur mit Auszeichnung bestanden. Vom Armeedienst wurde er freigestellt, weil sich plötzlich eine akute Sehschwäche eingestellt hatte. Wir dachten, daß das ein Erbe seines Vaters wäre, der seit jeher eine starke Brille tragen mußte. Damals war er übrigens schon drei Jahre tot. Opfer eines Verkehrsunfalls. Schuldlos.«

»Die Sehschwäche war demnach das erste Anzeichen der Multiplen Sklerose«, versuche ich die Ausführungen wieder auf den Punkt zu bringen.

»Ja, heute wissen wir das. Damals hatten wir keine Ahnung. Mein Sohn wurde nur vom Augenarzt behandelt. Der Experte war von allen Eingeweihten der erstaunteste, als sich Daniels Sehfähigkeit wieder normalisierte. Dafür bekam er von heute auf morgen andere körperliche Gebrechen. Zeitweise konnte er das Gleichgewicht nicht mehr halten und verlor die Kontinenz. Im zweiten Studienjahr – Daniel wollte Bauingenieur werden – warf ihn ein grippaler Infekt völlig um. Eines Morgens lag er stocksteif im Bett. Das Weitere können Sie sich denken.«

»Es gibt immer mehrere Wahrheiten«, murmle ich und fühle, daß sich Hilflosigkeit in mir ausbreitet. Zu vieles ist noch ungeklärt, um mich auf eine Sicht festzulegen. »Übrigens, um welche Forderungen Maries an Daniel handelt es sich eigentlich konkret?«

»Um welche schon«, antwortet Elena Bandermann mit etwas verhärteter Stimme und zerdrückt den Rest ihrer Zigarette im Aschenbecher. »Sie will ihn in ihrem Bett haben. Jede Nacht.«

»Aber es ist genau umgekehrt«, meldet sich Annelies Sommer mit unüberhörbarer Entrüstung zu Wort. »Er will immerzu hinein.«

»Ich schätze, das eine schließt das andere nicht aus.« In meiner Bemerkung schwingt ein kleines Lachen mit. Und tatsächlich, auch die Mienen meiner beiden Tischnachbarinnen erhellen sich ein wenig. Allerdings nur für eine Zehntelsekunde, dann werden sie rückfällig. Elena Bandermann greift zur nächsten Zigarette, Annelies Sommer zur nächsten Erklärung.

»Marie«, beginnt sie, »du darfst dich nicht wegwerfen! Das habe ich meiner Tochter schon immer nahegelegt. Und jetzt gilt diese Empfehlung erst recht, wo sie doch immer unter Aufsicht ist. Eine solche Grenze darf sie nicht ignorieren; die Schande wäre zu groß. Ich will ihr das nachher noch einmal ganz deutlich zu verstehen geben. Deshalb bin ich heute zum Freitag ausnahmsweise herübergekommen. Ich finde sonst keinen Schlaf mehr.«

»Irgendwie hat hier jeder recht«, sage ich achselzuckend und erhebe mich. »Bitte, entschuldigen Sie mich für heute. Ich habe einen langen Heimweg vor mir.«

Während ich mit weit ausholenden Schritten das Foyer durchquere, wünsche ich mir tatsächlich nichts sehnlicher, als nach Hause zu kommen. Die Probleme, die mit Marie verknüpft sind, weit von mir zu weisen. Meine Gedanken in eine Richtung zu lenken, die einen guten Ausgang hat. Aber ich bin gefangen. Maries Schicksal ist wie ein Netz.

Schon an der Pförtnerloge fällt meine innere Abwehr in ein Nichts zusammen. Denn dort steht Silvia Adler – wieder mit müden Augen, wieder mit lächelndem Mund.

»Hallo«, begrüßt sie mich und gibt mir die Hand. »Wie geht es Ihnen, Frau Reimer? Haben Sie die neuesten Informationen schon verdaut?«

»Noch nicht ganz. Mir fehlt die eindeutige Orientierung. Und was sagt die Physiotherapeutin?«

»Ach, wissen Sie, mir fällt es nicht allzu schwer, eine eindeutige Orientierung zu finden. Ich kenne meine Pflichten. Wenn Marie und Daniel zusammenkommen wollen, sollen sie es. Meine therapeutische Hilfe ist ihnen sicher. Und auch gegenüber dem Personal und der Leitung des Heims würde ich mich starkmachen, falls das erforderlich werden sollte. Aber die Entscheidung müssen die beiden Betroffenen herbeiführen, mit oder ohne Angehörige. Das liegt ganz bei ihnen selbst.«

»Das klingt ermutigend einfach aus Ihrem Mund.«

»Das Prinzip ist ja auch einfach. Ob es leicht einzuhalten ist, stellt eine ganz andere Frage dar – wie Sie sicher schon gemerkt haben.«

»Wie wäre es mit einem positiven Beispiel zum Festhalten. Für mich, für Marie, für die Angehörigen.«

»Damit kann ich dienen. Drüben in Plauen gibt es ein Pflegeheim, in dem zwei Schwerbehinderte, ein Mann und eine Frau, allabendlich zusammen ins Bett gebracht werden. Ihre sexuellen Handlungen bestehen lediglich darin, daß sie sich aneinanderschmiegen und streicheln, wenn sie es möchten. Aber sie sind nicht allein, sie sind auf ihre bescheidene Weise glücklich. Dieses Gefühl darf ihnen kein Außenstehender streitig machen.«

»Weder Mediziner noch Sozialbeauftragte, weder Verwandte noch Bekannte?«

»Weder noch. Ich kann Ihnen auch weitere außergewöhnliche Beziehungen nennen.«

»Danke«, sage ich nachdenklich, »das genügt für heute. Sie haben mir sehr geholfen. Falls wir uns in diesem Jahr nicht noch einmal sehen sollten, wünsche ich frohe Weihnachten und viel Glück für neunzehnhundertvierundneunzig.«

»Gleichfalls«, ruft mir Silvia Adler nach, denn ich bin schon an der Ausgangstür. »Übrigens, wissen Sie eigentlich, wie es Marie und Daniel durchgesetzt haben, daß sie sich fast täglich sehen dürfen?«

»Nein.«

»Sie sind in den Hungerstreik getreten.«

Ich fahre mit dem Bus in die Innenstadt zurück. Dort herrscht spätnachmittäglicher Trubel. Dunkelheit und Kälte werden durch ein Riesenaufgebot an Kunstlicht und heißen Snacks gemildert. An einem Imbißstand im Freien kaufe ich mir ein Paar Würstchen mit Brötchen und Senf sowie einen kohlrabenschwarzen Kaffee aus dem Wegwerfbecher. Anschließend vermag ich die Ereignisse des Tages mit Abstand zu betrachten. Und sogar einen gewissen Optimismus aufzubringen. Eigentlich stehen Maries Sterne nicht schlecht.

Mein Auto finde ich inmitten einer Parkschlange, die weder einen Anfang noch ein Ende zu haben scheint. Als ich einsteige, schaue ich noch einmal zu dem Verlagsgebäude hinüber, in dem ich heute morgen die Zeitungsanzeige aufgegeben habe. »Schwerbehinderte junge Frau ... sucht... liebevollen Partner...«

So schnell ändern sich die Zeiten.

6. Kapitel

Die Puppe Adelheid

Als Marie mit ihrem Baby nach Großlochnitz zurückkam, blickte sie optimistisch in die Zukunft. Sie war der Überzeugung, daß in dem kleinen grauen Haus kaum noch etwas so bleiben konnte wie bisher. Sondern zwangsläufig alles besser werden mußte. Der kleine Mittelpunkt Mareike würde eine Neuordnung der familiären Welt herausfordern, zum Vorteil aller ihrer Bewohner. Denn für gegenseitige Rücksichtnahme sollten sie reich belohnt werden. Mit Liebe, Glück und Kinderlachen. So dachte Marie.

Als sie merkte, daß auch ein millionenfach bewährtes Prinzip bei den Sauerbreis nicht funktionierte, war sie traurig, ohne irgendeine Schuldzuweisung in Erwägung zu ziehen. Denn es gab mehrere Hinderungsgründe zugleich zu beachten. Zunächst mußte Marie zwar feststellen, daß die Schwiegereltern Liebe, Glück und Kinderlachen nicht für einen akzeptablen Preis hielten, um ihre Gewohnheiten zu verändern. Aber sie mußte sich auch Unzulänglichkeiten eingestehen, für die sie selbst die Ursache war. Oder vielmehr ihr Gesundheitszustand, der sich beim besten Willen nicht normalisieren ließ.

Sechs Wochen nach Mareikes Geburt fühlte sich Marie so kraftlos, daß sie das Baby nur mit großer Mühe im Arm halten konnte. Ihr Sehvermögen reduzierte sich zeitweise auf ein Minimum. Die Gleichgewichtsstörungen traten häufiger als während der Schwangerschaft auf. Und die Beine gehorchten Maries Willen immer seltener. Von den Füßen an aufwärts breitete sich Fühllosigkeit aus, als würde eine Betäubungsspritze langanhaltende Wirkung zeigen. Maries Gang war entsprechend schleppend. Der sportliche Schwung von einst fehlte völlig. Auf der Treppe mußte sich die völlig Verunsicherte krampfhaft am Geländer festhalten, um einen Sturz zu vermeiden. Morgens, wenn Mareike ihre erste Mahlzeit zu bekommen hatte, gelang es Marie oftmals nicht, sich zu erheben. Dann hatte Martin das Kind zu versorgen, bevor er zum Dienst ging. Inge und Horst Sauerbrei sahen sich derweil gezwungen, ihren Frühstückstisch selbst zu decken.

Verzweifelt versuchte Marie, ihre ehemalige ausgleichende Position in der Familie zurückzuerobern. Ein Kampf, dessen Erfolg von der Übernahme der alten Pflichten abhing. Also vom Wiedererlangen der Gesundheit. Anstatt den Kinderwagen tagsüber durch Gärten und Felder zu schieben, fuhr sie deshalb oft in die Frauenklinik, um dem Arzt ihre Beschwerden mitzuteilen. Er aber stellte ihre Befürchtungen als töricht hin. Ein Kaiserschnitt wäre schließlich keine Freiübung, nach der höchstens einmal ein kleiner Muskelkater auftreten könnte. Die unerfahrene junge Patientin müßte sich halt noch ein wenig in Geduld fassen.

Kurz vor Weihnachten schleppte sich Marie zu einem praktischen Arzt, der in der Siedlung einen guten Ruf genoß. Während sie ihm ihre gesundheitlichen Probleme vortrug, nickte er unentwegt, als würde sie ihm überhaupt nichts Neues erzählen. Als wäre sein Wartezimmer überfüllt mit Ratsuchenden in der gleichen Angelegenheit. Die bei ihm noch immer fündig geworden seien. Warum nicht auch die junge Frau mit der eingebildeten Krankheit? Sie habe nichts weiter als eine leichte Muskelschwäche, sagte er begütigend. Und die wäre am besten durch Sport zu beheben. Durch Schwimmen, Wandern, Ballspielen. Und vor allem Radfahren.

Der Trost des Mediziners währte nicht lange. Bereits der Versuch, ein Fahrrad zu besteigen, scheiterte an einem Sturz. Der Kinderwagen erwies sich als weitaus sicherer. Er hatte vier Räder und funktionierte auch als Gehhilfe. Und die hatte Marie von Tag zu Tag nötiger. Am dritten Adventsonntag bemerkte Martin, wie schwer sich seine Frau auf das Gestell stützte. Viel schwerer als noch am zweiten Adventsonntag. Sein Kommentar war eindeutig. »Reiß dich endlich zusammen«, fauchte er Marie an. »Oder willst du getragen werden? Die Nachbarn munkeln schon, du würdest an der Flasche hängen.«

Die einzige, die sofort erkannte, daß mit Marie etwas Grundlegendes nicht mehr stimmte, war ihre Mutter. Als sie die Tochter am ersten Weihnachtsfeiertag nach langer Trennung die Treppe zur Sommerschen Wohnung mühsam heraufstelzen sah, brach sie in Jammerlaute aus. »Was haben sie mit dir gemacht?« fragte sie immer erneut. Das Enkelkind vertrieb ihre Sorgen nicht, im Gegenteil. Was sollte denn aus dem Winzling werden, wenn es Marie nicht bald besser gehen würde? Wolfgang Sommer schwieg erschrocken. Und der Schwiegersohn winkte großspurig ab, wenn nach seiner Meinung gefragt wurde. »Ihr seht viel zu schwarz«, erklärte er im Brustton der Überzeugung, »das gibt sich wieder. Dafür werde ich sorgen.«

Martin versuchte zumindest, dieses Versprechen einzulösen. Sein Wunsch war, Marie in die Elfe zurückzuverwandeln, die sie einmal war, schlank, biegsam, leichtfüßig. Mit der er Kameraden, Untergebene und Vorgesetzte in bewunderndes Erstaunen versetzen konnte. Die sein Image aufpolierte. Dessen Glanz er beibehalten wollte. Koste es, was es wolle. Entsprechend leidenschaftlich waren Martins therapeutische Maßnahmen, die eigentlich allesamt Zwänge waren. Angetrieben von Enttäuschung, Verzweiflung, Selbstmitleid. Die Palette der partnerschaftlichen Gefühlsäußerungen war vielfältig, aber dennoch unvollständig. Nachsicht fehlte darauf.

Dazu fühlte sich hingegen Marie mehr und mehr verpflichtet. Zwangsläufig übernahm sie die Rolle der Starken, Reifen, Mütterlichen, die der Familie die Hoffnung erhalten wollte. Leider mußte sie sich und anderen mitunter Erfolge vorgaukeln, die sich bald als nicht tragfähig herausstellten. Die Martin seine anstrengende Rolle als bewundernswerter, dominanter Partner vergessen ließen. In ihm das Kind wieder hervorbrachten, unreif und schlecht erzogen. Das bockig mit dem Fuß aufstampft, wenn seine Wünsche nicht erfüllt werden.

Martin zufriedenzustellen sah sich Marie immer seltener imstande. Immer öfter geriet sie in einen Zustand von Panik. Eine psychische Alarmsituation, die die verhängnisvollen Reaktionen ihres Körpers eindeutig beschleunigte. Martin sah diesen Zusammenhang nicht. Er blieb bei seiner Meinung, daß Marie allein mit Strenge begegnet werden müsse. »Sonst rostet sie uns ein«, begründete er sein aggressives Verhalten sich und den Schwiegereltern gegenüber.

Zwischen Mißerfolgen und Vorwürfen wurde Maries Widerstand gegen die körperlichen Schwächen zermahlen. Der Prozeß der Resignation ging zügig voran, riß jeglichen Ehrgeiz mit sich fort und erzeugte Fluchtgedanken. Wo Marie war, wollte sie nicht bleiben. Nicht in diesem Haus, nicht in diesem Körper. Weit weg wollte sie fliegen. Das würde leicht sein. Im Stadtzentrum stand ein hohes Haus mit einem Aufzug. Damit würde sie die obere Etage schnell erreichen. Um den Rückweg noch schneller zu nehmen.

Dann wieder schämte sich Marie ihrer verräterischen Absichten, vor allem ihrem Kind gegenüber. Mareike brauchte ihre Mutter, würde sie auch in Zukunft brauchen. Wie konnte sie nur an eine Flucht für immer denken? Außerdem würde ja sicher noch alles gut werden. Natürlich, die medizinische Forschung feierte doch schon so große Triumphe. Und die ablehnende Haltung der Schwiegereltern war kein Problem, das nicht mit Mühe und Geduld gelöst werden könnte.

Blieb nur noch Martin. Die Veränderungen in seinem Verhalten verliefen parallel zu den Veränderungen an Maries Körper. Je mehr sie auf seine Hilfe angewiesen war, desto mehr lehnte er sich gegen die zwangsläufig übernommenen Pflichten auf. Um seinen Widerwillen spürbar zu machen, hätte er nicht mit zunehmender Häufigkeit spät nach Hause zu kommen, nicht zu schreien und nicht zu weinen brauchen – allein sein Gesichtsausdruck ließ Welten in Marie zusammenstürzen.

Eines Abends im Januar glaubte Marie, Martins vorwurfsvollen Blick nicht mehr ertragen zu können. Als sie ihn unten zur Haustür hereinkommen hörte, öffnete sie oben die Tür zur Bodenkammer. Klinkte sie leise von innen ein. Hangelte sich mühsam an einem alten Bettgestell entlang bis zur Dachschräge. Stieß sich dort an den Kopf und stürzte hin. Landete weich auf einem Berg alter, verdreckter Lumpen. Und war's zufrieden. Hier, im Inneren eines Müllcontainers, würde sie niemand suchen.

Als Marie nach einem kurzen Schlaf der Erschöpfung erwachte, schien der Mond. Ein Strahl seines geheimnisvollen Lichts stand schräg zwischen Dachluke und Bretterboden. Berührte auch einen zerschlissenen Koffer, der offenstand. Und verlieh einem merkwürdig geformten Gegenstand darin milden Glanz. Marie kroch zu dem Koffer und nahm den Gegenstand in die Hand. Es war der Kopf einer Puppe. Material und Form wiesen weder die ästhetischen noch praktischen Eigenschaften auf, die moderne Spielzeughersteller an ihren Erzeugnissen hervorhoben. Aber Marie fand das Überbleibsel einer längst vergangenen Kindheit wunderschön. Und es schien ihr eine Seele zu haben, die ihrer eigenen sehr ähnlich war. Ähnlich sein mußte. Denn die Puppe und sie waren beide Verworfene.

Marie nahm den Porzellankopf behutsam in die linke Hand und wühlte mit der rechten im Koffer herum. Fand zwei Porzellanarme, zwei Porzellanbeine und einen Stoffbalg in einem altmodischen, spitzenbesetzten Kleid. Als der Körper komplett war, hielt sie das für ein gutes Zeichen. Vielleicht konnte die Puppe gerettet werden. Ihre alte Schönheit wiederfinden. Die Wiedergeburt ihrer einstigen Wertschätzung erfahren. Marie jedenfalls würde alles mögliche tun, um das gute Werk zu vollenden. An der Puppe und an sich selbst.

Als Martin die Vermißte nach langem Suchen fand, lag sie frierend und fiebernd auf dem Rücken und schaute lächelnd durch die Dachluke in den Himmel. Den unscheinbaren Stoffkörper in ihrem Arm hielt sie fest an sich gepreßt. Als sie zu sich kam und aufstehen wollte, ging es nicht. Ihre Glieder waren so steif und gefühllos geworden, als hätte sie die letzten Tage in Fesseln verbracht.

Martin schleppte Marie in ihr Bett, ohne ein Wort zu verlieren. Angesichts ihrer körperlichen und seelischen Hinfälligkeit überkamen ihn nun doch Zweifel – sowohl an der Richtigkeit seiner Behandlungsmethoden als auch an der Hartnäckigkeit, mit der er Mutter Annelieses Flehen zu ignorieren vermochte. »Übergib Marie den Händen eines guten Arztes«, hatte sie ihn immer wieder beschworen.

Am nächsten Morgen hielt ein Wagen der Schnellen Medizinischen Hilfe vor dem kleinen grauen Haus der Sauerbreis. Beide Ausgangstüren standen offen, und zwei Weißkittel trugen Marie hindurch. Ihr war, als ob sie träumte, obwohl sie die Augen weit aufriß und in den bleischweren Himmel schaute. Den Wolken war sie jetzt näher als der Erde. Weit unter ihr schrie ihr Kind. Ihm zuliebe würde sie wiederkommen.

Marie wurde in ein im Leipziger Süden gelegenes Krankenhaus gebracht. Die Einrichtung verfügte über zu viele Patienten, zu wenig medizinisches Personal und eine nicht dem allerneuesten Stand der Technik entsprechende Ausrüstung. Dafür ließen die Ärzte keinen Schatten auf ihr Berufsethos fallen. Was sie diagnostizierten, galt als unfehlbar. Vor allem bei den Schwestern, deren frohe Gläubigkeit vielen Kranken eine feste seelische Stütze war. Auch Marie. Als sie hörte, daß sie nicht mehr und nicht weniger als eine Grippe hatte, ließ sie sich gern von der Beteuerung aufrichten, in spätestens zehn Tagen wieder gesund zu sein.

Kurz vor ihrer Entlassung kam die Ernüchterung. Als sie zum erstenmal aufstehen durfte, knickten die Beine weg. Marie schaute nach, ob die Unterschenkel vielleicht amputiert worden wären. Aber sie waren noch da, wenn auch nicht zu fühlen. Und vor allem nicht zu gebrauchen. Marie alarmierte die Stationsschwester und diese die Stationsärztin. »Keine Angst«, sagte die Medizinerin begütigend, »wir lassen Sie mit dem Krankenwagen heimbringen.«

»Aber was wird dann?« fragte Marie mit einer hilflosen Geste. »Ich habe ein Baby zu versorgen. Wie soll ich das schaffen, wenn ich nicht mehr laufen kann?«

»Na, Sie konnten doch bestimmt noch nie richtig laufen«, gab die Ärztin ihrer Überzeugung Ausdruck. »Und von uns erwarten Sie Wunder. Im übrigen ist bei Ihnen alles in Ordnung. Befund negativ.«

Von da an versuchte Marie, sich ihre Krankheitssymptome aus dem Kopf zu schlagen. Vielleicht hatten sie eine ganz harmlose Ursache und waren leicht zu bekämpfen. Als sie wieder zu Hause war, verordnete sie sich selbst eine Roßkur. Zweimal täglich stieg sie mit Martins Hilfe in die Badewanne und ließ heißes Wasser nachlaufen, solange sie es aushalten konnte. Anschließend war sie am ganzen Körper krebsrot; das Blut in ihren Adern schien zu kochen. Außer im Inneren der Beine. Dorthin schien sich kein Blut mehr zu verirren.

Aber siehe da, ein paar Tage später besserte sich Maries Zustand. Sie konnte wieder gehen, wenn auch mit der Schwerfälligkeit einer alten Frau. Dafür ergriff der frühere jugendliche Überschwang mit starker Hand Besitz von ihr und riß sie zu der Überzeugung hin, daß das Schlimmste nun überstanden sei. Ehrgeizig versuchte sie, sich und den anderen Familienmitgliedern ihre Genesung zu beweisen, indem sie die meisten ihrer früheren Pflichten wieder erfüllte. Um den Preis ihrer letzten Kräfte.

Bis das Kartenhaus aus Illusionen von einer Sekunde zur anderen zusammenbrach. Eines Morgens, kurz vor Ostern, erhob sich Marie, schlug lang hin und stand nicht wieder auf. Martin, bereits in Uniform und unter Zeitdruck, versuchte, sie mit einigen hastigen Schlägen auf die Wangen ins Leben zurückzuholen. Vergebens. Marie öffnete die Augen, schien aber nichts zu erkennen. Erst nachdem Martin ihr Stirn und Nacken mit kaltem Wasser betupft hatte, kam sie zu sich und rief die Worte: »Mareike. Wo ist sie?«

»Neben dir im Kinderbett«, antwortete Martin.

»Warum antwortest du nicht?« schrie Marie aufgebracht.

»Ich antworte doch«, sprach Martin nun ebenfalls lauter. Sie schaute auf seine Lippen und erschrak sichtlich.

»Ich verstehe nichts«, jammerte sie dann. »Meine Ohren sind weg.«

Daraufhin stürmte Martin ins Erdgeschoß. Im Flur stand das Diensttelefon, dessen Nummer in keinem Telefonbuch verzeichnet war. Die Verbindung zum ärztlichen Notdienst klappte auf Anhieb. Die Frau in der Zentrale fragte nach dem Alter der Patientin und nach Einzelheiten ihres Zustandes. Zuletzt nach der Adresse. »Ich schicke Ihnen einen Arzt ins Haus«, versprach sie begütigend. »Es wird nicht lange dauern.«

Martin schaute auf die Uhr. Er müßte längst auf dem Weg zu seiner Dienststelle sein. Hastig weckte er die Eltern und bat sie, das Baby zu betreuen und dem Notarzt die Haustür zu öffnen. Ohne eine Entgegnung abzuwarten, lief er wieder nach oben. Mareike schrie. Marie war wach und begrenzt aufnahmefähig. Das rechte Ohr funktionierte wieder ein wenig. Martin rief ihr die neuesten Informationen hinein, verabschiedete sich und wandte sich zum Gehen.

»Warte«, hielt ihn Marie zurück, »bitte, gib mir die Puppe.«

»Was für eine Puppe?« wunderte sich Martin. »Meinst du das Baby-Spielzeug?«

»Nein, das zerlumpte Ding im unteren Schrankfach. Es besteht aus mehreren Einzelteilen und sieht aus wie ein Häufchen Unglück. Genau wie ich.«

Martin schwieg verständnislos und legte den unansehnlichen Fund mit spitzen Fingern an Maries Seite. Dann ging er kopfschüttelnd hinaus.

Der Notarzt, ein Allgemeinmediziner, der normalerweise in einer Leipziger Poliklinik praktizierte, erwies sich als erfahren und umsichtig. Für die Untersuchung ließ er sich viel Zeit, ebenso für ein klärendes Gespräch mit seiner Patientin. Zuletzt seufzte er und sagte laut: »Frau Sauerbrei, Sie haben einen Hörsturz. Keine Angst, das kommt wieder in Ordnung. Aber alle Symptome zusammengenommen deuten auf eine wenig erfreuliche Ursache hin. Sie müssen stationär behandelt werden. Neurologisch. Nur so ist es möglich, eine eindeutige Diagnose zu stellen.«

»Und welche vermuten Sie?« rief Marie mit gespannter Aufmerksamkeit.

»Ich fülle Ihnen einen Überweisungsschein für die Universitätsklinik aus«, sprach er laut weiter, ihren Einwurf ignorierend. »Die Abteilung Neurologie ist im Bezirkskrankenhaus Dösen untergebracht. Dort dürften Sie gut aufgehoben sein. Ich werde gleich dafür sorgen, daß Sie von einem Fahrzeug der Schnellen Medizinischen Hilfe abgeholt werden. Noch heute. Alles andere müssen wir abwarten.«

Nachdem der Arzt gegangen war, stand Inge Sauerbrei in der Tür. »Was ist?« fragte sie ungeduldig.

»Ich weiß nicht«, antwortete Marie und begann zu weinen, »ich werde in ein Krankenhaus eingeliefert, nachher. Ich darf doch das Kind nicht mitnehmen. Was soll bloß werden?«

Diese Frage beantwortete die Schwiegermutter nicht. Aber als Marie am späten Nachmittag wieder einmal zur Haustür hinausgetragen wurde, waren die wesentlichsten Vorkehrungen für Mareikes Versorgung in den nächsten Wochen getroffen. Nach einigen langwierigen telefonischen Erörterungen zwischen Inge Sauerbrei und ihrem Sohn Martin einerseits sowie zwischen ihm und Annelies Sommer andererseits hatte am Ende nur noch eine einzige Lösung zur Debatte gestanden; die Karl-Marx-Städter Oma sollte endlich einmal ihre Einsatzbereitschaft beweisen. Und sie tat es prompt, wenn es sie auch sämtliche Lebensgewohnheiten kostete. Sowie eine unbezahlte Freistellung von der Arbeit.

Annelies Sommer belegte mit dem Kind zusammen das kleine Schlafzimmer und Martin das noch kleinere Wohnzimmer im Obergeschoß. Die räumliche Enge nahmen sie als vorläufig unabänderlich hin. Denn gegenwärtig gab es nichts Wichtigeres als die Beantwortung der Frage, ob und wann Marie wieder gesund sein würde. Jeder im Haus war sich im klaren darüber, daß der Tag der Entscheidung unmittelbar bevorstand.

Es war der Mittwoch vor Ostern. Im Park des Bezirkskrankenhauses Dösen blühten Anemonen und Himmelschlüsselchen gegen den Eindruck einer Behandlungsfabrik an. Neben dem gelbgrauen Ziegelgebäude der Neurologie schob Annelies Sommer den Kinderwagen auf und ab und wartete nervös auf den Moment der Ablösung durch Martin. Er saß inzwischen an Maries Bett und sah sie fragend an – lange, bis sie nicht mehr ausweichen konnte. Da erzählte sie ihm, was bei der morgendlichen Visite von den kompetenten Lippen des Oberarztes an ihr noch immer leicht lädiertes Ohr gedrungen war. Eigentlich hatte es ganz harmlos geklungen. Weder sie noch Martin waren sich der Ausmaße der Hiobsbotschaft bewußt.

»Multiple Sklerose heißt meine Krankheit«, sagte die Betroffene eher verwundert als verstört, »Kurzbezeichnung M.S. Wie Marie-Luise Sommer. Wie Martin Sauerbrei. Wie Merde und Scheiße.«

»Woher nehmen denn die Mediziner so plötzlich ihre Gewißheit?« fragte Martin mißtrauisch.

»Aus den Ergebnissen einer Lumbalpunktion. Das waren die Einstiche in der Lendengegend, die mir anschließend tagelang so mächtige Kopfschmerzen bereitet haben.«

»Gibt es gegen die Krankheit Tabletten?«

»Vielleicht. Ich weiß es noch nicht. Na, wenigstens sind sie sich jetzt sicher, was die Diagnose betrifft. Ansteckend soll die Krankheit nicht sein. Das ist schon mal sehr gut, wenn ich an Mareike denke. Übrigens, wie geht es ihr unter Muttis Aufsicht?«

»Hervorragend. Sie kann jetzt schon allein sitzen. Und wenn sie sich hinlegen soll, protestiert sie.«

Marie lachte.

Drei Tage später gelang ihr nicht einmal mehr ein Lächeln. Zu diesem Zeitpunkt hatte sie soviel über Multiple Sklerose in Erfahrung gebracht, daß sie eine Heilung ausschließen, eine Besserung kaum in Erwägung ziehen und ein Aufhalten des Krankheitsverlaufs lediglich erhoffen konnte. Vorausgesetzt, sie würde diese Hoffnung nicht verlieren. Der Stationsarzt erklärte ihr die besondere Bedeutung einer intakten Psyche für den Kampf gegen die Symptome. Und schob damit, absichtlich oder nicht, die begrenzte Handlungsfähigkeit der Mediziner etwas in den Hintergrund der Debatte. Im Vordergrund stand die

Patientin, die über ihr weiteres Schicksal selbst entscheiden mußte. Freude oder Trübsinn, das war hier die Frage. Ganz nach Belieben.

Marie dachte an ihr Kind und entschied sich für Freude. Aber dieses leichte, erhebende Gefühl, das sie früher nur selten verlassen hatte, war schwer zurückzuerobern. Je intensiver sie sich darum bemühte, desto deutlicher wurde ihr die Überflüssigkeit dieser Mühe bewußt. Freude, das war ein Funke, der nur dann auf sie überspringen würde, wenn er Nahrung finden konnte. Und, verdammt, die hatte sie nicht zu bieten. Noch nicht.

Marie ging auf die Suche nach Brosamen der Hoffnung. Nach Lücken in der Trostlosigkeit ihrer Aussichten. Vielleicht hatten die überlasteten und mit vielen anderen Patienten befaßten Ärzte eine winzige Chance übersehen. Sicherer wäre, wenn sie selbst danach suchen würde. Um fündig zu werden. Den Schatz verteidigen zu können. Aber mit diesen und jenen Nachforschungen über ihre Krankheit kam Marie nicht weit. Niemand vermochte, sie ausführlich aufzuklären. Sie erfuhr lediglich, daß Multiple Sklerose eine chronisch entzündliche Krankheit des Zentralnervensystems und des Rückenmarks sei, die Lähmungen hervorrufen würde. Und daß es für die Entstehung keine Erklärung gäbe. Nirgendwo. Nicht einmal in Amerika.

»Frau Sauerbrei«, munterte sie der Stationsarzt eines Tages auf, »Sie müssen sich mit Ihrem jetzigen Zustand abfinden. Auflehnen sollten Sie sich nur gegen Ihr Entsetzen darüber. Freuen Sie sich doch, daß Sie sich immerhin noch am Stock vorwärtsbewegen und daß Sie Ihre Hände noch gebrauchen können.«

»Und ohne Stock wird es nie wieder gehen?« flüsterte Marie mit innerer Gespanntheit.

»Ausgeschlossen ist gar nichts«, antwortete der Mediziner. »Aber wir dürfen nicht vergessen, daß die Krankheit in Ihrem Fall schon sehr weit fortgeschritten ist. Die Therapie hätte viel früher einsetzen müssen. Wobei ein Erfolg auch dann nicht zu garantieren gewesen wäre.«

Während seines nächsten Besuchs im Krankenhaus spürte Martin, daß mit Marie eine Veränderung vor sich gegangen war. Neben dem Ernst, der ihr Wesen seit Wochen bestimmte, war eine neue Entschlossenheit getreten. Ein Trotz-alledem-Denken, das sie offensichtlich veranlaßte, ihre Geschicke wieder selbst zu lenken.

Sie bat ihn, sich um sachkundige Informationen über die Krankheit zu kümmern und berief sich auf einen sogenannten Geheimtip von einer ihrer drei Bettnachbarinnen im Gemeinschaftszimmer. »Drüben«, flüsterte Marie in Martins Ohr, der sofort wußte, daß damit das unbekannte Jenseits-des-Eisernen-Vorhangs gemeint war, »da soll es gutes Aufklärungsmaterial geben. Auch über M.S. Schreib doch mal an Tante Elsbeth. Sie könnte vielleicht…«

»Sag mal, du spinnst wohl?« unterbrach Martin die Ausführungen zu einem heiklen Thema. »Wenn das herauskäme, könnte ich mich aufhängen.«

Daraufhin schwieg Marie betroffen. Sie nahm sich vor, ihren Soldaten mit politisch verfänglichen Überlegungen nicht mehr zu behelligen. Als sich kurz vor Ende der Besuchszeit die Mutter noch an ihr Bett setzte, trug sie ihr den geheimen Wunsch nach verbotenem westlichen Gedankengut vor. Und Annelies Sommer wußte Rat. Eine ihrer Schulfreundinnen hatte eine Schwester, die ihrerseits mit einer Schulfreundin im Westen in Verbindung stand. Gleich morgen würde alles in Gang kommen. Das gehörte doch seit jeher zu den guten Gepflogenheiten ihrer Freundschaft, daß eine der anderen half. Darauf könnte Marie sich verlassen.

»Danke, Mutti«, sagte die Tochter, »meine beste Freundin bist du.«

»Ach. Und was ist mit Iris und Stefanie?«

»Bitte, sag ihnen nichts. Laß mir Zeit für mein schweres Bekenntnis. Übrigens habe ich noch einen anderen Wunsch. Kannst du nächsten Sonntag mit Adelheid kommen? Das ist die alte, kaputte Puppe im unteren Schubfach des Kleiderschranks. Ich mag sie. Vielleicht können wir uns gegenseitig Mut machen.«

Merkwürdigerweise erfüllte die Mutter diesen Wunsch nicht sofort. Die von ihr sonst so verwöhnte Tochter mußte sich bis zum übernächsten Sonntag gedulden. Zwei Tage vor der nächsten Lumbalpunktion, die den Ärzten »eine Verdichtung des neurologischen Bildes« bringen sollte. Dem nicht ganz schmerzfreien Eingriff sah Marie mit Befürchtungen und Hoffnungen entgegen. Vielleicht würde er neue Erkenntnisse bringen. Für die Diagnose. Für die Therapie. Für das ganze weitere Leben.

Marie saß aufrecht im Bett und versuchte, die Kräfte ihres Willens zu sammeln und gegen den verfluchten Wucherer in ihrem Inneren zu mobilisieren. Wenn sie ihn in Gedanken abwehrte, würden die Ärzte auch ihren Körper für den Widerstand präparieren können. Sie senkte die Augenlider und ließ die Sonne, die durch das weit geöffnete Fenster zu ihrer Linken schien, nur durch einen schmalen Spalt herein. So daß die Wimpern ein lebhaftes Licht-und-Schatten-Spiel trieben. Und die Schmetterlinge auf die Waldwiese lockten. Zum Tanz auf Tausenden Maiglöckchen. Die einen betörenden Duft verströmten. Der jung machte. Und gesund. Der Kraft für ein Lächeln gab. Für viele Lächeln.

»Siehst du, so gefällst du mir schon viel besser«, hörte Marie die Mutter sagen und kehrte in die Wirklichkeit zurück. Aber das Traumlächeln blieb noch ein wenig auf ihrem Gesicht, fühlte sie. Es widerspiegelte sich auf dem ihrer Besucherin, die heiter auf das Fußende des Bettes wies. Dort stand die Puppe Adelheid, die Gefährtin verzweifelter Stunden. Aber sie war kaum wiederzuerkennen. Körper, Kopf, Arme und Beine bildeten jetzt ein formschönes Ganzes, das zudem durch Haartracht und Kleidung entzückend hervorgehoben wurde. Das an das schwere Los einer Gepeinigten, Verachteten und Weggeworfenen nicht mehr erinnerte. Das ein Symbol für Genesung war.

»Wer hätte das gedacht«, stammelte Marie erschüttert und erfreut zugleich. »So kann es also gehen im Leben.«

»Ja«, nickte die Mutter bestätigend, »auch so kann es gehen. Wenn man es will.«

»Aber ich will ja«, schluchzte Marie und ließ die Tränen über die Wangen laufen, »ich will ja so sehr.« Dann lächelte sie plötzlich wieder. Und die Mutter sah, daß es sich diesmal um ein ganz tapferes, bewußtes Lächeln handelte. Daß es der Hoffnung Tür und Tor öffnete, ohne fantastischen Vorstellungen zu frönen.

Damit fühlte sich Annelies Sommer ein wenig getröstet. Ihr Schmerz um das Unglück der Tochter erfuhr einen angenehmen Dämpfer, und ihr eigenes Unglück war nicht der Rede wert. Sie äußerte sich nicht darüber, daß es auch ihr nicht gut ging, körperlich und seelisch. Daß ihr der Rheumatismus die Strapazen der letzten Zeit heimzahlte, daß sie unter der Trennung von ihrem Mann und ihrer gewohnten Umgebung litt.

Nach der Punktion ging es Marie so schlecht, daß die Mediziner von »noch nicht beobachteten Symptomen« sprachen. Während über der Stadt Frühsommerhitze brütete, wurde der geschwächte Körper von arktischer Kälte heimgesucht. Der Frost, ein Monstrum aus kantigen Eisschollen und starren Gebeinen, packte ihn und schüttelte ihn durch. Bis das Opfer selbst Eis zu werden schien. Bitte, taut mich auf, flehte Marie, ohne ein Wort herauszubringen. Denn ihre Zähne schlugen in einem harten Rhythmus aufeinander, der eine Verständigung unmöglich machte.

Aber die Schwestern hörten ihr Flehen dennoch. Sie eilten mit Wärmeflaschen herbei und umgaben Maries Körper mit einem heißen Panzer. Der eigentlich ein Drachen war. Gegen den das eisige Monstrum keine Chance hatte. Es schmolz dahin. Aber nun gab wieder der Drachen keine Ruhe. Er heizte Maries Körper ein, als ob noch viele weitere eisige Monstren zu bekämpfen wären. Obwohl gar keine mehr da waren. Obwohl die Arktis schon grün war. Und nun gelb wie die Wüste. Und nun im Feuer unterging.

Maries Schmerzensschreie gellten so laut durch die Nacht, daß sie als mehrfaches Echo auch von den Lippen der Bettnachbarinnen kamen. Als die Klingel die Schwester vom Dienst herbeirufen wollte, stürmte diese schon ins Zimmer, gefolgt von einem jungen Assistenzarzt. Er wirkte verstört, denn die Schmerzensschreie gellten weiter durch die Nacht, und er war ihnen nicht so recht gewachsen. Dafür tat die Schwester vom Dienst das einzig Richtige. Sie riß erst die Bettdecke von Maries Körper, dann den Panzer aus Wärmflaschen. Da sah auch der junge Assistenzarzt, was geschehen war.

Einer der Gummibehälter hatte ein Leck, durch das fast kochendes Wasser herausgeflossen war. Mehr als ein Liter. Das vermeintliche Drachenfeuer hatte Maries ohnehin gemarterten Körper mit schweren Brandwunden gezeichnet. Deren fleischrote, blasige Spur führte linksseitig vom Bauchnabel bis zu den Lenden.

Marie lag fast vier Monate in der Neurologie der Universitätsklinik. Erst im August wurde sie entlassen – zu einem Zeitpunkt, als die Ärzte den Eindruck erweckten, daß sie mit ihrem Latein am Ende wären. Eine andere Schlußfolgerung konnte es kaum geben angesichts der Tatsache, daß die ungeduldige Patientin immer die gleichen Auskünfte über ihren Zustand erhielt. Nichtssagende und nichthelfende Floskeln, in denen das Wort Psyche zu oft vorkam, um noch als Alternative verstanden zu werden. Wenn Marie eine konkrete Frage stellte, hatte sie immer eine ausweichende Antwort erhalten. Also stellte sie keine konkreten Fragen mehr.

Außer sich selbst. Und sich selbst gegenüber bemühte sie sich auch um möglichst realitätsnahe Antworten. Marie fand in dieser Beziehung nur in Marie einen Partner. Als sie kurz vor ihrer Entlassung von der Mutter das umständlich erworbene Aufklärungsmaterial erhielt, empfand sie es als Bestätigung ihrer eigenen nüchternen Erkenntnisse. Sie würde niemals wieder richtig laufen können. Sie würde diesen Verlust hinnehmen müssen, ob sie wollte oder nicht. Aber sie konnte versuchen, das, was ihr noch blieb, als Geschenk zu empfinden. Und um dessen Besitz kämpfen.

Was Marie mit besonderem Erstaunen zur Kenntnis nahm, war die Information über den großen Verbreitungsgrad der Multiplen Sklerose. Denn sie hatte noch keinen anderen Betroffenen gefunden. Die im Krankenhauszimmer häufig wechselnden Bettnachbarinnen waren von anderen Krankheiten gezeichnet gewesen, von Hirninfarkt, Parkinson-Krankheit, Rückenmarkserkrankung, Tumoren an der Wirbelsäule, Bandscheibenvorfall, Muskelerkrankung. Multiple Sklerose hatte nur sie selbst. Nun las sie, daß die heimtückische Krankheit in Deutschland – womit allein die BRD gemeint war – zu den häufigsten neurologischen Erkrankungen des frühen und mittleren Erwachsenenalters gehörte. Daß die Gesamtzahl der Betroffenen gegenwärtig auf Achtzigtausend geschätzt wurde. Daß die Zuwachsrate jährlich etwa Eintausendachthundert betrug. Daß es also viele, viele Leidensgefährten gab.

Ihnen allen, wußte Marie nun, konnte die Therapie gegenwärtig nur eine Verzögerung des Verlaufs der Krankheit, aber aufgrund der Unbekanntheit ihrer Wurzeln keine Heilung ermöglichen. Sie alle durften ihr gewohntes Leben bedingt fortsetzen oder mußten es grundlegend ändern. Unterlagen ihrem Unglück oder wurden damit fertig. Konnten gehen oder bewegten sich im Rollstuhl vorwärts. Je nachdem. Es gab Tausende von Varianten. Tausende von Schicksalen. Marie entschloß sich, das ihre anzunehmen.

Als sie in das kleine graue Haus der Schwiegereltern zurückgebracht wurde, war sie eine andere geworden. Eine unsichtbare Macht hatte den schönen, sorglosen Teil ihrer Welt inzwischen weiterbewegt und sie auf steinigen Plätzen zurückgelassen. Für immer. Allerdings blieb ihr die Möglichkeit, die steinigen Plätze wohnlich zu machen. Und diese Möglichkeit wollte sie nutzen. Das war ein Entschluß.

Zugleich ahnte Marie, daß das Vorhaben immer neue Probleme aufwerfen würde, und wollte ihnen zuvorkommen. »Martin«, sagte sie, nachdem sie ein langes Wiedersehen mit Mareike genossen hatte, »wir müssen hier weg. Bitte, bemüh dich endlich um eine Wohnung!«

Zu Maries Erstaunen erklärte sich Martin mit ihrem Vorschlag sofort einverstanden. Er und Mutter Annelies tauschten vielsagende Blicke aus, bis sie sich zu einem Geständnis entschlossen. Es bezog sich auf ein am Vortag stattgefundenes Zwiegespräch beider, das ein Dritter angeregt hatte, Wolfgang Sommer. Gegenstand der ernsten Debatte war die Zukunft Maries, Martins und Mareikes gewesen, die die besorgten Karl-Marx-Städter mitgestalten wollten, zum größtmöglichen Vorteil aller Beteiligten.

»Wir bieten euch an«, hatte Mutter Annelies bebenden Herzens zu Martin gesagt, »Tochter und Enkelin für immer zu uns zu nehmen. Dann hättest du die Chance, einen neuen Anfang zu wagen – mit einer gesunden Partnerin, die dir Kinder gebären könnte, soviel du haben willst. Marie ist dazu nicht mehr in der Lage. Bitte, überleg es dir. Du brauchst nur ja zu sagen.«

»Ich sage aber nein«, hatte Martin zornig gerufen. »Da brauche ich nicht erst zu überlegen. Außerdem habe ich eine Armeewohnung beantragt. Größer, komfortabler, stadtnäher als diese Unterkunft hier. Da wird alles leichter werden.«

Als Marie von dieser Entscheidung erfuhr, war

sie tief gerührt. Eine bessere Therapie konnte es nicht geben als die Gewißheit, daß Martin sie noch immer liebte. Daß er ohne sie und das gemeinsame Kind nicht leben wollte. Daß er von einer Normalisierung ihrer Beziehungen überzeugt war. Von der Kraft der Gemeinsamkeit. Der selbst eine barbarische Krankheit unterlegen sein würde. Marie spürte nach langer Zeit wieder einen Hauch von Glück.

Von da an kämpfte sie um den Erhalt aller Fähigkeiten, die ihr geblieben waren, mit größerem Engagement als je zuvor. Mit Herz und Verstand. Dieser jedoch ersparte ihr auch die Enttäuschung nicht. Die brutale Sicht auf sich selbst. Auf ein Ich, zu dem sie sich zu bekennen hatte. Über das die Leute auf der Straße tuschelten. Das sie bemitleideten. Das sie mieden. Denn offensichtlich war es den meisten Nachbarn peinlich, mit einer grotesk wirkenden Gestalt gesehen zu werden. Einer jungen Frau mit den Manieren einer Greisin. Die nunmehr an zwei Krücken ging und mit dem Bauch den Kinderwagen vorwärtsstieß.

Und sosehr Marie dieses ungewöhnliche Ich auch selbst zu akzeptieren begann – Martin brachte es nicht fertig. Er hatte seine Toleranz überschätzt. Oder die Auswirkungen der Krankheit unterschätzt. Wahrscheinlich beides. Und dieser Irrtum hatte einen hohen Preis. Martins und Maries Ehe erhielt immer neue Risse. Weil er vor vielen Gemeinsamkeiten jetzt die Flucht ergriff und sie dieses Verhalten registrierte. Verzweifelt, schmerzvoll, selbstzerstörerisch.

Dennoch versuchte Marie, ihr neuerworbenes seelisches Gleichgewicht zu bewahren. Unablässig sagte sie sich die Mär von den ganz normalen Anpassungsschwierigkeiten auf, für die sie Verständnis aufbringen müsse. Martin war halt der Schwächere von ihnen beiden und brauchte ihre Hilfe. Leider häuften sich nach und nach auch die ernüchternden Momente, in denen sie die ihr von Martin und dessen Eltern zugewiesene Rolle auf der Bühne des Familienlebens erkannte. Sie galt eindeutig als Schuldige, unter deren unheilvollem Wirken Schuldlose zu leiden hatten. Der dieser und jener Vorwurf nun wirklich nicht erspart werden konnte.

Von unangenehmen Erinnerungen geplagt, fühlte Marie den Tag von Martins Rückfälligkeit näherrücken. An dem sie von ihm erst Verachtung, dann Abneigung, dann Haß zu spüren bekommen würde. Zunächst durch den Blick seiner Augen, später durch willkürliche Handlungen. Ihr war, als ob eine Zeitbombe tickte. In ihrer Not wandte sie sich an die Eltern. Sie halfen auf ihre praktische Weise – indem sie alle vierzehn Tage ihr Wochenende opferten und den Großlochnitzer Haushalt so in Ordnung brachten, als wäre Marie noch gesund.

Zum zweiten vertraute sich Marie ihrem Neurologen an. Er aber wies sie auf seine Pflichten als Spezialist hin. Damit sei er völlig ausgelastet. Sie alle fünf Wochen aufzusuchen, das wäre ohnehin schon ein außergewöhnliches Zugeständnis. Ein weiteres könne er nicht machen. Hier sei die Adresse eines Psychologen. Wenn sie wolle, könne sie den Seelendoktor gern einmal konsultieren. Aber er selbst müsse nun dringend wieder fort. Das Rezept liege auf dem Tisch. Er wünsche gute Besserung.

An die Erfüllbarkeit dieses Wunsches schien der Mediziner allerdings selbst nicht zu glauben. Denn als er fünf Wochen später feststellte, daß sich Maries Zustand wieder verschlechtert hatte, nickte er mehrmals. So, als würde er seine geheime Prognose bestätigt sehen. »Motorische und sensorische Defizite nun auch an der rechten Hand«, befand er lakonisch. »Seit wann haben Sie Schwierigkeiten beim Greifen?«

»Seit letztem Sonntag, das weiß ich genau. Beim Spazierengehen mit dem Kind habe ich nicht achtgegeben und bin gestürzt. Erst war die Hand wie verstaucht, dann kam das gleiche taube Gefühl, das ich in den Beinen habe. Aber es ist schon wieder etwas verebbt.«

In Maries Worten schwang eine neue harte Erfahrung mit, die der Arzt nur zum Teil zu kennen brauchte. Den Auslöser des Unfalls wollte sie decken, Martin. Er war es gewesen, der sie zu Fall gebracht hatte. Indem er sie wütend nach vorn stieß, weil sie seiner Meinung nach absichtlich viel zu langsam ging – um ihn zu ärgern. Nun war sie sich nicht sicher, ob die rücksichtslose Hand nicht zunächst ihre Seele verletzt hatte und der Körper deshalb keinen Halt mehr finden konnte.

»Das war ein Schub, liebe Frau Sauerbrei.«

»O ja, Herr Doktor.« Marie erinnerte sich, daß dieser Begriff auch in dem heimlich beschafften

Prospekt oft verwendet wurde. Weil er einen wiederholbaren Vorgang bezeichnete, der in dem komplizierten Mechanismus der Krankheit eine zentrale Position einnahm. »Verstreut auftretende Entzündungsherde in Gehirn und Rückenmark rufen im Körper Ausfälle, genannt Schübe, hervor«, deklamierte sie. »Diese können im Nervengewebe Narben bilden und die gefürchteten Symptome erzeugen. Zu den häufigsten gehören zeitweise oder andauernde Lähmungen an Beinen und Armen sowie Organ-, Sprach- und Sehstörungen. Geistige Beeinträchtigungen treten nicht auf.«

»Na, Sie scheinen ja Ihren Text gelernt zu haben«, sagte der Arzt mit dezenter Ironie. »Hoffentlich versäumen Sie nicht, auch zwischen den Zeilen zu lesen. Beispielsweise, was über die Auswirkungen der psychischen Beschaffenheit des Betroffenen auf die Entstehung der Schübe geschrieben steht.«

»Über den Bereich, für den Sie nicht zuständig sind.«

»Ich bin nicht dafür zuständig, diese psychische Beschaffenheit zu untersuchen oder gar zu korrigieren. Aber ich kann Ihnen raten, es selbst zu tun. Dringend. Jeder fröhliche Augenblick ist mehr wert als meine Pillen.«

»Das Widersinnigste an dieser barbarischen Krankheit ist wahrscheinlich der Umstand, daß der Betroffene wenig zu lachen hat, aber das Lachen braucht, um nicht noch weniger zu lachen zu haben.«

»Das sehen Sie wohl richtig, Frau Sauerbrei.«

Ein paar Tage später konnte Marie wieder kräftig zupacken. An Martins Verhalten war neuerdings nichts auszusetzen. Ihn hatte das Glück der vergangenen Nächte gefügig gemacht. Und Mareike. Wenn sie dem Papa auf wackeligen Beinen entgegenstolperte und sein Erscheinen mit einem Jauchzen quittierte, war er selig. »Das Kind ist ein Frühentwickler«, stellte er fest, »und das bei dieser Mutter.«

Mareikes erster Geburtstag sollte gefeiert werden. Marie klebte die jüngsten Fotografien der Kleinen auf Einladungskarten und überreichte je ein Exemplar den Großeltern Sommer und den Großeltern Sauerbrei. Letztere erklärten sich daraufhin bereit, einen Tag vor dem Ereignis ihre Küche allein Marie zu überlassen.

Sie genoß die ungewohnte Freizügigkeit, briet ein Kaninchen, kochte Pudding, buk mehrere Kuchen. Der Abstand zwischen Herd und Tisch war gering, in dem schmalen Gang fand sie immer Halt, ohne einen Stock zur Hand nehmen zu müssen. Hier konnte sie sich fast wie eine Gesunde fühlen. Und bei der Arbeit singen. Falsch, aber heiter.

Bis plötzlich der harte Fußboden mit dem graumelierten Kunststoffbelag dagegen zu protestieren schien. Erst bäumte er sich vertikal auf und schlug Marie gegen den Kopf. Dann kippte er sie nach links ab und ließ sie in ein tiefes Loch fallen, in dem es weder Licht noch Leben gab.

Als sie nach einigen Minuten beides wiederfand, sah sie sich in einen erbärmlichen Zustand gebracht. Sie lag auf dem Bauch, die Stirn in eine

Blutlache getaucht, die noch warm war. Ebenso wie der Urin, der sich seinen Weg vom Körper bis zum Herd gebahnt hatte, sanft und ohne Unterlaß. Allein die Schmerzen gebärdeten sich wie reißende Wölfe. Sie hatten sich im linken Bein festgebissen. Sicher würden sie es auffressen, wenn keine Hilfe kam.

Es kam keine Hilfe. Marie rief, und niemand hörte sie. Marie wollte sich aufrichten und konnte es nicht. Weder ihre Stimme noch ihre Muskeln vermochten, sie zu retten. Denn ohne Kraft waren sie machtlos. Von weither drang ein Geräusch an Maries Ohren, das Zischen einer Schlange. Das Reptil spie wütend heiße Gischt aus, die auf die Liegende übersprang und sie durchlöcherte. Bis sie sich entschloß zu sterben.

Als Inge Sauerbrei etwa eine halbe Stunde später die Küche betrat, weil es von dorther brenzlig roch, schrie sie Zeter und Mordio. Im Raum breitete sich eine Dampfwolke aus, die vom Herd her verdichtet wurde. Denn oben auf der eingeheizten Platte stand die Festtagspfanne mit dem Kaninchen. Es war zusammengeschrumpft und verkohlt. Die Hitze hatte das letzte Bratfett längst über den Rand geschleudert. Bis auf den Boden, wo Marie wie tot auf dem Bauch lag.

»Horst, komm her!« schrie Inge Sauerbrei, während sie den Herd abstellte, über Marie sprang und das Fenster öffnete. »Schnell. Es ist wieder alles schiefgegangen, verdammt noch mal. Hörst du denn nicht? Horst! Ruf die Schnelle Medizinische Hilfe. Beeil dich, sonst kriegen wir Ärger.«

Als Marie diesmal durch die Ausgangstür getragen wurde, schaute sie nicht in den Himmel. Denn ihr Blick war so sehr umnachtet, daß er nicht einmal grelles Sonnenlicht als störend empfunden hätte. In dem am nächsten gelegenen Krankenhaus im Süden der Stadt kam sie erst nach Stunden zu sich. In der linken Armbeuge steckte die obligatorische Nadel. Der Kopf dröhnte und war teilweise von einem mützenartigen Verband verhüllt. Ein zweiter Verband hatte die Form eines Strumpfes und verhüllte den linken Fuß.

»Frau Sauerbrei«, sagte der herbeigerufene Chirurg, »Sie haben eine Gehirnerschütterung, und der linke Fußknöchel ist verstaucht. Beides sieht schlimmer aus, als es ist. Bewahren Sie mal zehn Tage lang die Ruhe, dann sind Sie wieder auf den Beinen.«

»Das glaube ich nicht«, murmelte Marie in sich hinein.

Damit sollte sie in doppelter Hinsicht recht behalten. Denn nach Ablauf der eingeräumten Frist hätte sie nicht einmal ohne Multiple Sklerose gehen können. Das linke untere Bein verformte sich zu einem Klumpen und nahm eine blauviolette Färbung an. »Venöse Thrombose«, diagnostizierte der Chirurg und hielt sich mit weiteren Vorhersagen zurück. Inzwischen war ihm klar geworden, daß es sich bei Marie um eine besonders komplizierte Patientin handelte, deren Körper aus einem Mückenstich eine Blutvergiftung machen konnte. Also war besondere Vorsicht angezeigt. »Ruhig liegenbleiben«, ordnete er an, »keine unnötige Bewegung ausführen!«

Nachdem Marie die Anordnungen des Arztes drei Wochen lang befolgt hatte, bedurfte sie ihrer nicht mehr. Denn sie konnte ohnehin keine Bewegung mehr »ausführen«. Sie war steif geworden. Aufsetzen, waschen, ankleiden, essen, trinken – bei jeder Tätigkeit mußten die Schwestern helfen. Vom Stehen und Gehen ganz zu schweigen. »Warum blasen Sie mir nicht auch noch das Hirn aus?« fragte Marie verzweifelt, »dann wäre das hier nur halb so schlimm.« Die Mediziner schwiegen nachsichtig.

Nicht von ungefähr erinnerte ihre gegenwärtige körperliche Situation Marie an die neue alte Puppe. Auch Adelheid bewegte sich nicht, sie wurde bewegt. Falls andere es so wollten. Welch schicksalhafte Ähnlichkeit. Als Marie wieder einmal in das kleine graue Haus in Großlochnitz zurückgebracht wurde und sich das neuerliche Ausmaß ihrer Krankheit bewußtgemacht hatte, verlangte sie nach dem Spielzeug.

»Ich kann dir Adelheid nicht geben«, erklärte die Mutter, die wieder einmal eine wochenlange Freistellung von der Arbeit in Anspruch nahm, »sie ist nicht mehr hier.«

»Wo ist sie denn?« fragte Marie ungeduldig.

»Im Schrank, der im Flur steht.«

»Im Schrank von Martins Eltern?«

»Ja. Inge hat die Puppe eines Tages vor meinen Augen von deinem Bett genommen und gesagt, sie wäre ihr Eigentum.«

Am selben Abend noch verlangte Marie von Martin, die Zuweisung einer neuen Wohnung zu beschleunigen. Dabei schaute sie ihn herausfordernd an. Sie hatte nichts mehr zu verlieren, im Gegenteil. Auch mit der Schwiegermutter wollte sie sich unverzüglich auseinandersetzen. Aber dieses Vorhaben scheiterte an dem Umstand, daß sich die Hausherrin im Obergeschoß nicht mehr blicken ließ. Und hinunter kam Marie nicht mehr ohne fremde Hilfe. Die Frage, wer wen besiegte, hatte die Krankheit beantwortet. Für Marie und für Adelheid.

Mit dieser bitteren Erkenntnis konnte sich die Betrogene gottlob nicht lange befassen; neue Ereignisse drängten in den Vordergrund. Auch Martin wollte nun unverzüglich heraus aus Großlochnitz. Schon am nächsten Abend brachte er die gute Nachricht mit nach Hause, daß es mit der Zuweisung für eine neue Wohnung nicht mehr lange dauern könnte – wenn sich der General erst einmal dafür ausgesprochen hätte.

»Du hast ihm alles erklärt?« fragte Marie erwartungsvoll.

»Ja, heute«, antwortete Martin brummig, »das hier läßt sich ja nun sowieso nicht mehr vertuschen.«

Dabei wies er mit einer unzweideutigen Kopfbewegung auf den Rollstuhl, in dem Marie saß. Ohne den sie neuerdings keinen Meter mehr allein vorankam. Das Gefährt war ein Auslaufmodell, hatte nur drei Räder, Handantrieb und schlecht funktionierende Bremsen. Kompaktheit und Mangel an Manövrierfähigkeit ließen es in der Enge des kleinen grauen Hauses als in eine Streichholzschachtel eingesperrten Maikäfer erscheinen, der sich nur mühevoll, aber immerhin bewegen kann.

Das monströse Vehikel verkörperte für die ganze Familie einen neuen Lebensabschnitt, den sämtliche Mitglieder mehr oder weniger entsetzt beschritten. Denn der Rollstuhl hielt ihnen deutlicher als die Gehhilfen den gesundheitlichen Verfall Maries vor Augen. Und, was beinahe noch schlimmer war, anderen Leuten ebenfalls.

Aber solchen vermeintlichen Nachteilen war die Geringfügigkeit nicht abzusprechen, stellte man sie den Vorteilen gegenüber. Diese bestanden darin, daß der zunächst ungeliebte fahrbare Untersatz den Erfordernissen des Alltags gerecht zu werden half. Besser als es die beiden Krücken je vermocht hatten. Der Rollstuhl gab Marie etwas sehr Wertvolles zurück, einen Teil ihrer einstigen Beweglichkeit. Was ihr einen angemessen befriedigenden Aufgabenbereich verschaffte. Zumal sie die verordneten gymnastischen Übungen beharrlich ausführte und dadurch die Funktionstüchtigkeit der Arme zurückeroberte.

Damit wurde es Marie möglich, sich allein vom Bett in den Rollstuhl, von diesem auf die Toilette und umgekehrt zu hieven. Je öfter sie diese körperlichen Aufgaben erfüllte, desto leichter fielen sie ihr. Desto mehr körperliche Aufgaben konnte sie sich stellen. Desto zuversichtlicher vermochte sie, den Krankheitsverlauf zu beurteilen. Und den Vorzug einer eigenen Wohnung mit größerem Spielraum einzuschätzen.

Kurz vor Weihnachten kam Martin mit der Zuweisung nach Hause. Drei Zimmer, Küche, Bad, Balkon auf insgesamt siebzig Quadratmetern im Erdgeschoß standen »zur sofortigen Verfügung«. Allerdings konnte diesem Hinweis der Vorwurf der Hochstapelei nicht ganz erspart bleiben. Denn die Wohnung wirkte so ramponiert, als wäre sie schon fünfzig Jahre lang genutzt worden. Dabei war sie Bestandteil eines jener Neubaukomplexe in Leipzig-Grünau, die es erst seit etwa fünf Jahren gab.

Demzufolge mußten zunächst viel Zeit, Geld und Arbeit investiert werden, bevor der eigentliche Umzug beginnen konnte. Martins Vorbild nacheifernd, nahmen Annelies und Wolfgang Sommer zwei Wochen Urlaub und opferten sie für die aufwendige Instandsetzung. Inge und Horst Sauerbrei fuhren derweil in ein Ferienheim der Armee im verschneiten Thüringer Wald. Deshalb blieben sich Marie und Mareike stundenlang allein überlassen. Doch das optimistische Motiv für diese Situation wirkte wie ein Medikament gegen Pannen. Alles gelang.

Mittags, wenn die Kleine schlief, beschäftigte sich Marie mit der Gestaltung der neuen Wohnung. Sie schnitt papierne Möbel aus und schob sie auf maßstabgerechten Raumgrundrissen hin und her. Deren Anordnung entsprach der Realität bis ins Detail. Der lange, schmale Korridor hatte sechs Türen. Sie führten rechtsseitig des Eingangs in Bad und Küche, linksseitig in Schlafzimmer und Wohnzimmer, stirnseitig ins Kinderzimmer. Schwellen gab es nicht, weder innerhalb der Wohnung noch draußen auf dem Treppenabsatz. Von dort aus führte durch einen kleinen quadratischen Rollstuhlraum der Weg ins Freie. Auf der Zuweisung war auch der Vermerk »behindertengerecht« eingetragen worden.

Die in Aussicht gestellte Bewegungsfreiheit brachte Marie ihren einstigen sportlichen und intellektuellen Eifer zurück. Sie erweiterte ihr tägliches physisches Trainingsprogramm und fügte ihm Übungen an, die kein Arzt verordnet hatte. Sie lernte. Im provisorisch auf dem Treppenabsatz aufgestellten Regal stapelten sich Bücher, Zeitungen und Zeitschriften, mit deren Lektüre sie ihrem geistigen Rückzug Einhalt gebot. Die Themen waren so vielfältig wie Maries Nachholebedarf.

Eines Tages machte sie auf diesem theoretischen Weg eine interessante Entdeckung. Das Bild eines voluminösen Doldengewächses mit attraktiven weißen Blütenschirmen fesselte ihre Aufmerksamkeit. Denn es weckte Erinnerungen an vergangene Jugendfreuden. An sportliche Erfolge und lustvolle Siegesfeiern. An den Ehrenstrauß für das »Mädchen mit den schnellsten Beinen«. Das Bild entbehrte nicht der Poesie.

Dagegen wirkte der Text eher prosaisch. »Wiesen- und Riesenbärenklau«, klärte die Legende den Leser auf, »haben gefährliche fototoxische Wirkungen. Das trifft auch auf den abgebildeten Wolligen Bärenklau zu. Er erreicht eine Höhe bis zu zwei Metern und blüht im Juni und Juli. Der Saft der Stengel und dreischnittig herzförmigen, unterseitig filzigen Blätter kann Verbrennungen der Haut erzeugen. Spätfolgen für den menschlichen Organismus sind nicht auszuschließen.«

Als Marie die Tragweite der Information erfaßt hatte, begann sie, darin die Wurzeln ihres Gebrechens zu suchen. Immer aufs neue beschwor sie die Eindrücke der einen Fahrt im väterlichen Kleinwagen herauf – als sie auf dem Rücksitz saß und die frischgeschnittenen Stengel des Doldengewächses an sich preßte. Während sie ihren Schwips verplapperte, gab sie sich der Ausstrahlung der Pflanze hin. Ganz und gar.

Das einzige Problem der letzten Tage in Großlochnitz bestand darin, daß Marie ohne fremde Hilfe nicht bis zur Haustür gelangen konnte. Wenn es klingelte, manövrierte sie den Rollstuhl zum Fenster des kleinen Wohnzimmers, öffnete es und zog sich am Sims hoch. Dann konnte sie an ein paar ausladenden Zweigen des Apfelbaumes vorbei bis zur Straße schauen. Manchmal tauschte sie auf diesem Weg auch Informationen aus, entweder mit dem Postboten oder den Nachbarsleuten. Anschließend fühlte sie sich dann weniger einsam als zuvor.

Die neue Wohnung hielt, was sich Marie von ihr versprochen hatte. Hier fühlte sie sich nicht mehr eingesperrt. Denn durch den Hinterausgang konnte sie das Haus selbständig verlassen, wann immer sie es wollte. Vor der Außentür des Rollstuhlraumes fand sie ein neues Stück Freiheit, das bezeichnenderweise nach Wald und Wiese duftete. Denn entlang des hochgelegenen Plattenweges, den die Anwohner Rampe nannten, bildeten Nadelbäume und Laubbüsche einen üppigen natürlichen Saum.

Die Rampe war Maries Weg in die Welt. Er führte schnurgerade an der Balkonseite des Wohnblocks entlang und gabelte sich an dessen Ende zu zwei geschwungenen Abfahrten. Deren eine senkte sich zur Vorderseite an der Straße hinab, die andere ins Innere eines parkähnlichen Geländes. Rechteckig begrenzt von insgesamt drei Wohnblöcken, umschloß es Trockenplätze, Grünanlagen und Spielplätze. Hier konnten die Erwachsenen selbst ihre Kleinkinder von der Hand lassen, denn Autos hatten keine Zufahrt.

In den Erdgeschoßwohnungen, die an der Rampe lagen, wohnten viele Behinderte. Die einen übten tagsüber einen Beruf aus, die anderen waren schon im Greisenalter. Zu beiden Gruppierungen fühlte sich Marie nicht hingezogen. Viel lieber gesellte sie sich den jungen Müttern zu, die sich an warmen Sommerabenden zum Plausch trafen. Als Tummelplatz für ihre Sprößlinge wählten sie den nahegelegenen Sandkasten. Die Bänke daneben standen unter jungen, schattenspendenden Lindenbäumen. Einmal brachte Marie viele Luftballons mit und veranstaltete mit sämtlichen Knirpsen ein Wettspiel. Ihr aufgeregtes Geschrei lockte viele Zuschauer an. Der erste Preis bestand in einer Rollstuhlfahrt um das große Rosenbeet nebenan. Am Ende behaupteten sämtliche Aktive, sie hätten den ersten Preis gewonnen. Deshalb mußte Marie das große Rosenbeet siebenmal umrunden.

Marie und Mareike wurden in der näheren Umgebung ihres Hauses schnell bekannt. Viele Leute aus der Nachbarschaft wechselten gern ein paar Worte mit der behinderten jungen Frau, die so außergewöhnlich hübsch und klug und freundlich war. Die ihren unglückseligen Zustand ja nun wirklich nicht verdient hatte. Weil es eben immer die falschen trifft. Das Wohlwollen der Mitleidenden äußerte sich insbesondere in Angeboten zu diversen Hilfeleistungen, mehr als erforderlich gewesen wären. Daraus hätte Marie allerlei Vorteile ziehen können, falls sie ein bequemes Leben als vorteilhaft betrachtet hätte. Sie aber entschied sich lieber für die Anstrengung einer angemessenen Eigenleistung. Und die Freude über das Entgegenkommen der Nachbarn blieb ihr ja sowieso.

Ein junges Ehepaar, das im ersten Obergeschoß wohnte, entwickelte eine außergewöhnlich starke Zuneigung zu Mareike. Das zeigte sich zum erstenmal an einem schönen Sonntag im Herbst. Martin schob Maries Rollstuhl langsam am Kulkwitzer See entlang und ließ das Töchterlein herumhüpfen. Plötzlich warf es die Arme hoch und rief: »Onkel Beier, Onkel Beier, hier bin ich.« Dann lief Mareike jauchzend in die ausgebreiteten Arme des großen, kräftigen jungen Mannes, der ihr mit seiner Frau auf dem Strandweg entgegenkam.

»Ihre Kleine ist ja zum Fressen süß«, sagte der Kinderfreund, indem er Mareike auf den Schoß ihrer Mutter setzte.

»Wir wohnen genau über Ihnen«, fügte die

Frau, eine grazile Dunkelhaarige, als Antwort auf Martins erstauntes Gesicht hinzu, »wir sind die Beiers.«

»Ach ja«, mimte der Angesprochene den Informierten, »Ihr Sohn heißt Rolf und ist ein guter Fußballspieler.«

»Wir haben keine Kinder«, sagten Herr und Frau Beier wie aus einem Mund.

»Kann ja noch werden«, entgegnete Martin.

»Schön wär's«, bemerkte der Mann und schaute über das Wasser.

»Oh«, versuchte Marie instinktiv, Trost zu spenden, »dann genießen Sie halt Ihre Jugend. Gehen Sie doch tanzen. Oder ins Theater. Und wenn Sie es ohne Kinder nicht mehr aushalten können, kommen Sie halt bei uns vorbei. Unsere Tochter ist ja ganz hin von Ihnen.«

»Wir auch von ihr«, antwortete der Mann mit rauhem Charme, streckte seinen rechten Zeigefinger vor und kiekste Mareike damit in den Bauch. Sie quiekte.

»Ich würde Ihre freundliche Einladung gern annehmen«, murmelte die junge Frau zögernd, »mein Mann ist wochentags auf Montage, da wird es mir abends oft langweilig.«

»Na, das können wir ändern«, sagte Marie aufmunternd.

Schon am nächsten Tag wurde sie beim Wort genommen. Gegen siebzehn Uhr stand die grazile Dunkelhaarige vor der Tür und fragte nach Mareike. Erfreut bat Marie die Besucherin herein. Einen besseren Zeitpunkt für ihre Anwesenheit hätte diese kaum wählen können. Martin wollte nach dem Dienst noch bei seinen Eltern vorbeischauen. Mareike blieb allein der Mutter überlassen und nutzte ihren körperlichen Vorteil gerade weidlich aus. Sie stand auf dem Tisch im Kinderzimmer und weigerte sich herunterzukommen. Nun würde sie ihren Trotz vergessen.

Leider war das ein Irrtum. Angesichts der gefestigten Position der Seite der Erwachsenen verschanzte sich Mareike nun sogar in der Ecke zwischen Bett und Spielkommode. Kein gutes und kein strenges Wort vermochte sie von dort hervorzulocken. Erst als die Nachbarin drohte, Onkel Beier alles zu erzählen, wurde das Kind gefügig. Es aß sein Abendbrot, ließ sich baden und zu Bett bringen. Kurz vor dem Einschlafen bestand es jedoch darauf, daß die Mutter das gewohnte Abendlied sang, obwohl diese beteuerte, die Tante könne das viel besser.

»Ich glaube, wir beide sind etwa gleichaltrig«, sagte Marie später bei einem Glas Wein zu der grazilen Dunkelhaarigen, »wir könnten uns duzen. Ich heiße Marie.«

»Anita. Prost.«

»Manchmal habe ich dich mit einem kleinen Jungen gesehen. Wollt Ihr ihn adoptieren?«

»Nein, das ist mein Bruder Henri. Wir wohnen mit ihm und meiner Mutter zusammen. Sie ist geschieden.«

»Tut mir leid.«

»Fährt dein Mann oft mit dir spazieren?«

»Manchmal, wenn er Zeit hat.« Bei dieser Antwort verschwieg Marie ihre kummervolle Einsicht, daß Martin immer seltener bereit war, Zeit für gemeinsame Unternehmungen aufzubringen. Daß er ihnen mit mehr oder weniger stichhaltigen Begründungen zu entgehen trachtete. Daß er vor allem gemeinsame Ausflüge zu meiden begann.

»Könntest Du ohne ihn leben?«

»Nein, ich könnte nicht ohne ihn leben.«

Als Martin gegen zweiundzwanzig Uhr nach Hause kam, fand er eine heitere Marie vor. Schwungvoll erzählte sie von der neuen Freundin. Daß diese ganz anders wäre als sie selbst, kühler, gelassener, fast stoisch. Daß Anita deshalb ausgleichend und beruhigend auf ihre Umgebung wirke, was für eine Kranke einen besonderen Vorteil darstellen dürfte. Außerdem hätte die Nachbarin ihre Hilfe angeboten – für diesen oder jenen Sonderfall.

»Reden kann man viel«, brummte Martin. Und diese Feststellung blieb an diesem Abend sein einziger Kommentar.

Im darauffolgenden Frühjahr allerdings sah er sich gezwungen, die Hilfsbereitschaft der Nachbarin zu überprüfen. Mitten in der Nacht klingelte er an ihrer Tür und bat sie, auf Mareike aufzupassen. Marie würde es nicht gutgehen, der Notarzt sei schon unterwegs. Und bis die Schwiegermutter aus Karl-Marx-Stadt herbeigerufen sei, wäre es sehr nett von Frau Beier, wenn…

»Aber selbstverständlich«, unterbrach Maries Freundin das aufgeregte Gestammle, »ich komme sofort.«

Inzwischen lag Marie schluchzend in ihrem Bett und versuchte, den Blutstrom zu stoppen, der aus ihrem Unterleib drängte. Das war eine Fehlgeburt; die Symptome waren ebenso bekannt wie unzweideutig. Die Gynäkologen in der Frauenklinik würden zu helfen wissen. Allerdings nur in bezug auf die akuten körperlichen Nöte ihrer Patientin. Aber es gab ja leider noch andere.

Als Anita mitten in der Nacht erklärte, sie wolle sich um Mareike kümmern, solange es erforderlich sein würde, kam sie Marie wie ein Engel vor, den ihr zweifellos ein gütiger Geist gesandt hatte. Diesen Eindruck wußte die Freundin in der Folgezeit noch zu befestigen. Sie besuchte Marie im Krankenhaus, brachte Blumen und ein beeindruckendes persönliches Geschenk.

Es war in einem buntgemusterten, schleifchenverzierten Karton verstaut. Als Marie ihn öffnete, stieß sie einen Überraschungschrei aus. Denn sie fand eine Puppe. Eine Hinterlassenschaft der dreißiger Jahre. Material Zelluloid. Marie ahnte, was Anita mit diesem Geschenk bezweckte. Sie wollte die schmerzlich vermißte und deshalb oft mit Worten betrauerte Adelheid ersetzen. Welch wunderbare Geste.

7. Kapitel

Freundinnen

»Sag mal, Claudia, wann bringst du endlich meinen grauen Anzug in die Reinigung? Du weißt doch, daß ich ihn gern trage.«

Clemens steht in der Küchentür und gähnt. Sein Tonfall ist friedfertig.

»Montag«, verspreche ich und lasse die Teller vom Abendbrot in den Geschirrspüler klimpern, »oder besser Dienstag. Für den habe ich mir nichts weiter vorgenommen.«

»Außer daß wir abends ins Kabarett gehen.«

»Was, schon übermorgen?«

»Zweiundzwanzigster Februar. Du hast die Karten selbst besorgt.«

»Dann ist heute der Zwanzigste«, sinniere ich. »Komisch, mir ist zumute, als hätte ich etwas versäumt.«

»Ja, mir einen Kuß zu geben.«

»Spinner«, sage ich zärtlich und spitze symbolisch die Lippen. In Gedanken blättre ich im Kalender.

Clemens macht kehrt und gibt den Blick auf den Korridor frei. Soeben beginnt die Standuhr zu schlagen. Undeutlich höre ich, daß Clemens die Tür zum Arbeitszimmer öffnet. Sicher will er sich vor dem Computer niederlassen und eine Runde Schach spielen. Das kann dauern. Ich sehe mein Vorhaben scheitern, noch mit Marie zu telefonieren.

»Schatz«, rufe ich betont beiläufig, »heute beginnt die neue wissenschaftliche Fernsehserie. Du weißt schon, die mit den genetischen Experimenten.«

»Wann?«

»Zwanzig Uhr fünfzehn. In einer Viertelstunde.«

»Danke.«

Eine Minute später dringt die monotone Stimme eines Nachrichtensprechers an mein Ohr. Erleichtert schlendre nun selbst ich ins Arbeitszimmer und setze mich auf die Kante des Schreibtisches. Als ich zum Hörer greife, schrillt die Klingel am Apparat.

»Reimer.«

»Leonhart«, sagt eine kultivierte weibliche Stimme. »Guten Abend. Ich hoffe, ich störe nicht beim Abendessen, Fernsehen oder Zubettgehen.« Der Tonfall ist ein wenig schnoddrig.

»Leonhart?« frage ich überrumpelt. »Iris Leonhart?«

»Ja. Es geht um Marie-Luise Sauerbrei. Danke für Ihren Brief vom vergangenen Jahr. Ich konnte ihn noch nicht beantworten. Die Arbeit, wissen Sie, die Arbeit. Gottlob habe ich jetzt eine Möglichkeit gefunden, mal aus Berlin herauszukommen. Ich dachte an kommenden Dienstag, zwei Tage danach.«

»Zwei Tage wonach?«

»Nach Maries Geburtstag. Wissen Sie nicht, daß sie heute zweiunddreißig Jahre alt geworden ist? Eigentlich hatte ich mir ja vorgenommen, eher ...«

»Oje, den habe ich vergessen.« Ich fasse mir an die Stirn.

Iris Leonhart nimmt jedoch keine Notiz von meinem Einwurf und bringt ihr Anliegen rasch voran: »... zu ihr zu fahren. Kurzerhand. Ohne Ankündigung. Peng. Einmal muß ich diesen Schritt doch wagen. Obwohl ich gewissermaßen Angst davor habe. Sonst bin ich ja eigentlich nicht zimperlich. Wenn es nur darum ginge, Graf Dracula zu becircen – ich hätte es längst getan. Aber in so einem Fall... Man steht da wie ein Veilchen im Schnee und ist völlig machtlos. Ich weiß ja noch nicht einmal, ob Marie noch ein Buch lesen kann. Oder Pralinen essen. Oder Musik hören.«

»Versuchen Sie es!« empfehle ich trocken. »Das herauszufinden ist das kleinste Problem.«

»Ja, gut...«, will die kultivierte Stimme weiterhasten, verstummt jedoch plötzlich. Tremoliert dann: »Könnten Sie nicht mitkommen?«

»In Ordnung«, erkläre ich mich sofort einverstanden. »Wann und wo treffen wir uns am Dienstag?«

»Gegen vierzehn Uhr vor dem Portal des Heimes, wenn es Ihnen recht ist. Ich dachte...«

»Ist mir recht. Auf bald, Frau Leonhart.«

Nachdem ich den Hörer abrupt aufgelegt habe, verspüre ich einen boshaften Triumph. Sicher leidet die eifrige Rednerin jetzt unter einem Mitteilungsstau. Dann weise ich mich selbst zurecht und halte mir den Vorteil des unerwarteten Anrufs vor Augen. Ohne Iris Leonharts Information würde ich mich jetzt schön blamieren.

»Hallo, Marie«, juble ich in den Apparat, nachdem ich der Nachtschwester eine sofortige Verbindung abgetrotzt habe. »Alles Gute zum Geburtstag. Freude, Glück und...«

»Ge-sund-heit woll-test du sa-gen.« Maries Stimme klingt sarkastisch.

»Was hast du denn?« frage ich verunsichert.

»Nichts. Wie im-mer. Heu-te ist mir le-dig-lich be-wußt ge-wor-den, daß...«

»...daß du in einem wunderbaren Alter bist«, unterbreche ich die zähflüssige Rede. Erkenne, daß mein Verhalten tadelnswerter ist als zuvor das von Iris Leonhart. Und verordne mir selbst einen Mitteilungsstau: »Entschuldige, ich habe dich unterbrochen.«

»Ja«, bestätigt Marie, fern jeder Gekränktheit. »Ich woll-te sa-gen, daß ich schon zwei-und-acht-zig bin. Und, wie das bei al-ten Leu-ten so ist, ha-be ich zu-rück-ge-schaut.«

»Mit welchem Ergebnis?« frage ich voller Bedenken.

»Mit der Ge-wiß-heit, daß das Le-ben wie ein gro-ßer Ku-chen ist. Da-ran tun sich die Men-schen güt-lich, als wür-de er nie al-le. Welch ein Irr-tum. Bei mir hat er sich be-son-ders früh her-aus-ge-stellt. Nun le-be ich von den Krü-meln. Bis ich plat-ze. Wumm.«

»Hast du getrunken?«

»Frei-lich. Ei-nen Wod-ka auf mein Wohl. Und ei-nen Wod-ka auf Mar-kus' Wohl. He-ja, Ka-satschok.«

»Marie«, versuche ich, unserem Gespräch eine unverfängliche Richtung zu geben, »am Dienstag möchte ich dich gern besuchen. Bist du einverstanden?«

»Und ob.« Das klang gottlob interessiert.

»Prima«, rufe ich ekstatisch, als hätte ich selbst zu tief ins Glas geschaut. »Du darfst dich freuen. Ich bringe eine gute alte Bekannte mit.«

»Na, denn prost!« grölt Marie.

Am Dienstagmorgen schreibe ich einen kurzen Artikel über das hundertjährige Jubiläum einer Brauerei. Dann schaffe ich Clemens' grauen Anzug in die Reinigung. Auf dem Rückweg kaufe ich eine große Blumenschale, in der Primeln in vielen Farben ein buntes Mosaik bilden. Genießerisch atme ich den Duft nach Frühling ein. Der letzte Schnee tropft von den Dächern.

Schon gegen elf Uhr steige ich ins Auto und fahre einer blassen Sonne entgegen. An der Peripherie der Stadt versperrt ein Umleitungsschild den gewohnten Weg. Unbeabsichtigt gerate ich an den Rand eines Tagebaus. In einer Entfernung von etwa tausend Metern steht eine geflügelte Echse und schlägt sich den stählernen Wanst voll.

Plötzlich wird mir bewußt, daß ich in Großlochnitz bin. In Martins Großlochnitz und dem seiner Eltern. Unwillkürlich fahre ich langsamer. Kontrolliere Schilder. Biege in eine kurze, dörflich wirkende Nebenstraße ein. Halte an. Steige aus. Und bin mir sicher, den Ort gefunden zu haben, an dem Marie ihre ersten Ehejahre verlebte.

Rechts und links der Straße stehen in Reihe mehrere von Gärten umgebene Ein- oder Zweifamilienhäuser. Sie haben weiße oder sandfarbene Fassaden. Ausgenommen das eine, das grau aussieht. Aber dem grauen Aluminiumschild an der Lattentür verleiht die Sonne etwas Glanz, so daß sich der eingravierte Name deutlich abhebt. Sauerbrei.

Daneben hängt ein Stück Pappe in der Größe eines Schuhkartons. Darauf steht in signalroter Handschrift ein Text: »Kaninchen preiswert zu verkaufen, lebend oder geschlachtet«. Die Klingel ist am Briefkasten neben der Tür befestigt. Als ich meinen linken Zeigefinger nach dem Knopf ausstrecke, tritt eine Gestalt aus dem Hintergrund des Gartens und eilt auf mich zu. Ich erkenne einen älteren Mann von untersetzter Statur mit Halbglatze. Er erinnert mich an ein Bild in Annas Märchenbuch, auf dem ein Freßsack die gebratenen Tauben wie Cocktailhäppchen schluckt. Er hat einen Trainingsanzug an, grau, ausgebeult, kotverschmiert. Wischt mit dem rechten Ärmel schniefend unter der Nase entlang und fragt mißtrauisch: »Sie wünschen?«

Ich sage ein unverbindliches Sprüchlein auf: »Entschuldigen Sie die Störung. Ich interessiere mich für Ihre Kaninchen. Darf ich sie mir ansehen?«

»Aber selbstverständlich«, wird er freundlich, »kommen Sie doch herein. Ich bin gerade beim Füttern.«

Auf dem matschigweichen Gartenweg geht er mir in einer herausfordernd wirkenden aufrechten Haltung voraus. Führt mich an der Haustür vorbei, auf die der Schatten eines Apfelbaumes viele kahle Striche zeichnet. Dirigiert mich in einen hofartigen Hintergrund. Dort befindet sich ein schrankwandähnliches hölzernes Gefüge aus vielen Boxen mit Drahtgittertüren. Dahinter raschelt und knabbert es.

»Hier, schauen Sie«, sagt der Mann, während er eine der Boxen öffnet und ein ausgewachsenes schwarzes Tier am Genick packt, »ist dieses Lohkaninchen nicht eine Pracht?«

»Ja«, entgegne ich unentschlossen, weil ich die grauen, weißen und gescheckten Tiere nicht minder prachtvoll finde. »Es hat ein schönes Fell.«

»Es hat auch eine gleichmäßige Zeichnung und ein herrliches Hinterteil. Sehen Sie, wie rund es ist. Und überhaupt, der ganze Kerl hat Rasse. Er ist mein Spitzenrammler. Preisverdächtig.«

»Hat er einen Namen?«

»Unsinn. Das sind Zucht- und keine Streicheltiere. Am Ende müssen sie in die Pfanne. Eingelegt in saurer Sahne. Bei mir klopfen viele Feinschmecker an. Die Felle kann ich wegwerfen. Für zehn Pfennige das Stück hänge ich die nicht mehr zum Trocknen auf. Hier, die Tiere in der mittleren Reihe sollen noch vor Ostern geschlachtet werden. Bitte, suchen Sie sich eins aus.«

»Hm.« Ratlos gehe ich von Box zu Box. Von Langohr zu Langohr. Eines wie das andere scheint sein geruhsames Dasein zu genießen und nur darauf zu warten, daß die menschliche Gefahr vorüberziehen wird. Welches von ihnen sollte ich enttäuschen?

»Nehmen Sie doch diese Sachsengold-Häsin. Nein? Na, dann diesen Weißen Wiener. Einverstanden? Na, also.« Meine Zustimmung einem hilflosen Schulterzucken entnehmend, packt der resolute Besitzer das Tier im Nacken und hält es mir entgegen. Die kleinen Beine zappeln ein wenig. »Übrigens, der hat sogar einen Namen, Schneeball. Mein Enkel hat ihn so getauft.«

»Oh«, beeile ich mich zu sagen, »dann nehme ich doch die rotgoldene Häsin. Aber nicht heute. Heute fahre ich nämlich zu Marie. Ihrer Schwiegertochter. Sie wissen doch, daß sie vorgestern Geburtstag hatte.«

Einen Moment lang erweckt der Mann den Eindruck, als hätte ich ihn beim Naschen ertappt. Er hält in seinen Bewegungen inne. Schaut mich erschrocken an. Wirft den Weißen in die Box zurück. Schließt geräuschvoll die Drahtgittertür. Und befiehlt: »Kommen Sie!«

Dann führt er mich ins Haus. Ein kleiner holzgetäfelter Flur, in dem ein Schrank steht, ist mit dem Obergeschoß durch eine Treppe verbunden. Sie ist schmal und steil. Am Fuß der Treppe befindet sich rechtsseitig eine Tür. Der Mann öffnet sie mit dem Ellenbogen und sagt: »Würden Sie bitte im Wohnzimmer warten. Ich komme gleich nach.«

Der Raum ist etwa zwanzig Quadratmeter groß und hat zwei gegenüberliegende Fenster. Die Stores sind fleckig, ebenso wie die Tapete. Vor der Stirnwand türmt sich eine Möbelkombination, die mich an die Kaninchenburg draußen erinnert. Eine der Boxen birgt hier den Fernsehapparat. Er ist eingeschaltet, obwohl niemand davorsitzt. Auf dem Bildschirm tummeln sich Trickfilm-Zwerge in einem Kaugummiboot. Sie sind auf der Flucht vor einem mordlüsternen Seeungeheuer.

Vor dem linken Fenster steht eine Couch und im rechten Winkel dazu eine Kommode. An der Wand darüber hängen Urkunden, Wimpel und Plaketten. Sowie eine gerahmte Fotografie im Format dreizehn mal achtzehn Zentimeter. Darauf sind ein kleines Mädchen und ein noch kleinerer Junge mit hellblonden Haaren und Grübchen in den Wangen abgebildet. Jedes der beiden Kinder hält ein graues Kaninchen im Arm. Aus dem Fernsehapparat brüllt es. Das Seeungeheuer erweist sich auch als landtüchtig und jagt den Zwergen die Puste aus den Hälsen.

Der Hausherr läßt nicht lange auf sich warten. Als er eintritt, hält er mir eine blauweiße Kunststofftüte entgegen und sagt: »Hier, das ist für Marie. Schöne Grüße. Sie war mir immer die liebste unter den Schwiegertöchtern. Meine Frau wird den Verlust gar nicht bemerken.«

Die Doppeldeutigkeit des letzten Satzes belustigt mich nicht. Ich verlasse den Raum mit ein paar Worten des Dankes. Dabei registriere ich, daß das Seeungeheuer überwältigt am Boden liegt. Während ich draußen in mein Auto steige, sehe ich Horst Sauerbrei hinter der Lattentür stehen. Er schaut mir nach. Sein Gesicht drückt ein Gefühl aus, das ich als Wehmut identifizieren würde. Als ob die Zeit der gebratenen Tauben zu Ende gegangen wäre.

Das Alten- und Pflegeheim erreiche ich eine Viertelstunde zu früh. Ich parke oberhalb der Straßenbiegung hinter einem eleganten Zweisitzer in Karminrot. Bevor ich aussteige, enthülle ich das späte Geschenk Horst Sauerbreis für seine oft verleugnete Schwiegertochter. Es ist eine Puppe. Sie hat einen Stoffkörper. Arme und Beine sind aus Porzellan. Ebenso der Kopf, auf dem echte blonde Haare nach der Mode des neunzehnten Jahrhunderts aufgesteckt worden sind. Auch die Bekleidung entspricht dem Geschmack längst vergangener Tage. Die Puppe ist das Ebenbild von Menschen, die man längst zu Grabe trug. Sie ist ein Zeitzeuge. Und, wie ich von Marie längst erfahren habe, ein Symbol für Genesung.

Mit dem Gefühl, ein gutes Werk getan zu haben, platsche ich durch grauen Schneematsch zum Portal. Vor dem Schild daneben steht eine junge Frau. Schon von weitem erkenne ich, daß sie attraktiv ist. Schlank, langbeinig, dunkelhaarig. Seidig glänzende, kunstvoll geformte Locken liegen auf den Schulterpolstern eines modischen Kostüms. Es ist karminrot. Ebenso wie die Farbe der Fingernägel, von denen fünf einen Strauß rosa Nelken zieren.

»Guten Tag, sind Sie Frau Reimer?« Die Schöne kommt mir auf hohen Absätzen entgegen und schaut mir ungeniert ins Gesicht. »Ich bin…«

»Sie sind Frau Leonhart«, versuche ich, weiteren Erklärungen zuvorzukommen. Es mißlingt. Doch bevor die Schöne weiterspricht, lächelt sie ausgiebig. Zwei Lippen, ebenfalls karminrot, und zwei Prachtaugen in Schokoladebraun bilden ein mimisches Kunstwerk. Ich komme nicht umhin, es zu bewundern.

»Ach, Frau Reimer,« bricht sich das bekannte Mitteilungsbedürfnis Bahn. »Ich bin Ihnen ja einen gewaltigen Dank schuldig. Ich meine dafür, daß Sie mich begleiten. Allein würde ich jetzt umkehren. Allen Ernstes. Das ist zwar nicht gerade die feine englische Art, aber wenn doch die Situation so verkorkst ist. Die schreckliche Krankheit und die lange Trennung. Ich habe Marie ein Jahr nach ihrer Hochzeit das letzte Mal gesprochen, telefonisch. Nun fürchte ich, daß…«

Ich stelle die Blumenschale auf den Boden. Hole aus der Schultertasche das postkartengroße Foto von Marie im Rollstuhl und halte es Iris Leonhart unter die Augen. Sie unterbricht ihre Rede. Schaut auf das Bild. Stellt keine Frage. Und sagt: »Oh, Scheiße!«

Durch die gläserne Eingangstür gehe ich voran. Heute schlägt mein Herz etwas gemäßigter als sonst an dieser Stelle, denn ich habe Verstärkung erhalten. Iris Leonhart schweigt jetzt und hat rote Flecken am Hals. Wir gehen grüßend an der Pförtnerin vorbei. Das Foyer ist menschenleer. Auch der Gang wirkt wie ausgestorben. Vor dem Einzelzimmer mit dem bekannten Namensschild aus Messing bleiben wir stehen. Ich klopfe und warte. Niemand reagiert auf das Zeichen. Ich öffne leise die Tür und höre Marie sprechen. Dann betreten wir den Raum.

Marie sitzt im Rollstuhl, den sie längs neben das Bett rangiert hat. In dieser Position gelingt es ihr, das Telefon zu erreichen, das auf dem Nachttisch steht. Soeben hält sie den Hörer mit der linken Hand an ihr linkes Ohr und ist in ein offensichtlich aufregendes Gespräch vertieft. »O doch«, sagt sie gerade, »ich ha-be Ge-duld. Soviel Ge-duld. Täg-lich ver-schwen-de ich das Zeug in Mas-se. Weil ich kei-ne Wahl ha-be. Aber mit uns bei-den ist es et-was an-de-res. Uns kann nur die Un-ge-duld et-was brin-gen. Das weißt du ge-nau. Ich ha-be ver-stan-den, Da-ni-el.«

Marie beugt sich ruckartig vor und wirft den Hörer auf die Ausbuchtung im Gehäuse. Dann verharrt sie eine Weile in dieser kummervollen Haltung. Ihre rechte Hand hängt schlaff in den Speichen eines der großen Vorderräder des Rollstuhls und zittert leicht. Ich schaue fragend in das Gesicht meiner Begleiterin. Es drückt Hilflosigkeit aus. Die roten Flecken am Hals sind noch da. Ich entschließe mich, alles auf eine Karte zu setzen.

»Schluß mit der Flennerei!« befehle ich mit wütender Verzweiflung. »Jetzt wird gefeiert. Kein Mann verdient, daß man ihm nachweint.«

Marie scheint den militärischen Tonfall zu akzeptieren. Sie richtet sich auf, schnäuzt sich in ein Taschentuch, läßt den Rollstuhl eine halbe Drehung ausführen und sagt trotzig: »Da hast du recht. Herz-lich will...«

Maries Blick erfaßt Iris. Eine große, schöne, fremde Frau. Einen leuchtenden Rubin in einer zu schlichten Fassung. Plötzlich bin ich mir nicht mehr sicher, ob dieses Zusammentreffen Marie zum Vorteil gereichen wird. Sie schweigt noch immer. Und schaut rätselhaft suggestiv auf die einstige Freundin, die sie selbst nicht gerufen hat. Als sollte Iris in physische und psychische Einzelteile zerlegt werden. Ich fühle mich schlecht.

»Hal-lo, Mol-li!« findet Marie die Sprache wieder. »Wir sind bei-de nicht mehr die von einst.«

Iris starrt schweigend in das bekannte Gesicht der unbekannten Behinderten. Sicher ringt die sonst so Redselige jetzt verzweifelt um ein paar passende Worte. Aber Maries unnachsichtiger Blick scheint die Ärmste zu lähmen.

»Was denkst du, von wem ich dich grüßen soll?« versuche ich, die Spannung zu zerreden. »Von deinem Schwiegervater. Er hat mir etwas Wunderschönes für dich mitgegeben. Hier.« Ich halte Marie die blauweiße Kunststofftüte entgegen.

»Ich kann mir den-ken, was es ist«, reagiert sie kühl. »Bit-te, leg es auf den Tisch. Ne-ben die Blu-men. Freu-en wer-de ich mich spä-ter. Und nun kommt, Ihr bei-den!«

Wir folgen Marie nach draußen. Sie fährt den Gang vor und durchquert das Foyer, das immer noch menschenleer ist. Vor dem Tisch in der Ecke von Stirnwand und rechter Fensterseite bleibt sie stehen und schaut uns triumphierend an. Der Tisch ist festlich gedeckt worden. Auf blütenbedruckter Baumwolle mit dem Zeichen des Heims stehen Teller, Tassen und Gläser, jeweils vier an der Zahl, dekoriert mit zwei Kerzen und einer Vase mit duftenden Freesien. »Bit-te, nehmt Platz«, tut Marie geheimnisvoll, »Be-die-nung kommt gleich.«

Ich fühle mich ein wenig besser und setze mich hastig auf einen der drei Stühle, die um den Tisch stehen. Zu meiner Rechten, nach dem Gang zu, hat Marie den Rollstuhl herangefahren. Mir gegenüber nimmt Iris Leonhart Platz. Der Stuhl an meiner linken Seite bleibt zunächst frei. Angesichts des vierten Gedecks nehme ich an, daß Annelies Sommer bald in unserer Runde auftauchen wird.

»Mei-ne El-tern ha-be ich ab-be-stellt«, klärt mich Marie wieder einmal im richtigen Moment auf. »Ich ha-be noch ei-nen an-de-ren Gast ein-ge-la-den.«

Plötzlich tritt eine junge Schwester an den Tisch, grüßt freundlich und stellt eine Torte sowie eine Thermoskanne darauf. Dann beginnt sie, das Kunstwerk aus Teig, Pfirsichen und Sahne aufzuschneiden. Erleichtert beobachte ich, daß Marie lächelt. Ihre Augen glänzen. Iris Leonhart wirkt verklemmt. Ich ziehe das Feuerzeug aus meiner Tasche. Während ich die beiden

Kerzen anzünde, sage ich beiläufig: »Dein Freund ist es sicher nicht.«

»Nein«, entgegnet Marie herb, so daß ich meine Bemerkung gleich wieder bereue. »Er kann es nicht sein. Er muß bei Mut-ti blei-ben. Und sich dank-bar er-wei-sen.«

»Wofür?« frage ich ahnungsvoll. »Hat sie ihm einen Ersatz für dich beschafft?« Dabei fällt mir Elena Bandermanns Vorsatz ein, ihrem Sohn nichts zu verbieten. Wie klug von der Frau. Sie wird seine freie Entscheidung herausfordern. Und wohl wissen, womit sie diese am besten beeinflussen kann.

»Und ob«, bestätigt Marie meine Vermutung. »Sie gibt Geld für ihn aus. Viel Geld. So-viel wie mei-ne El-tern nie ha-ben wer-den. Sie hat kürzlich ein Haus ge-kauft und läßt für Da-ni-el die un-te-re E-ta-ge um-bau-en. Be-hin-der-ten-ge-recht.«

»Ich verstehe«, sage ich in einem Tonfall, als würden wir Backrezepte austauschen. Dabei wird mir der Kragen meiner Bluse zu eng. Meinen Atem hemmt die Gewißheit, daß Maries Chancen dahinschmelzen. Einem großzügigen Angebot können selbst willensstarke gesunde Menschen kaum ausweichen. Wie könnte es der behinderte junge Mann mit dem sanften Augenaufschlag und dem Hang zum Ödipuskomplex. Oder bin ich da im Irrtum? Stellt Marie vielleicht das großzügigere Angebot für ihn dar?

»Was ich da-ge-gen-hal-ten kann«, stößt Marie mit zunehmender Aufregung hervor, die in Stimme, Mimik und Gestik deutlich wird, »das ist nur Lie-be. Die schä-bi-ge Lie-be ei-ner Be-hin-der-ten. Die ihm nicht hel-fen kann. Die sich hel-fen las-sen muß. Mehr als er selbst.«

Marie weint wieder, diesmal laut und ungehemmt. Ich weiß jetzt, daß sie ihre Aussichten ziemlich real einschätzt. Nachdem sie sich etwas beruhigt hat, setzt sie mit spürbarer Hoffnungslosigkeit noch den Punkt hinter ihre selbstzerstörerische Auflistung: »Sei-ne Mut-ter hat ei-ne Hei-rats-an-non-ce auf-ge-ge-ben. Sie sucht für Da-ni-el ei-ne nicht-be-hin-der-te Part-ne-rin.«

»Hm«, räuspert sich Iris Leonhart und schaut noch hilfloser in die Runde als zuvor.

»Marie«, gebe ich mich optimistisch, »das ist das Stichwort.« Mit diesen Worten reiße ich drei Kuverts aus der Tasche und halte sie Marie entgegen. »Hier, das sind deine Zuschriften auf eine Partnerschaftsanzeige. Vielleicht ist einer dabei, der dir gefällt.«

»Was?« trompetet Marie und schaut mich an, als wäre ich ein Geist, den sie noch nicht als gut oder böse identifizieren konnte. »Dar-auf wä-re ich nie ge-kom-men.«

»Mach doch mal auf!« findet nun auch Iris Leonhart die Sprache wieder.

»Ich wer-de mich hü-ten«, witzelt Marie. »Post-ge-heim-nis.«

»Die Torte wird kalt«, ändert die Abgewiesene das Thema. »Unsinn, ich meine natürlich den Kaffee.«

Auf einmal erwecken wir drei einen heiteren Eindruck. Schwester Ingeborg, die soeben an unserem Tisch vorbeieilt, quittiert dies mit einem zufriedenen Lächeln. Ihre weitausholenden Schritte bewegen die kräftige weißgekleidete Gestalt nicht nur vorwärts, sie wiegen sie auch ein wenig hin und her, als würde sie über Schiffsplanken laufen. Vorn, am Bug, verlangsamt Schwester Ingeborg ihren Seemannsgang, um einer Besucherin in einem steinweißen Trenchcoat auszuweichen. Dann scheint sie der Horizont zu verschlucken.

Dafür rückt nun die Besucherin in mein Gesichtsfeld auf. Schaut weder nach rechts noch nach links. Kommt dünnbeinig auf unseren Tisch zu. Mit einem Schritt, der locker aus der Hüfte schwingt. Aus einer schlanken Hüfte unter einer Wespentaille. Die sich nur sanft zu einem zierlichen Oberkörper verbreitert. Selbst das Gesicht des filigranen Persönchens ist übermäßig schmal, umrahmt von federleichtem Flatterhaar in einem blassen Blond.

»Guten Tag allerseits«, sagt die Inkarnation von Zartheit und Gebrechlichkeit und führt diese Eigenschaften zugleich ad absurdum. Denn sie hat eine kräftige Stimme, die sogar ein wenig aufgerauht klingt, und einen burschikosen Charme. »Ich bin Susanne Augst, fünfunddreißig Jahre alt, verheiratet, habe einen zwölfjährigen Sohn und arbeite als Hebamme. Noch Fragen?«

»Ja, aber an Marie«, antworte ich und schaue nach rechts. »Woher nimmst du bloß immer diese sympathischen Weiber?«

»Aus mei-nem Glücks-topf«, entgegnet sie freudig erregt und hebt den linken Arm zur Begrüßung.«

Susanne Augst beugt sich ohne Umschweife über Marie. Drückt sie fest an sich. Schaut ihr aufmunternd in die Augen. Und lacht verheißungsvoll. »Rechts oder links?« fragt sie und vergräbt beide Fäuste in den Taschen ihres steinweißen Trenchcoats.

»Links« bestimmt Marie und schaut interessiert auf die sich öffnende Handfläche. Darauf liegt ein losähnlich zusammengefaltetes Stück Papier. Marie öffnet es zittrig und liest den Text, der daraufgeschrieben wurde, laut vor: »Gutschein für zwei The-a-ter-kar-ten«. Dann hebt sie den Blick. Läßt ihn unruhig in eine imaginäre Ferne schweifen. Entschließt sich plötzlich, Susanne Augst in die Augen zu sehen und ihr damit ihre Verwirrung zu zeigen. Sagt mit kummervollem Klagen: »A-ber, das geht doch gar nicht.«

»Und ob das geht«, widerspricht die Zarte energisch. »Du mußt dir nur die richtige Begleitperson aussuchen, beispielsweise mich. Und auf das richtige Stück kommt es natürlich auch an. Was hältst du von Musical?«

»Viel.« Das Wort ist ungläubig gesprochen.

»Na also, das wäre entschieden. Nun brauchst du nur noch die Frage zu beantworten, wann du ins Theater gehen möchtest. Diese Woche, nächste Woche, übernächste Woche.«

»Näch-ste. Diens-tag in zwei Wo-chen ge-he ich ins Kran-ken-haus. Für lan-ge Zeit.«

»Auch das noch«, platzt Iris Leonhart heraus.

»Warum so plötzlich?« frage ich irritiert.

Allein Susanne Augst macht keinen allzu überraschten Eindruck. »Ja?« fragt sie, als wolle sie sich eine längst bekannte Tatsache bestätigen lassen. »Ist es schon soweit?«

»Ich ha-be es heu-te selbst erst er-fah-ren«, sagt Marie und führt mit der linken Hand eine abwehrende Bewegung aus. So, als wollte sie das Thema zur Seite schieben. »Was ist denn in deiner Rech-ten ver-gra-ben?«

»Das Zubehör«, antwortet Susanne August und öffnet die zweite Faust. Auf dem Handteller liegt ein Paar goldener Ohrgehänge, schmal und tropfenförmig. »Sie haben dir doch immer schon gefallen. Ich brauche sie nicht. Ich habe genug von dem Zeug.«

»Oh«, jauchzt Marie nach Kinderart, »das ist zu schön, um wahr zu sein. Bit-te, steck sie mir an. So-fort.«

»Sitzt, paßt und hat Luft«, kommentiert Susanne August die gewünschte Hilfeleistung mit besonderer Rauhbeinigkeit – als wolle sie eine unerwünschte Rührung verbergen. »Bekomme ich nun endlich ein Stück Torte?«

»Aus-nahms-wei-se«, tut Marie gnädig. »A-ber erst wer-de ich ge-füt-tert.«

Es gelingt uns, den heiteren Grundton eine gute Stunde lang beizubehalten. Erst als die Kerzen schon zur Hälfte heruntergebrannt sind und Iris Leonhart ab und zu verstohlen auf die Uhr schaut, entschließe ich mich, die noch im Raum stehende Frage zu wiederholen: »Marie, warum mußt du ins Krankenhaus?«

»Sie muß nicht, sie will«, antwortet Susanne August, indem sie einen stummen Wink Maries befolgt. »Eine hiesige medizinische Einrichtung hat ihr das Angebot unterbreitet, an ihr eine Liquorpherese vorzunehmen. Das ist eine Filterung der Flüssigkeit des Gehirns und des Rückenmarks. Ein Eingriff, den es im Osten bisher noch nicht gegeben hat.«

»Gibt es Risiken?« bohre ich nervös, während Iris Leonhart eine Hand auf den Mund preßt, wohl um einen Entsetzensschrei zu unterdrücken.

»Im eigentlichen«, antwortet Susanne Augst etwas zögerlich, »besteht kaum Gefahr für Leib und Leben. Dagegen könnte das Ergebnis in einer Verbesserung des körperlichen Gesamtzustandes bestehen. In welchem Umfang, kann bei dieser Krankheit keiner voraussagen.«

»Ich ha-be so-fort zu-ge-sagt«, ergänzt Marie mit einer Aufsässigkeit, die so etwas wie Selbstverachtung erkennen läßt. »Ich ha-be nichts mehr zu ver-lie-ren.«

»Was wird aus deinem Rechtsstreit?« lenke ich vom Thema ab. »Die Sache mit deinen Kindern müßte doch nun endlich einmal entschieden werden.«

»Mit-te A-pril soll die Ver-hand-lung statt-finden«, antwortet Marie sofort, »bis da-hin will ich das Kran-ken-haus hin-ter mich brin-gen. Die La-dung vom Fa-mi-li-en-ge-richt liegt in der Por-zel-lan-scha-le.«

»In Ordnung«, sage ich, auf ihren Hinweis eingehend, und erhebe mich. »Ich schaue mir mal die jüngste Post an. Es wird nicht lange dauern.«

Während ich das Foyer durchquere und den bekannten Gang entlangmarschiere, begegne ich lediglich einer betagten Patientin, die sich am Arm einer Besucherin in Hut und Mantel vorwärtsbewegt. Erneut fällt mir die für dieses Haus ungewohnte Stille auf. Maries Zimmer ist von frühlingshafter Abendsonne erleuchtet. Warm und anheimelnd fließt sie über das Mobiliar, dessen psychologischer Effekt mir in diesem Moment bewußt wird. Die kleine Schrankwand ist ein wichtiges Stück Zuhause. Im Bett liegend hat Marie sie frontal im Blickfeld.

Der Mittelteil des Möbelstücks besteht aus einem Regal. Darin sind Gegenstände aneinandergereiht worden, die der Kranken etwas bedeuten. Darunter Bücher, Spiele, der Kassettenrecorder. Ich packe die Puppe Adelheid erneut aus und stelle sie dazu. Der Glanz auf dem Porzellangesicht läßt es lebendig erscheinen.

In einem der mittleren Fächer steht die Schale mit Karten und Briefen. Obenauf liegt ein Formular mit vorgedruckten Linien, Kästchen, Hinweisen. Absender: Geschäftsstelle des Amtsgerichts, Familiengericht, Geschäftsnummer, Ort und Tag, Anschrift und Fernruf. Adressat: Frau Marie-Luise Sauerbrei. Betreff: Ladung zum Termin am Freitag, dem 15. April 1994, 11 Uhr, Raum 3, Stockwerk 2 des Gerichtsgebäudes, in der Familiensache Sauerbrei gegen Sauerbrei. Text: Sehr geehrte Frau Sauerbrei, zur mündlichen Verhandlung werden Sie auf den vorgenannten Termin geladen. Das persönliche Erscheinen des Kindesvaters ist angeordnet. Dem Kindesvater wird aufgegeben, das Kind Mareike Sauerbrei am Freitag, dem 15. April 1994, 10.40

Uhr, Raum 4, Stockwerk 2 des Gerichtsgebäudes, dem Richter vorzustellen. Hochachtungsvoll. Auf Anordung Unterschrift Justizangestellte.

Der Tag der Entscheidung ist somit absehbar, der Ausgang ebenfalls. Martin Sauerbrei wird die Kinder ihrer Mutter nicht mehr ungestraft vorenthalten können, solange er es will. Marie wird nicht mehr einen sehnsuchtsvollen Monat nach dem anderen sinnlos verwarten müssen. Aber ob diese gute Aussicht hält, was sie verspricht, wird erst die weitere Zukunft zeigen. Für alle Fälle sollte ich mich nicht darauf verlassen.

Ich erhebe mich. Im selben Moment klopft es. Die Tür wird geöffnet, und Susanne Augst tritt ein. »Ich hatte das Gefühl«, begründet sie ihre Anwesenheit, »daß sich Frau Leonhart mit Marie einmal allein unterhalten sollte. Ich sehe sie ja öfter.«

»Ach ja? Sie sind wohl auch aus Chemnitz?«

»Ja, Stadtteil Reichenhain«, entgegnet Susanne Augst und lehnt sich gegen den Bettgiebel. »Das ist die südliche Richtung. Aber der Treffpunkt der Selbsthilfegruppe befindet sich im Norden. Ein weiter Weg für mich. Ich kann höchstens einmal im Monat an den Zusammenkünften teilnehmen.«

»Sicher haben Sie dort eine Funktion übernommen.«

»Nein, ich bin nur eines von vielen Mitgliedern. Sie sehen mich so erstaunt an, Frau Reimer. Ja, ich habe auch Multiple Sklerose.«

»Wie bitte?« rufe ich ungläubig und schaue unwillkürlich auf die lässig gekreuzten Beine vor dem Bettgiebel. Zugleich fällt mir der locker aus der Hüfte schwingende Schritt wieder ein. »Dann liegen die ersten Anzeichen wohl noch nicht lange zurück.«

»Fast zehn Jahre. Es fing an wie bei den meisten Betroffenen. Kribbeln in den Beinen, Sehbeschwerden. Nach dem ersten größeren Schub lag ich lange fest. Der heutige Zustand hat mich eine Menge Energie gekostet. Willensstärke. Unbeirrtheit.«

»Ich kann mir nicht denken, daß Marie davon weniger aufwendet.«

»Ich weiß. Eine besondere Eigenart dieser Krankheit ist nun mal ihre Unberechenbarkeit. Ihre Gesetzlosigkeit. Tausend Betroffene, tausend Bedingungen, tausend Verlaufsformen. Und tausend Gesichter. Manchmal sind sie für Nichtbetroffene gar nicht als krank zu erkennen.«

»Sind Sie geheilt?«

»Ich werde niemals geheilt werden – es sei denn, plötzlich würde ein Wundermittel auf dem Medikamentenmarkt erscheinen. Aber damit ist vorläufig nicht zu rechnen.«

»Ich habe in der Zeitung gelesen, daß jährlich Millionen in die Forschung gesteckt werden.«

»Dennoch sind die Wurzeln der Krankheit bisher nicht entdeckt worden. Und sollten sie eines Tages ans Licht kommen, können die Gegenmaßnahmen nicht innerhalb kurzer Zeit wie ein warmer Regen über die Betroffenen gegossen werden. Leider. Deshalb besteht nach wie vor eine zwingende Herausforderung darin, den medizinischen, physischen, psychischen und sozialen Auswirkungen der Krankheit zu begegnen. Mit Lösungen in vielen Varianten.«

»Dieses Anliegen haben ja wohl auch die vielen Selbsthilfegruppen im Land.«

»Sicher. Sie stellen die Bindeglieder zwischen den Betroffenen und dem Verband dar. Einer Organisation mit internationalen Ausmaßen. Die Deutsche Multiple-Sklerose-Gesellschaft ist nur eines seiner Mitglieder, aufgesplittet in einen Bundesverband und viele Landesverbände. Die Neugründungen sind zwangsläufig hier im Osten zu Hause.«

»Was gibt Ihnen die Gruppenarbeit? Was gibt sie Marie?«

»Das Wichtigste für alle Betroffenen, in welchem Stadium der Krankheit sie sich auch befinden, ist das Gefühl der Zusammengehörigkeit. Des Nichtalleingelassenwerdens. Ratschläge anderer Betroffener sind zwangsläufig kompetenter als Ratschläge Nichtbetroffener. Außerdem versteht sich der Verband als Anlaufpunkt für Probleme, denen die Kranken beziehungsweise die Mitbetroffenen ausgesetzt werden. Er leistet umfassende Aufklärungsarbeit. Teilweise sogar in Form von Seminaren.«

»Eine Verbindung zur Welt«, resümiere ich nachdenklich, »ein Ersatz für abgebrochene Verbindungen. Solche, die nicht halten, wenn sich die Krankheit durchsetzt.«

»Was für die meisten Verbindungen zutrifft. Besonders für Ehen.«

»Aber doch nicht für Ihre.«

»Doch, auch für meine.« Das hat hart geklungen. Susanne Augst verschränkt die Arme und beginnt, zwischen Bett und Fensterfront hin und her zu laufen. »Ich mache mir da keinerlei Illusionen.«

»Darf ich Ihre Worte so verstehen«, versuche ich, mich vorsichtig dem Kern der Aussage zu nähern, »daß Sie zwar noch verheiratet sind, aber der Knacks schon da ist?«

»Genau. Eigentlich funktioniert unsere Ehe genau seit jenem Zeitpunkt nicht mehr wie früher, seit dem ich selbst nicht mehr wie früher funktioniere. Mein Mann will partout nicht begreifen, daß mir manchmal plötzlich die Kraft ausgeht. Einfach so, ohne Vorankündigung. Daß manchmal ebenso plötzlich mein Gleichgewicht gestört ist, so daß ich wie betrunken herumlaufe, ohne einen Tropfen Alkohol zu mir genommen zu haben. Daß ich hin und wieder hinstürze, wenn ich keinen Halt finde. Daß ich eine Brille brauche. Daß man mir ansieht, daß ich nicht mehr zwanzig bin.«

»So ähnlich hat die Krise auch in Maries Ehe begonnen. Zu ihrem Unglück kam hinzu, daß es mit ihrer Gesundheit besonders steil bergab ging. Nicht allein sie selbst mußte den raschen körperlichen Verfall hinnehmen, ob sie es wollte oder nicht. Auch die Verwandten und Bekannten hatten darunter zu leiden. Aber außer den Eltern konnte sich keiner mit dem veränderten Zustand arrangieren.«

»Meine Eltern wissen nichts von meiner Krankheit. Ich habe ihnen die Wahrheit vorenthalten, um sie zu schonen. Vater ist schwer herzkrank, Mutter hat Krebs. Aber die Schwiegereltern sind von meinem Mann bis in alle Einzelheiten informiert worden. Seither ringen sie vor Mitleid mit ihrem Sohn die Hände. Als ob Multiple Sklerose eine unlautere Erfindung von mir wäre, um meine Umgebung zu tyrannisieren.«

»Glauben Sie, daß sich das Verhältnis zwischen Ihnen und Ihrer Familie verbessern läßt?«

»Nein, das glaube ich nicht. Im Gegenteil, die Trennung liegt bereits in der Luft – auch wenn noch keiner davon gesprochen hat. Ich bin der vereiterte Zahn, mit dem man nicht mehr beißen kann. Der also heraus muß. Mit oder ohne Gewalt. Ich bevorzuge die zweite Version. Ich werde mich selbst entfernen.«

»Dann sind Sie sehr stark.«

»Aber selbstverständlich. Stark zu sein ist doch das mindeste, das unsereiner bieten muß. Falls das angeschlagene Kraftpotential nicht ständig verringert werden soll. Dabei muß ich zugeben, daß ich es leichter habe als viele andere M.S.-Betroffene. Ich kann noch arbeiten. Und Michael, mein Sohn, ist aus dem Gröbsten heraus. Die Gefahr, daß er nicht bei mir bleiben kann, ist gering. So gesehen, bin ich ein Glückspilz.«

Als wir ins Foyer zurückkommen, hat es sich verändert. Jetzt ist der langgestreckte Raum von schwatzenden und gestikulierenden alten Leuten überfüllt. Stühle und Bänke sind besetzt. Vor den Fenstern stehen einige Rüstige in kleinen Gruppen zusammen. Der Mittelgang scheint sich in einen Strom verwandelt zu haben, der große, eckige Schiffe trägt. Die sich bei genauem Hinsehen als Betten entpuppen. Als Herberge der Ältesten, Schwächsten, Kränksten. Die einen Ortswechsel ohne ihr letztes Lager nicht mehr überstehen würden. Vielleicht auch nicht ohne das letzte Andenken an ein Leben in Liebe. Denn wozu sonst hielten welke, abgemagerte Greisenhände kindgemäßes Spielzeug umklammert? Einen Teddybären, eine Puppe, einen Gummiclown?

Susanne Augst und ich lassen uns vom Strom bis zu unseren Plätzen tragen. Iris Leonhart zwinkert uns zu, als ob sie die letzte halbe Stunde erfolgreich genutzt hätte. Und auch Marie macht einen aufgeweckten Eindruck. »Heu-te gab es im Klub-raum Kul-tur«, erklärt sie uns den Grund für den Massenauflauf. »Ei-ne Folk-lo-re-gruppe ist auf-ge-tre-ten.«

»Aber da hast du ja etwas verpaßt«, sage ich bedauernd.

»Ach wo-her denn. Hier jagt doch ei-ne Ver-anstal-tung die an-de-re.«

Zehn Minuten später ist der Menschenstrom versiegt. Iris Leonhart schaut erneut auf die Uhr und mahnt zum Aufbruch. Susanne Augst fällt ein, daß sie mit dem nächsten Bus fahren muß, wenn sie den Dienstbeginn nicht verpassen will. Sie schlüpft behende in ihren steinweißen Trenchcoat, verabschiedet sich freundlich, aber hastig und eilt davon. Der Schwung ihrer Schritte hat an Gleichmaß etwas verloren. Das rechte Bein scheint plötzlich länger zu sein als das linke.

Als wir zu dritt am Ausgang stehen, spüre ich, daß die beiden Freundinnen einen neuen Draht zueinander gefunden haben. Er veranlaßt sie zu freundlicher Distanz. Iris Leonhart scheint sich auf ihr Selbstbewußtsein zu besinnen. Sie verabschiedet sich mit einem festen Blick in Maries Augen und sagt: »Marie, du weißt, wieviel Dank ich dir schulde. Also, bitte, keine Widerrede!« Nach diesen Worten entnimmt die Schöne ihrer karminroten Handtasche einen Zettel, in dem ich einen ausgefüllten Scheckvordruck erkenne. Steckt ihn flink in die Geldbörse an Maries Hosenbund. Und stürmt davon.

Fünf Minuten später trete auch ich ins Freie. Es dunkelt bereits. Die Luft ist mild und feucht. Der Schneematsch hat sich völlig in Wasser aufgelöst. Die Absätze meiner Schuhe klicken auf dem Fußweg.

»Nehmen wir noch einen Drink?« höre ich Iris Leonhart fragen. Sie lehnt am karminroten Zweisitzer und saugt gierig an einer langen Zigarette.

»Schön wär's«, entgegne ich. »Aber mir sitzt die Zeit im Nacken. Heute abend ist Kultur angesagt. Wahrscheinlich verpasse ich ohnehin den Anfang.«

»Ach, du meine Güte«, reagiert die Schöne mit betonter Schnoddrigkeit. »Schwer verheiratet, was?«

»Sie nicht?«

»Nicht mehr.«

Aha, denke ich, das paßt zu ihr. Sie hat keinen Mann, sie hat Männer. Ich lasse meine Absätze erneut klicken und öffne die Tür meines Autos. Über das Dach hinweg frage ich: »Und der Frisiersalon?«

»Pleite.«

»Werden Sie noch einmal hierherkommen?«

»Glaube ich nicht.«

8. Kapitel

Der Leidensweg

Ihre ersten Jahre im Rollstuhl stellten für Marie eine stetige Bewährungsprobe dar. Einmal bestanden zu haben hieß nicht, immer bestehen zu können. Die nachhaltigste der Erfahrungen im Umgang mit der Krankheit war die, daß sie keine Beständigkeit zuließ. Daß die Hilfe Nichtbetroffener immer greifbar sein mußte. Und sei es nur zur Sicherheit.

»Ohne fleißige Arbeiter lahmt der ganze Betrieb«, ging einer von Maries Sprüchen, »aber der Chef ist auch ein wichtiger Mann.« Damit spielte sie auf ihren nach und nach errungenen Status als Planerin und Organisatorin des Haushalts an. Die Volkssolidarität stellte ihr für vier Stunden am Tag eine Helferin zur Verfügung, die alle Anweisungen strikt befolgte. Und auch Anita Beier paßte sich Maries Wünschen geschickt an. So behielt die Frau des Hauses die Fäden in der Hand und ließ damit ein wenig ihre eingeschränkte Belastbarkeit vergessen.

Mit drei Jahren wurde Mareike in einem der nahegelegenen städtischen Kindergärten aufgenommen. Anita erklärte sich sofort bereit, das Kind morgens gegen sechs Uhr dreißig hinzubringen und nach Dienstschluß gegen siebzehn Uhr wieder abzuholen. Dieses Angebot durfte Marie ohne Gewissensbisse annehmen, denn die hilfsbereite Nachbarin hatte den kleinen Umweg ohnehin zu gehen. Henri, ihr fünfjähriger Bruder, besuchte dieselbe Einrichtung.

Die ständig wiederholte freundliche Geste brachte Marie und Anita einander näher als zuvor. Nun saßen sie fast jeden Abend zusammen und tauschten weibliche Empfehlungen aus. Wie man mit Männern umgehen sollte und wie nicht. Was man sie wissen lassen sollte und was nicht. Wenn Martin vom Dienst nach Hause kam, fand er keinen Grund, an diesem Zustand irgend etwas zu ändern. Denn er durfte sich gleich von zwei Frauen verwöhnen lassen. Die Fremde unter ihnen schien die familiäre Ordnung recht talentiert zu fördern.

Einmal, als Martin an einem Manöver teilnehmen mußte und drei Tage lang wegblieb, belebten die beiden Freundinnen ihre Mitteilungsbereitschaft durch zwei Flaschen Wein. Ein kleiner Rausch veranlaßte sie, einige sonst streng gehütete Geheimnisse zu lüften. Anita vergoß sogar ein paar Tränen, unter denen sie ihre Eheprobleme wirkungsvoll schilderte. Dieselben bestünden seit jenem schicksalsschweren Tag, an dem sie Bernd hätte mitteilen müssen, daß sie niemals Kinder bekommen könnte. Er würde ihr dieses Manko nie verzeihen.

Von soviel Offenheit gerührt, stülpte nun auch Marie ihr Innerstes nach außen. Sie erzählte von den Problemen ihrer Ehe. Die den Zauber der großen Liebe längst verloren hätte. Die keinen Frieden mehr einschließen würde. Die eher dem Waffenstillstand zwischen zwei Gegnern ähneln dürfte. Deren nächtliches Verständigungsgerangel getarnter Eigennutz wäre.

Am Ende der gefühlvollen Bekenntnisse flossen Tränen über alle vier Wangen. Wenigstens sie beide würden sich verstehen, schluchzte die sonst so kühle Dunkelhaarige und sank an die Schulter ihrer nunmehr besten Freundin. Marie empfand die Nähe Anitas wie eine Droge, die tröstete und nach Schokolade duftete. Ein Umstand, der wohl darauf zurückzuführen war, daß die Nachbarin in einer Lebensmittelverkaufsstelle arbeitete.

Ein paar Tage später erlitt Marie erneut eine Fehlgeburt. Dabei verlor sie außergewöhnlich viel Blut, so daß sich der anschließende Aufenthalt in der Frauenklinik in die Länge zog. Dennoch brauchte sie sich um Mareikes und Martins Wohlergehen nicht zu sorgen. Anita kam auch ohne die Frau des Hauses zurecht. Nicht einmal die Karl-Marx-Städter Oma mußte herbeigeholt werden.

Kurz vor ihrer diesmaligen Entlassung wurde Marie zum Oberarzt gerufen. Er teilte ihr väterlich mit, daß sich ihr geschwächter Körper in Zukunft so gravierende Vorgänge wie einen Abort kaum noch gefallenlassen würde. Wenn sie den geringfügigen Rest ihrer Beweglichkeit behalten wolle, müsse sie vorbeugen, ein für allemal. Kurz, er schlüge eine Sterilisation vor – in Form einer Kobaltbestrahlung, einer völlig sicheren und schmerzfreien Methode. Frau Sauerbrei möge sich schnell entscheiden. Der Mediziner schaute auf den Kalender. Heute sei der zweiundzwanzigste Januar. Spätestens in drei, vier Wochen sollte mit der Behandlung begonnen werden – im Interesse der Patientin.

Die schwerwiegende Entscheidung machte Martin und Marie noch einmal ihre Zusammengehörigkeit bewußt. Beschwor die glücklichen Zeiten ihrer jungen Liebe herauf, als die Zukunft noch bunt und schön vor ihnen lag. Als sie sich entschlossen, zwei Kinder zu haben, möglichst ein Mädchen und einen Jungen. Nun sollte der Junge gestrichen werden. Ruckzuck. Das verbindende Lebenskonzept erwies sich wieder einmal als unerfüllbar.

Ende Februar erklärte sich Marie mit der tiefgreifenden Behandlung einverstanden – schweren Herzens, aber voller Einsicht. Innerhalb von zwei Wochen erhielt sie vier Bestrahlungen, deren Auswirkungen sich bald zeigten. Die Periode stellte sich nicht mehr ein. Ein sicheres Zeichen dafür, daß Marie niemals mehr schwanger werden konnte. Selbst dann nicht, wenn ihre Leidenschaft wie einst begehrt sein würde.

Jedoch das war sie ohnehin nicht. Martins sexuelle Aktivitäten schienen nach und nach einzuschlafen. Im wahrsten Sinn des Wortes, denn abends kam er meistens erst nach zwanzig Uhr nach Hause und gab sich in der Regel todmüde. Sein Desinteresse an Marie zeigte sich auch darin, daß er nur noch das Nötigste mit ihr besprach. Dabei schaute er meistens an ihr vorbei in eine imaginäre Ferne. Sein Gesichtsausdruck zeugte von Langerweile und Überdruß, manchmal von Verachtung und Ekel.

Marie begann, sich selbst kritischer als bisher zu betrachten. Ihre Haltung, ihre Wortwahl, ihr Äußeres. Manchmal plazierte sie den Rollstuhl unmittelbar vor den großen Garderobenspiegel im Korridor und studierte jede Einzelheit ihres Körpers. Gesicht und Haar hatten zweifellos nichts von ihrer früheren Schönheit eingebüßt. Aber der Leib rundete sich unter dem Mangel an Bewegung. Sie konnte jetzt nicht einmal mehr allein stehen. Sie saß und lag, lag und saß. Ausgenommen den Übergang zwischen beiden Haltungen, der aber vor allem die Kraft der Arme beanspruchte.

Marie begann zu hungern, indem sie sich höchstens einmal mit Äpfeln und Mineralwasser vollstopfte. Das Ergebnis einer wochenlangen Fastenzeit geriet jedoch zu einem weiteren Nachteil. Zwar paßten ihr die bereits abgelegten Kleidungsstücke der Konfektionsgröße Zweiundvierzig wieder, aber der Kraftverlust stellte sich als größer als der Fettverlust heraus. Ohne Martins Hilfe konnte sie sich morgens nicht mehr in den Rollstuhl hieven. Seine Mürrischkeit nahm daraufhin so stark zu, daß sie sich schleunigst wieder auf kräftige Kost umstellte und mit den entsprechenden Auswirkungen auf die Figur abfand.

Im Mai änderte Martin plötzlich sein Verhalten gegenüber Marie. Wenn er abends nach Hause kam, machte er einen aufgeräumten Eindruck. Einmal überwandt er sich sogar zu einem Spaziergang in Familie. Und mehrmals rief er nachts im Bett die Zeiten der Elfe wach. Eines Tages erfuhr Marie den Grund für Martins Wandlung. Er war zum Hauptmann befördert worden. Damit wollten seine Vorgesetzten insbesondere seine überaus beispielhafte Disziplin würdigen. In Anbetracht seiner schwerbehinderten Frau wäre sie mehr als bei anderen zu loben.

Als der Sommer ins Land zog und dann gar der Herbst, hatte Martin die Phase der Freundlichkeit längst wieder überwunden. Wenn er sich hin und wieder ein Lächeln abrang, galt es seinem Kind oder Fremden. Mit Marie sprach er fast nur noch im Befehlston, und dazu paßte kein Lächeln. »Hau ab!« bedeutete, daß er vorbeiwollte, »Ruhe!« daß er nicht gestört zu werden wünschte, »Los!« daß sie seinen Anordnungen Folge zu leisten hatte. Allein wenn Besuch kam, zeigte er, daß er ein umfangreicheres Vokabular zu nutzen in der Lage war.

Je deutlicher Martin ihr seine Abneigung zeigte, desto stärker klammerte sich Marie an Mareike und Anita. Die Verbindung zu Iris und Stefanie wollte sie nicht wieder herstellen – zu sehr fürchtete sie den Verlust der alten Gemeinsamkeiten. Die Schwiegereltern mieden Maries Gegenwart. Nach Grünau kamen sie nie. Und nach Großlochnitz durfte Martin stets nur die Enkelin mitbringen. Schließlich glaubten die Sauerbreis zu wissen, was sie ihrem vermeintlichen guten Ruf schuldig waren.

Anfang Dezember begann Marie, die Vorbereitungen für das Weihnachtsfest zu treffen. Dabei wurde ihr mit besonderer Deutlichkeit bewußt, um wievieles sie unbeholfener geworden war als noch im Vorjahr. Einige liebgewordene Gewohnheiten, beispielsweise Plätzchenbacken und das Aufstellen des erzgebirgischen Schwibbogens, mußte sie Anita überlassen. Jede weitausholende Bewegung war einer zunehmenden Schwerfälligkeit zum Opfer gefallen, die Martin schimpfend auf die immer sichtbarer werdende Fettleibigkeit schob. Bis Marie ihm eines Tages widersprach, energisch wie schon lange nicht mehr.

»Gegen meinen Bauch tritt etwas«, rief sie erschrocken, »ich fühle es genau. Es ist, als ob ich schwanger wäre.«

»Du spinnst«, war Martins Kommentar.

Der Gynäkologe, dessen Behandlung sich Marie regelrecht erkämpfen mußte, war offensichtlich derselben Meinung. Nur daß er sich etwas gewählter als Martin ausdrückte. »Liebe Frau Sauerbrei«, sagte er mit einem Blick auf die Uhr, »daß eine Schwangerschaft nicht mehr möglich ist, wissen wir beide. Daß Kranke zu Phantomerscheinungen neigen können, ist auch erwiesen. Deshalb appelliere ich an Ihren Verstand und Ihre Einsicht, daß in der Zeit, die Sie mir unnötig rauben, mehrere wirklich bedürftige Patientinnen behandelt werden sollten.«

Von dieser schonenden Zurechtweisung ebenfalls nicht beruhigt, beobachtete Marie von nun an jede noch so geringfügige Äußerung ihres

Körpers. Dessen sich ausweitende Lähmungserscheinungen verweigerten ihr eine eindeutige Auskunft. Jedoch die Bewegungen im Inneren ihres Leibes wiederholten sich, wurden intensiver. Das schien eindeutig zu sein. Marie dachte um Monate zurück. An Martins freundliche Zuwendungen im Mai. An den anhaltenden Brechreiz im Sommer, den der Neurologe auf die Hitze und die reichlich verabreichten Medikamente geschoben hatte.

Das Ergebnis ihrer Überlegungen veranlaßte Marie, Frau Kreisler, die Hauswirtschaftshelferin, um Hilfe zu bitten. Deren Verständnis hielt sie für wahrscheinlicher als das Martins. Eine Vermutung, die sich als richtig erwies. Kurzerhand nahm Frau Kreisler ein verschließbares Glas mit einer ausreichenden Menge von Maries Urin und brachte es zu ihrem eigenen Gynäkologen. Er praktizierte in einer Poliklinik. Im Labor der Einrichtung wurde das Glas in das Regal mit dem Etikett »Dringende Fälle« eingereiht. Für den sogenannten Froschtest.

Der unter der Hand erwirkte Befund hieß »positiv«. Dahinter aber dominierte ein großes Fragezeichen, das die Frauenklinik durch ein Ja oder Nein ersetzen sollte. Der Schein mit der Überweisung war beigefügt. Marie möge sich baldmöglichst einen Termin für eine Ultraschalluntersuchung besorgen. Es gelang ihr, dieser Empfehlung telefonisch nachzukommen. Darüber hinaus erhielt sie die beruhigende Zusage, daß ein Krankenwagen der Schnellen Medizinischen Hilfe die Beförderung übernehmen würde.

Drei Tage vor Weihnachten lag Marie unter dem Auge des elektronischen Gerätes, das tiefer schauen konnte als der Mensch. Neben ihr auf einem Stuhl saß Martin. Der Blick in sein Gesicht ersetzte Marie den Blick auf den Bildschirm, der sich hinter ihrem Kopf befand. Martin war ihr Bildschirm. Darauf lief ein spannender Film der Kategorie Hitchcock ab. Angereichert mit Gruseleffekten, die den Helden des Films zunächst frösteln ließen. Dann schaudern. Dann weinen. Zuletzt sprang er auf und übergab sich in das große Becken an der Wand.

Martins unvorhergesehener Zusammenbruch ließ Marie vor Entsetzen stocksteif werden. Taub gegenüber allen weiteren Einflüssen der Außenwelt. Unempfindlich sogar gegenüber der Ungeheuerlichkeit, die aus kompetentem Mund in ihr Ohr schallte. »Frau Sauerbrei«, sagte der Radiologe, »Sie sind tatsächlich schwanger.« Legte eine Pause ein. Fügte seufzend hinzu: »Im achten Monat«.

Erst nach und nach erkannte Marie die Tragweite des Befundes. Begriff sie, daß nicht allein sie selbst das Opfer einer gefahrvollen Niederkunft sein würde, sondern auch ein Kind. Ihr Kind. Winzig, unschuldig und wahrscheinlich schwer geschädigt. Eine Tragödie bahnte sich an, die die bisherigen Unglücksfälle ihres Lebens in den Schatten zu stellen drohte. Wer würde das ertragen können?

»Herr Doktor«, flehte Marie mit zitternder Stimme, »bitte, tun Sie etwas! Sie können doch noch etwas tun. Oder?«

»Aber, Frau Sauerbrei«, entgegnete der Mediziner, nun offensichtlich ganz von seiner Aufgabe als Helfer der Menschheit erfüllt, »können Sie sich wirklich vorstellen, dieses Lebewesen zu töten?«

»Ja«, schrie Marie verzweifelt, »das könnte ich. Aus Erbarmen. Ach, hätten Sie es nur auch mit mir. Dann würde alle Qual ein Ende haben – endlich, endlich, endlich.«

Der Arzt entfernte sich schweigend.

Die nächsten Wochen der Sauerbreis waren angefüllt mit hastigen Vorbereitungen auf die Geburt. Sowie mit Ängsten, deren Ausmaß Marie um Jahre altern ließ. Ihre Hände zitterten immer öfter wie die einer Greisin. Immer seltener war sie in der Lage, die Kontinenz zu bewahren. Nachts mußte Martin ihr mitunter mehrmals helfen, rechtzeitig die Toilette zu erreichen. Denn die Arme der Schwangeren waren nicht mehr in der Lage, den schweren Körper allein hochzustemmen.

In dieser sorgenvollen Zeit vollzog sich in Marie auch eine seelische Veränderung. Sie sah sich an den bröckelnden Rand eines Jammertals gestellt, das keinen anderen Ausgang hatte als den Tod. Noch befand sie sich über dem Abgrund. Noch war sie sich nicht sicher, ob sie hinuntergestoßen würde oder nicht. Die Entscheidung über Obenbleiben oder Stürzenmüssen sollte ein Winzling treffen.

Den Balanceakt zwischen Leben- oder Nichtlebenwollen vollzog Marie mit kühler Distanz. Beiden Möglichkeiten stand sie aufgeschlossen gegenüber. Näherte sie sich vertrauensvoll, fast heiter. Denn die Entscheidung würde nicht mehr lange auf sich warten lassen, das Urteil bald vollstreckt werden. Das so oder so eine Erlösung darstellte.

Bereits zwei Wochen vor dem voraussichtlichen Entbindungstermin wurde Marie unter ärztliche Aufsicht genommen. Zwei Weißkittel kamen, legten sie auf die Trage und schoben sie in das Innere eines beigefarbenen Krankenwagens mit dem Zeichen des Roten Kreuzes. Kurz vor der Abfahrt hatte Marie eine Vision. In der hellen Türöffnung zu ihren Füßen stand Martin und schaute zum Haus zurück. Sein Gesicht drückte Hilflosigkeit aus. Unruhe. Bis es sich plötzlich entspannte, als ob der Schleier des Vergessens über Martins Innenleben gebreitet würde. Um es für Tröstungen zu präparieren, die offensichtlich schon zum Greifen nah waren. Denn Martin beugte sich spontan nach vorn und streckte einen Arm aus. Nach seinem Kind, das jetzt von Anita in die Türöffnung gehalten wurde. Als Martin Mareike küßte, verdeckte sein Kopf ein wenig auch das Gesicht der Freundin. Und erweckte den Eindruck, daß der Kuß eigentlich ihr gelten würde.

Diese Beobachtung ließ Marie gleichgültig – zumindest in den folgenden zehn Tagen, während derer sie die eine große Entscheidung noch vor sich hatte. Als die Ärzte sie herbeiführten, schien es ihr, daß sie weit über allen Dingen schwebte, dem Magnetfeld der unheilen Welt entronnen. Obwohl es seine Wirkung verstärkte.

Sein geheimnisvolles Waffenarsenal klirren und schellen ließ. Sich tarnte und wieder hervortrat. Sich auflöste in nichts.

Als sich Marie ihres Seins wieder bewußtwurde, erkannte sie den Professor. Er war jung, dunkelhaarig, glattrasiert, brillenlos. Und schaute seine Patientin aufmerksam an. Maries erste Worte waren: »Sie haben ja nicht mal einen Bart.«

»Ich bin ja auch nicht der liebe Gott«, entgegnete der Mediziner gutgelaunt, »obwohl Sie es uns in den letzten Tagen manchmal glauben ließen.«

»Ich?«

»Ja, Sie, Frau Sauerbrei. Weil Sie das beste Medium waren, das wir uns wünschen konnten, um ein paar handfeste Wunder zu vollbringen.«

»Was ist los?«

»Erstes Wunder: Sie leben. Zweites Wunder: Ihr Kind lebt. Drittes Wunder: Es ist gesund.«

Unabhängig von ihrem Willen löste sich aus Maries Kehle ein Schrei. Breitete sich aus. Entlud seine Fracht aus tausend qualvollen Befürchtungen über den Häuptern der Anwesenden. Löste sich in Schluchzen auf. Dem bald Lachsalven folgten. »Eigentlich«, jauchzte Marie in dieser Phase ihrer Gefühlsentwicklung, »habe ich es schon gewußt, als ich erwachte. Sonst wäre ich nicht erwacht.«

»Dann wissen Sie wohl auch«, schlußfolgerte der Professor mit gutmütiger Ironie, »was wir für Sie zur Welt gebracht haben?«

»Natürlich. Einen Jungen. Markus.«

Später kam eine Säuglingsschwester und legte das Neugeborene der Glücklichen auf die Bettdecke. Marie versuchte, ihr Kind zu umfassen. Es sanft an sich zu drücken, um seine Nähe zu spüren. Es atmen zu hören. Aber das Vorhaben scheiterte. Die Arme gehorchten dem Willen der liebenden Mutter noch weniger als vor der Entbindung. Sie würde ihr Baby ohne fremde Hilfe nicht versorgen können. Selbst dann nicht, wenn sie wieder tagtäglich die obligatorischen gymnastischen Übungen ausführen und die Beweglichkeit der Extremitäten verbessern sollte.

Martin trat mit weißen Rosen an Maries Wochenbett. Die außergewöhnliche Blässe seines Gesichts verriet ihr, wieviel auch er in letzter Zeit durchzumachen hatte – als er, abrufbereit für welche Nachricht auch immer, auf einer Pritsche neben dem Operationssaal lag. Als er damit rechnen mußte, Frau oder Kind oder beide zu verlieren. Als ihm ein Leben in Trauer drohte. Die Spuren solcher seelischen Belastungen waren nicht von heute auf morgen zu verwischen. Davon war Marie überzeugt.

»Wir beide sind ja doch Glückspilze«, sagte sie zu Martin, um ihn aufzumuntern. Aber eine Bestätigung ihrer euphorischen Behauptung erhielt sie von ihm nicht. Statt dessen erinnerte er sie daran, daß er gleich wieder fort müsse. Marie wisse doch, daß die Patientinnen der Wachstation eigentlich keine Besucher empfangen dürften. Bei ihm sei nur eine Ausnahme gemacht worden. Eine kleine, keine große.

»Wie findest du Markus?« wechselte Marie schleunigst das Thema. »Ist er nicht ein kräftiger Bursche?«

»O ja, für seine vierundzwanzig Stunden ist er sogar ein sehr kräftiger Bursche.«

»Welches Datum haben wir denn?«

»Den einundzwanzigsten Februar. Deinen und Markus' Geburtstag hast du verschlafen. Nach dem Kaiserschnitt ist gleich noch ein Totaleingriff vorgenommen worden.«

»Gut. Dann darf ich wenigstens auch die dazugehörigen Schmerzen mit einem Mal hinter mich bringen.«

Der Humor blieb Marie nicht lange treu. Genau genommen ließ sie ihn in der Klinik zurück. Als sie nach dreiwöchigem Aufenthalt entlassen wurde, kam sie in ein fremdes Zuhause. Die Möbel standen an anderer Stelle als früher – entsprechend einem Einrichtungskonzept, das die Belange einer Behinderten ignorierte. Das wurde vor allem im Schlafzimmer deutlich. Der Gang zwischen rechtem Bett und Wand war jetzt so schmal gehalten, daß der Rollstuhl nicht mehr hineinpaßte. Marie mußte Martin wohl oder übel auf sein vermeintliches Versehen aufmerksam machen. Worauf er sehr ungehalten reagierte. Bevor er hinausging und die Tür laut zuschlug, zischte er: »Dachte ich's mir doch, daß das elende Theater nun wieder anfängt.«

Marie blieb lange allein im Raum zurück. Ihr war bewußtgeworden, daß Martin auch die Tür zu ihrem künftigen guten Einvernehmen zugeschlagen hatte. Daß ein schlechtes Einvernehmen darüber hinaus vor allem zu Lasten des schwächeren Partners gehen würde. Zu ihren eigenen Lasten. Daß diese eine bittere Erkenntnis weitere bittere Erkenntnisse nach sich ziehen mußte. Am Ende ihrer Überlegungen sagte sich Marie, daß sie in ihrem Alltag angekommen war. Dem grauen Alltag einer Behinderten, die nicht mehr geliebt wurde.

Marie wischte sich gerade mit der hochgezogenen Schulter ein paar Tränen aus dem Gesicht, als die Tür wieder aufging. Anita trat neben den Rollstuhl und sagte: »Herzlich willkommen!« Dann verharrte sie eine Weile in aufrechter Haltung, ohne ein Wort zu sagen. Dabei schienen in ihr tausend Mitteilungen nach außen drängen zu wollen, blockiert von Unentschlossenheit und Verschämtheit. Von Eigenschaften, die Marie an Anita noch nicht kannte. Auch die Freundin war nicht mehr die Freundin von einst.

»Markus«, begann Anita zögernd zu sprechen, »ist ein allerliebstes Baby. Aber es...«

»Was aber?« versuchte Marie, den Redefluß zu fördern.

»Es kann einem leid tun.«

»Wieso leid?« fragte Marie trotzig. Dabei fühlte sie ihr Herz kräftiger schlagen als bisher.

»Weil es keine Mutter hat«, sprangen die Worte plötzlich eilfertig von Anitas Lippen – so, als ob sie zum Angriff übergehen würde. »Ich meine natürlich, keine Mutter, die es versorgen kann. Du darfst den Kleinen doch nicht einmal stillen, weil die Medikamente in deinem Körper die Milch vergiften. Vom Füttern, Windeln, Spazierenfahren gar nicht zu reden. Und was ist, wenn…«

»Schweig!« überschrie Marie die Geräusche des Vorschlaghammers in ihrer Brust. »Ich kenne meine Behinderungen. Aber ich kenne auch meine Fähigkeiten, von denen meine Kinder sehr wohl profitieren. Vor allem von einer, der Fähigkeit zu lieben.«

»Aber ja«, reagierte Anita mit betonter Ruhe. Einer Taktik, die ihre Wirkung auf andere bisher nur selten verfehlt hatte. »Du darfst ja deine Kinder lieben. Aber wenn du es mit diesem Gefühl wirklich ernst meinst, solltest du deine Wünsche hier und da hintanstellen. Ich meine, du solltest das körperliche Wohl der Kleinen nicht vergessen. Und dafür können andere Leute nun mal besser sorgen als du. Zum Beispiel ich.«

»Wie meinst du das?« Der Vorschlaghammer dröhnte jetzt auch in Maries Kopf.

»Ich wäre bereit, dir Markus abzunehmen. Ich meine für immer. So, als wären Bernd und ich seine Eltern. Wir würden den Jungen adoptieren. Und du wärst die liebe Tante.«

»Ich bin aber die liebe Mutter«, sprach nun auch Marie leise und akzentuiert, »und ich werde es bleiben.« Der Vorschlaghammer schwang plötzlich nur noch sanft auf und nieder. Ein eiskalter Wasserguß hatte seine hitzigen Bewegungen gedämpft.

»Okay, ganz wie du willst«, entgegnete Anita im Tonfall der Überlegenen. »Aber wundere dich nicht über die Folgen deines Starrsinns.« Sie drehte sich um, rauschte hinaus und schlug die

Tür ebenfalls laut zu. Weitere Versuche, Maries Widerstand mit Worten zu brechen, unternahm sie nie wieder.

Merkwürdigerweise stellte Anita ihre Hilfeleistungen für die Sauerbreis nicht ein. Nach wie vor brachte sie Mareike morgens in den Kindergarten und abends von dort zurück. Dabei hätte sie für eine Weigerung mehrere stichhaltige Gründe gehabt. Erstens besuchte Henri seit letztem Herbst die Schule. Zweitens hätte Martin seine Tochter selbst begleiten können, denn er durfte seinen Dienst für zwölf Monate unterbrechen – stellvertretend für seine behinderte Frau, die das bezahlte Babyjahr nicht selbst in Anspruch nehmen konnte.

So kam es, daß das gewachsene Arbeitspensum im Haushalt für Marie nicht zum Problem wurde. Mitunter wetteiferten Frau Kreisler und Anita sogar um einen möglichst großen Aufgabenanteil und erreichten, daß sich Martin tagsüber weitestgehend schonen konnte. Er hatte seine Einsatzbereitschaft vor allem nachts zu beweisen.

Diese Notwendigkeit war es, aus der sich für Marie das eigentliche Problem entwickelte. Ihr Zustand nach der zweiten Entbindung zwang sie dazu, Martins Hilfe öfter als zuvor in Anspruch zu nehmen. Obwohl sie durch regelmäßige Gymnastik die Beweglichkeit der Hände wiedererlangte, registrierte sie erneut ein erhebliches Defizit der Armkraft. Selbsttätig vom Bett in den Rollstuhl und umgekehrt zu gelangen war für sie unmöglich geworden. Das bedeutete, daß sie

Martin nachts zwei- bis dreimal wecken mußte, um den Toilettenstuhl erreichen zu können. Denn die weiter voranschreitende Inkontinenz ließ Rücksichtnahme nicht zu.

Zudem verlangte Markus kategorisch sein Recht. Er schrie oft, weil er naß war oder Durst hatte, und verkürzte das Ruhepotential seines Vaters um ein weiteres. Auch Martin litt. Seine physische und psychische Belastbarkeit glich einer zu dünnen Decke, die einzubrechen drohte – zumal er sie nicht hin und wieder durch liebevolles Verständnis abstützte.

Der Widerspruch zwischen Not und Mangel an Hilfsbereitschaft eskalierte ständig. Nachts war Krieg bei Sauerbreis – erst kalter, dann heißer. Aus vernichtenden Blicken und Worten wurden vernichtende Taten – erst Stöße, dann Schläge, dann Tritte. Manchmal benutzte Martin Gegenstände zur Verteidigung seiner Ansprüche – das Bettlaken, das ohne Maries Zutun naß geworden war, den Handfeger, mit dem er die Scherben ihrer Tasse zusammenkehren mußte, den Schuh, den sie nicht allein anziehen konnte. Seine Erziehungsmethoden schlugen sich oft für lange Zeit auf ihrem Körper nieder – in Form von Blutergüssen, Beulen, Wunden. Extremen Zeichen der Endzeit einer Partnerschaft, die den Weg von der Liebe zur Abneigung bereits beschritten hat.

Es war ein Leidensweg für alle Beteiligten. Martin ging auch mit Mareike und Markus im Befehlston um. Gehorchten sie nicht wie ehemals die Soldaten seiner Einheit, wurden sie abgestraft – gleichfalls mit gewalttätigen Mitteln.

Marie, zur Passivität verurteilt, litt unter den Grausamkeiten gegenüber ihren Kindern – und zwar so sichtbar, daß Martin im Zurschaustellen seines väterlichen Machtmißbrauchs eine Foltermethode fand.

Voller Sehnsucht schaute Marie dem Ende des Babyjahres entgegen. Ab diesem Zeitpunkt würde Martin in einem militärischen Objekt als Zivilangestellter Dienst tun, ohne Uniform, ohne Schulterstücke. Der General hatte für einen seiner besten Offiziere eine Sonderregelung getroffen – »... damit er seiner Familie regelmäßig zur Verfügung stehen kann«, wie verlautete. Marie, die potentielle Nutznießerin, allerdings hoffte, daß Martin die Verfügbarkeit nicht auf die Spitze treiben würde. Denn das Familienleben war ohne ihn erträglicher als mit ihm.

Doch schon die letzten beiden Monate vor dem ersehnten Datum brachten Veränderungen mit sich. Die Ursache waren die politischen Umwälzungen im Land. Diese ließen gegen Jahresende kaum noch einen Zweifel daran, daß die Tage des Staates gezählt waren – desselben, den Martin zu schützen gelobt hatte. Der sein Auftraggeber vielleicht nicht mehr lange sein konnte. Der ihn unter Umständen ohne Existenzgrundlage zurücklassen würde. Fragen nach der Zukunft der Nationalen Volksarmee wußte derzeit niemand zu beantworten, nicht einmal der General. Und das wollte etwas heißen.

Martins Sorgen hatten ganz offensichtlich ihre Berechtigung. Vielleicht trugen sie wesentlich dazu bei, daß er sich eines Nachts noch weniger beherrschte als in den vergangenen Nächten. Denn der konkrete Anlaß für seinen folgenschweren Wutausbruch dürfte nichtig gewesen sein. Marie hatte frierend im Rollstuhl gesessen und Martin gebeten, ihr eine Decke über die Knie zu legen, bevor er sie ins Bad schob. Als er sich mißmutig herbeiließ, ihren Wunsch zu erfüllen, stieß sein Schienbein gegen eine Fußstütze des Gefährts. Der Schmerz, gelinde oder nicht, steigerte seinen Mißmut. Verwandelte ihn in Zorn, der sich abreagieren wollte. Dem Martin seinen Willen ließ, indem er das schmerzende Bein hob und lostrat. Immer wieder. Immer aufs neue. Als ob er ein giftiges Reptil zu töten hätte.

Aber es war Maries linker Unterschenkel, den die Tritte trafen. Ein Unterschenkel, der zu nichts mehr nutze zu sein schien denn als Zielscheibe grausamer Attacken. Der als tot galt. Aber es nicht war. Denn er konnte noch immer wehtun. So sehr, daß Marie die Qual aus sich herausschreien mußte, laut und verzweifelt. Daß sie damit Markus weckte, der sofort brüllend im Gitterbett stand. Daß sie in Martin zum erstenmal nach langer Zeit tiefe Betroffenheit auslöste. Vielleicht auch die Befürchtung, sich selbst geschadet zu haben.

Zumindest reagierte der Täter anders als sonst. Er sagte ein paar rauhe, aber begütigende Worte und versuchte in der Folgezeit, die Gewalttat vergessen zu machen. Aber sie ließ sich nicht vergessen machen. Sie brachte sich in Erinnerung, Tag für Tag ein wenig deutlicher. Denn der lädierte Unterschenkel rächte sich.

Zunächst mit einem blauvioletten Fleck, den Marie großzügig übersah. Später mit einer schwärenden Wunde, die sich unablässig weiter öffnete, die hektischen Heilungsmaßnahmen Martins offensichtlich verhöhnend. Eines Morgens strahlte die Wunde Hitze aus. Die sich ausbreitete, bis sie den ganzen Körper beherrschte. Und Marie in Fieberschauer tauchte, die ihr das Atmen erschwerten.

Daß eine Ärztin an ihrem Bett hantierte, registrierte die Kranke nur noch im Unterbewußtsein. Aus großer Entfernung hörte sie die Hiobsbotschaft der Medizinerin: »Das sieht ja furchtbar aus. Herr Sauerbrei, Ihre Frau muß unverzüglich ins Krankenhaus zur Amputation. Sonst ist es nicht nur für das Bein zu spät.«

Zu spät, dachte Marie mit der Distanz der Unbeteiligten, immer ist alles zu spät. Ist das etwa schlimm? Nein, das war einmal. Jetzt wird nichts mehr schlimm sein. Warum regt sich Martin bloß so auf? Und jammert. Und gibt Beteuerungen von sich. Daß er mich hierbehalten wolle, um mich zu pflegen. Lächerlich. Als ob es darauf noch ankäme. Auf nichts kommt es jetzt noch an. Auf rein gar nichts.

Mit dieser Vermutung sollte sich Marie getäuscht haben. Als sie drei Tage später ihre Umwelt wieder fieberfrei beurteilen konnte, befand sie sich zum ersten im eigenen Bett, zum zweiten auf dem Weg der Besserung. Beide Vorteile waren zweifelsfrei Martin zu verdanken. Er hatte sich zum Samariter gemausert, der zwischen Apotheke, Küche und Schlafzimmer hin und her pendelte, als gelte es, einen Wettkampf zu gewinnen. Auf den er sich mit immer denselben Trainingsübungen vorzubereiten hätte – mit Abwickeln der Binde, Reinigen der Wunde, Auftragen der Salbe, Aufwickeln der Binde. Und wieder von vorn.

Martin gewann den Wettkampf. Eines Tages war das Loch in Maries linkem Bein vernarbt. Das Ereignis wurde gefeiert, denn es fiel auf den zwanzigsten Februar. Auf Maries und Markus' Geburtstag. Auf das Ende des Babyjahres. Mutter Annelies war zu Besuch da, um ein paar Wochen zu bleiben. Solange, bis der Kleine als krippentauglich gelten würde. Denn daß die Tochter ohne Martins Hilfe tagsüber zurechtkommen konnte, galt als unwahrscheinlich.

Doch wenn es um ihre Kinder ging, vermochte Marie über sich selbst hinauszuwachsen. Auch ohne die Hilfe der Großmutter hätte es dem Jungen an kaum etwas gemangelt. Laufen lernte er mit der Hand am Rollstuhl. Mittags bekam er Kinderfertignahrung, die im Wasserbad nur aufgewärmt zu werden brauchte. Vor dem Einschlafen erzählte ihm die Mutter fantasievolle Geschichten von Menschen und Tieren, die alle gut waren.

Als die Großmutter ihren unbezahlten Urlaub beendete, konnte sie ohne nennenswerte Befürchtungen nach Hause zurückfahren – in die Stadt, die wieder Chemnitz heißen sollte. Marie war es hervorragend gelungen, ihre Eheprobleme als null und nichtig hinzustellen. Auch sich selbst gegenüber. Die Lüge von der Bedeutungslosigkeit der kleinlichen Reibereien zwischen zwei Menschen, die sich nach wie vor lieben, tat ihr gut. Sie war der Balsam auf ihrer verletzten Seele, ohne den sie Martins Gegenwart nicht mehr ertragen zu können glaubte.

Aber der Glorifizierte selbst entfernte die schützende Hülle, indem er sie mittels einer schonungslosen Geste der nüchternen Wahrheit preisgab. Eines späten Abends im April führte er mit Marie unter vier Augen ein Gespräch. Die Außergewöhnlichkeit des Anlasses ließ bereits die Einleitung ahnen. Denn sie war überfrachtet von Rührseligkeit und Selbstmitleid. Sowie von Beteuerungen einer Zuneigung, die es schon lange nicht mehr gab. Die Marie schon seit Jahren vermißte. Dann erst kam Martin auf sein eigentliches Anliegen zu sprechen.

»Es ist etwas passiert«, jammerte er, als hätte er sein Portemonnaie verloren. »Zwischen Anita und mir ist etwas passiert.«

»Soso«, bemerkte Marie leichthin, als wüßte sie, daß im Portemonnaie nur eine geringe Summe gesteckt hätte. Dabei ging es für sie um die ganz großen Beträge. Eine Tatsache, der sie einfach nicht ins Auge sehen wollte. Noch nicht.

»Es geschah aus Versehen.«

»Natürlich. Sicher bist du überfallen worden.«

»Ja. Nein.« Martin schaute verunsichert in Maries Gesicht. Darin widerspiegelte sich eine Welt, die soeben zusammenbrach.

»Wann?« fragte Marie überflüssigerweise, denn die Antwort konnte sie sich selbst geben. Hätte sie sich längst selbst geben können, wenn sie dazu bereit gewesen wäre. Wenn sie sich nicht an eine törichte Illusion geklammert hätte. An die Vorstellung von einer gütigen Vorsehung, die die Wiedervereinigung des Soldaten und der Elfe einschloß.

Plötzlich blickte Marie ganz klar. Als ob in der Höhle ihres Gedächtnisses das Licht eingeschaltet worden wäre. Das Ereignisse an den Tag brachte. Zusammenhänge, die zu erkennen sie sich nie bemüht hatte. Nun aber vollzog sich die Rekapitulation von selbst. Wieder sah sie zu ihren Füßen die Türöffnung, in der sich Martins Kopf vor den Anitas schob. Sah sie die Veränderungen in der Wohnung am Tag der jüngsten Heimkehr aus der Klinik. Martins unerklärlich breitgestreuten Dienstzeiten. Anitas Nachsicht in bezug auf die Kinder.

Martin und die Nachbarin. Marie wußte plötzlich, wie einfach das Verhältnis der beiden zustande gekommen sein mußte. Seine Frau an den Rollstuhl gefesselt, ihr Mann selten zu Hause. Eine primitive Konstellation, an die der Teufel sicher nur wenige Einfälle verschwenden mußte. Die aber ausreichend waren, um zwei schwache Charaktere einzufangen. Zur Untreue der gemeinsten Art zu verführen. Vielleicht sogar zum Wunsch nach dem Tod der überflüssig gewordenen Partnerin.

Aber ja. Wie schnell hätte dieser Wunsch in Erfüllung gehen können. Noch nicht einmal der Professor war von der Rettung seiner außergewöhnlich labilen Patientin überzeugt gewesen. Keiner hatte daran geglaubt, daß sie Markus' Geburt überleben würde. Auch Martin nicht. Auch Anita nicht. Im Gegenteil, dem sauberen Pärchen wäre die Beseitigung des störenden menschlichen Wracks wohl recht. Denn für diesen Fall hatte es beizeiten vorgesorgt – mit einem nagelneuen Katastrophenkonzept. Darin brauchte einem Rollstuhl kein Platz mehr eingeräumt zu werden, weil die bewegliche Fremde die unbewegliche Hausfrau und Mutter ohnehin ersetzen sollte. Nicht ihrem Sterben hatte Martins Sorge gegolten, sondern ihrem Überleben.

»Aber Marie«, drang die weinerliche Stimme des Treulosen wieder in das Bewußtsein der Betrogenen, »warum sagst du denn nichts? Ich verspreche dir nun schon zum dritten Mal, daß es nie wieder vorkommen wird. Daß ich in Zukunft auf Anitas Hilfe verzichten werde. Daß sie machen kann, was sie will. Aber ohne mich. Versteh doch, Marie, ich war einsam und verzweifelt, als du im Krankenhaus gelegen hast. Und ich bin auch nur ein Mensch. Oder?«

»Ich werde darüber nachdenken«, blieb Marie ihm die Antwort schuldig. »Zumindest spricht für dich, daß du aus freien Stücken gebeichtet hast.«

Aber schon am nächsten Morgen sollte sich dieser Pluspunkt als unverdient herausstellen. Zum erstenmal seit ihrer Bekanntschaft klopfte Bernd Beier bei Marie an. Sie bat ihn herein mit dem Hinweis, daß Martin mit den Kindern nach Großlochnitz gefahren wäre. Wie fast jeden Samstag.

»Ich weiß«, sagte der Gast in seiner direkten Art, »sonst wäre ich ja nicht gekommen.«

»Sie wollen also mit mir allein sprechen.«

»Ja, und leider aus keinem guten Grund.«

»Den schlechten Grund kann ich mir denken. Mein Mann hat mir alles erzählt.«

»Das ist gut. Dann wissen Sie also bereits, was gestern mittag los war.«

»Gestern mittag?«

»Aha. Also sind Sie doch noch nicht ganz im Bilde. Frau Sauerbrei, es tut mir leid, daß ich gerade mit Ihnen schonungslos umgehen muß. Aber besser ein Ende mit Schrecken als ein Schrecken ohne Ende. Kurz und gut, ich bin gestern ausnahmsweise einmal verfrüht von der Montage nach Hause gekommen, gegen dreizehn Uhr. Todmüde wie ich war, wollte ich mich in mein Bett werfen und eine Runde schlafen. Aber damit war nichts. Im Bett lagen schon zwei, Ihr Mann und meine Frau. Natürlich sind wir alle drei zu Tode erschrocken. Aber besonnen habe ich mich als erster. Nämlich auf meine Wut. Ihren feinen Gemahlsgatten mußte ich mir einfach greifen und zur Ausschußware zerknautschen. Haha. Jetzt fehlt ihm am Hemd ein Knopf und im Mund ein Zahn.«

»Was? Wo?«

»Oben links, Frau Sauerbrei. Bitte, schauen Sie nach! Recht geschieht ihm, nicht wahr? Da glaubt nun die Nation, ihre teuren Soldaten bekämen ihren Sold für den Dienst am Vaterland. Aber kaum ist das Vaterland im Eimer, ist auch der Dienst im Eimer. Übrig bleibt nur der Sold. Finden Sie das etwa gerecht, Frau Sauerbrei?«

»Mein Mann bekommt neuerdings unter Mittag frei, um mich zu versorgen. Sonst wäre er nicht hier gewesen.«

»Na prima, prima. Da haben Sie ihm ja für seine täglichen Schweinereien ein hieb- und stichfestes Alibi verschafft.«

»Täglich?«

»Na, was dachten Sie denn? Ich habe die Wahrheit aus meiner Frau herausgeprügelt. Die lügt mich nicht mehr an, das können Sie mir getrost glauben. Die ist jetzt froh, wenn sie die Wahrheit sagen darf. Falls sie überhaupt noch etwas sagen darf. Also, von meiner Frau weiß ich, wie lange Ihr Mann schon auf ihr herumspringt und wie häufig. Seit gut zwei Jahren fast jeden Abend in der Woche – nachdem er Ihnen, Frau Sauerbrei, die obligatorischen Schlaftabletten gereicht hat. Seit gut vier Wochen allerdings läßt sich das Liebesnest auch tagsüber benutzen. Dank der Einsicht eines Generals und der Schrumpfungspolitik eines Betriebes. Anita ist jetzt arbeitslos.«

»Was? Auch das habe ich nicht gewußt.«

»Sicher. Woher auch. Morgens tut sie so, als müßte sie die Verkaufsstelle öffnen, abends, als müßte sie sie schließen. Tagsüber hält sie sich bedeckt. Außer für Ihren Mann.«

»Ich verstehe.«

»Bitte, Frau Sauerbrei, nehmen Sie sich die dumme Sache nicht so sehr zu Herzen. Ich verspreche Ihnen, alles zu tun, damit so etwas nicht wieder passiert. Gestern habe ich Anita erst einmal gezeigt, was sie riskiert, wenn sie ihre Finger nach Ihrem Mann ausstreckt. Die Prügel hat sie weg. Als nächstes würde der Rausschmiß folgen – mit Unterstützung meiner Schwiegermutter, denn die hält zu mir.«

Marie schwieg betroffen. Soeben war ihr bewußtgeworden, daß sie zweierlei verloren hatte: den Rest der Liebe Martins und den Rest der Freundschaft Anitas. Zusammenhalten konnte den ungewöhnlichen Dreierbund nun nichts mehr. Sein schwächstes Mitglied würde ihn verlassen müssen, und sei es noch so sehr im Recht. Bernd Beiers Drohungen dürften den Trennungsprozeß in zwei Parteien nur noch beschleunigen. Und die Kinder mitreißen.

Die vorauszusehenden Auswirkungen ihrer Verliererposition ängstigten Marie zutiefst. Wieder einmal versuchte sie, Trost in dem Gedanken an den Tod zu finden. Aber es gelang ihr nicht. Seit Markus' Geburt stand sie fester im Diesseits als zuvor. Verstand sie ihre Rettung als Aufgabe. Als Verpflichtung auszuhalten. Vor allem für den Jüngsten. Sie hatte ihm das Leben geschenkt und er ihr. Die Zusammengehörigkeit von Mutter und Sohn war durch nichts zu ersetzen. Nicht einmal durch die endgültigste aller Alternativen.

Aber diese Entscheidung für das Weiterleben war auch eine Entscheidung für ein noch grausameres Martyrium als das bisherige. Martins Bereitschaft zur Sühne stellte sich bald als Farce heraus. Wenn er frühmorgens aus dem Haus ging, nahm er beide Kinder mit, um sie, wie er vorgab, nun selbst in die verschiedenen Betreuungseinrichtungen zu bringen. Jedoch Marie, für Zwischentöne hellhörig geworden, fühlte die

Lüge aus seinem Konsequenzgehabe heraus. Draußen, vor der Tür, stand sicher Anita und nahm Mareike in Empfang. Marie hatte es nicht nötig, das Kind danach zu fragen.

Auch der nächtliche Krieg im Schlafzimmer entflammte wie einst. Nur daß er taktisch raffinierter geführt wurde als zuvor. Martin verstand die Unannehmlichkeiten und Gefahren im Zusammenhang mit Maries offenem Bein zu Recht als Warnung. Deshalb verwandelte er ein Übermaß an Aktivität lieber in ein Übermaß an Passivität – indem er Hilfeleistungen ganz einfach unterließ. Immer öfter, immer andauernder. Manchmal verurteilte er Marie damit zu Qualen ohnegleichen. Zu stundenlangem Sitzen auf dem Toilettenstuhl im Bad. Oder zu ekelerregendem Langzeitverharren auf besudeltem Bettlaken.

Mittags kam Martin regelmäßig nach Hause, allerdings nur für fünf Minuten. Den Rest seiner Freistellung von zwei Stunden verbrachte er außerhalb der Wohnung. Wo, das konnte Marie sich denken – unbeeinflußt von der offen zur Schau gestellten Tatsache, daß Martin draußen ins Auto stieg und geräuschvoll wegfuhr. Kurz darauf fühlte sie mehr als sie hörte, daß sie genarrt werden sollte. Daß die Haustür leise geöffnet wurde. Daß jemand nach oben schlich, genau bis zur ersten Etage. In der es immer zur gleichen Tageszeit außergewöhnlich lebendig zuging. Die Zimmerdecke vermochte die Heiterkeit und Lust zu Häupten der Verratenen nicht ganz zu verbergen.

Was blieb, war ein geistiger Hohlraum, nur allzu unbefriedigend ausgefüllt durch Warten auf die Kinder. Durch Lauschen, Grübeln, Weinen. Durch Verzweiflung, die immer unerträglicher wurde und den alten Wunsch nach Flucht aufleben ließ – jetzt nach einer zeitweiligen Flucht, die besondere Konzentration verlangte. Ansammlung aller geistigen Potenzen. Als ihr dieser Kraftakt zum erstenmal gelang, hatte die Unglückliche wenigstens den Weg in ein Scheinglück gefunden.

Es war Juni. Marie saß in sich gekehrt im Rollstuhl, obwohl sie den Blick durch die geöffnete Balkontür des Wohnzimmers ins Freie schickte. Dorthin, wo zwischen den beiden Rhododendronbüschen am Plattenweg das übersonnte Rosenbeet ins Auge stach. Denn es stand in tausendfacher Blüte. Es schien die Inkarnation von weltlicher und göttlicher Vollkommenheit zu sein. Ein geschmücktes Tor zu den Gärten der Sinne. Die Laute und Düfte vom Feinsten boten, verwirrend, berauschend, verführerisch. Die dem Auge märchenhafte Landschaften erschlossen. Die schwerelos zu erreichen waren, ohne die Last des Körpers.

Unvermittelt stand sie am Rand einer Waldlichtung. Das gras- und blumenüberwucherte Areal war nicht übermäßig groß und von Nadelbäumen dicht umringt. Sie filterten die späte Nachmittagssonne, so daß die Leuchtkraft des vielfarbigen Naturteppichs durch Schattenmuster bizarr unterbrochen wurde. Insekten und Schmetterlinge tauchten abwechselnd darin unter und wieder auf, als wollten sie die Zuschauerin necken. Aber sie war auch Zuhörerin. Ein Summen und Raunen schwang in der Luft, ein Lachen, Wispern, Werben.

Marie war sich sicher, daß sie diesen Ort seit Urzeiten kannte. Daß er ihr verbunden war. Daß er sie schützen würde, komme, was da wolle. Daß sie in seinen ausgebreiteten Armen Ruhe finden durfte. Geborgenheit. Frieden. Ohne Eile begab sie sich in die Mitte der Lichtung und streckte sich dort aus. Vor der tiefblauen Unendlichkeit über ihr bewegten sich tänzerisch die Baumwipfel. Marie fühlte sich emporgehoben, federleicht schweben, ihrem Körper entronnen. Frei.

Von da an saß Marie mit zunehmender Häufigkeit vor der geöffneten Balkontür und schickte ihre Blicke zum Rosenbeet hinüber. Als die Blumen verblühten und die Balkontür geschlossen werden mußte, wurde sie unruhig. Die Inkarnation von weltlicher und göttlicher Vollkommenheit blätterte ab. Das Tor zu den Gärten der Sinne verfiel und ließ sich kaum noch passieren. Aber Marie wollte hindurch. Der Ort der Ruhe wartete auf sie mit ausgebreiteten Armen. Sie konnte ihn nicht mehr missen. Sie mußte etwas tun. Ein neues Rosenbeet finden. Ein neues Tor.

An einem leuchtenden Herbsttag geschah das Wunder. Der Liebeslärm zu ihren Häupten drangsalierte Marie heute mit besonderer Grausamkeit. Drang ihr ins Ohr, ins Hirn, ins Herz. Trieb sie vom Wohnzimmer ins Schlafzimmer. Von dort ins Kinderzimmer. Zuletzt in die Küche. Veranlaßte sie, mit Geschirr und Bestecken zu klappern. Die Tür des Kühlschrankes zu bewegen. Auf und zu, auf und zu. Und letztendlich hineinzugreifen. Als sie eine Flasche Wein zu fassen bekam, war sie dem Zufall dankbar.

Der Trank war süß und feurig. Schon nach den ersten Schlucken zeigte er Wirkung. Machte taub und blind für die Schroffheiten der Welt. Ließ Marie neue Rosenbeete entdecken und darin größere und schönere Tore zum Jenseits, als sie es für möglich gehalten hatte. So schnell und leicht war sie bisher noch nie an das Ziel ihrer Wünsche gelangt, hatte sie ihre Waldlichtung noch nie gefunden. Ihre Ruhe. Ihre Geborgenheit. Ihren Frieden. Mit einer noch unbekannten Genußfähigkeit ließ sie sich zu der tiefblauen Unendlichkeit emporheben, um deren Geheimnisse zu enträtseln.

Das war leicht, denn die Geheimnisse offenbarten sich von selbst. In den höchsten Gefühlen. In den schönsten Farben. In allen Schattierungen. Von zart bis schillernd. Von Rosa bis Karmin. Von Hellblau bis Nachtschwarz. Von Freude bis Überschwang. Die Fülle des Angebots war unendlich. Marie konnte davon nur naschen. Kosten ohne auszukosten. Sich beglücken lassen, ohne das eigentliche Ausmaß des Glücks zu erfassen. Denn dafür würde sie sich von der Erde noch weiter entfernen müssen. Eines Tages. Vielleicht bald.

Als Marie diesmal in die Wirklichkeit zurückkehrte, waren Stunden vergangen. Martin stand vor ihr und schaute sie unverwandt an. Sein Blick verriet Mißtrauen, das sich angesichts des heiteren Gebarens seiner Frau nur verstärken konnte. Angesichts ihrer Unempfindlichkeit gegenüber seinen Derbheiten. Seinen Demütigungen, die er nicht mehr lassen konnte. Die doch auf Wirkung abzielten. Auf Schmerzenslaute, auf Seelenqualen, auf Nichtmehrlebenwollen. Aber ihr Ziel nicht mehr erreichten. Denn es war unerreichbar geworden. Durch einen Zauber.

Maries intensivste Anstrengungen der nächsten Zeit bestanden darin, sich diesen Zauber zu erhalten. Allein ihm verdankte sie es, daß sie nicht verzweifelte. Nicht wahnsinnig wurde. Nicht starb. Daß ihr Geschrei und Schläge nur noch wenig anhaben konnten. Denn diese Gewalttaten trafen jetzt allein ihren Körper. Dem sie entfliehen konnte, so oft sie es wollte. Solange der Zauber anhielt.

Dieser allerdings stellte eine Bedingung. Er wollte Wein haben. Immer mehr Wein. Bekam er das geforderte Quantum nicht, entzog er Marie seine Gunst. In dieses Dilemma geriet sie immer öfter. Denn das Getränkedepot im Kühlschrank nahm in immer größerem Tempo ab.

Maries Gedanken beschäftigten sich fortan fast pausenlos mit der Frage, wie sie ohne fremde Hilfe zu ihrem Lebenselixier gelangen könnte. Selbst abends, wenn sie sich voller Hingabe mit ihren Kindern beschäftigte, dachte sie sorgenvoll an den kommenden Tag. Den sie wieder wartend verbringen würde. Unausgefüllt. Beschäftigungslos. Den sie fürchtete wie jeden weiteren kommenden Tag auch.

Die ersehnte Hilfe kam von einer Seite, die Marie nie in Erwägung gezogen hätte. Von Martin. Inzwischen hatte auch er seinen Vorteil in dem Zauber gefunden. Dieser errichtete eine zwar eingebildete, aber funktionstüchtige Mauer zwischen seinen mittäglichen Ausschweifungen und dem Ohr seiner Ehefrau. Deshalb stellte Martin eines Abends einen schweren Karton in der Küche ab, lachte und sagte: »Bitte sehr, Frau Sauerbrei, Ihr Wein. Sechs Flaschen vom besten. Prost.«

»Das kann ich nicht glauben«, kommentierte Marie das unerwartete Geschehen. Dann verstummte sie. Die seltene Übereinstimmung zwischen Martins und ihren eigenen Wünschen entsprang zu offenkundig einer zerstörerischen Absicht.

Aber der erlösende Effekt war wieder da. Tagsüber brauchte Marie nicht mehr ständig unter Langerweile zu leiden. Die Zeit verging wie im Flug, seit die flüssige Droge den täglichen Medikamentenkonsum ergänzte. Pillen, Alkohol, Pillen, Alkohol. Die jeweilige Dosis brachte die dazugehörige Wirkung. Deren Ausmaß wußte Marie jetzt genauestens vorauszuberechnen. Und einzugrenzen. Denn für die wenigen Stunden mit ihren Kindern vermochte sie stark zu sein.

Nachmittags gegen siebzehn Uhr fuhr Marie stets ins Bad und machte sich frisch, so gut sie es allein konnte. Sie frisierte sich, trug etwas Rouge auf und bemühte sich um ein Lächeln. Die Kraft dazu bezog sie aus ihren Erlebnissen in den Gärten der Sinne – den bisherigen und den noch ausstehenden. Sie waren ein Halt für alle Fälle. Bei der fröhlichen Beschäftigung mit Mareike und Markus. Beim Vortäuschen völliger Ahnungslosigkeit in bezug auf Martins und Anitas Betrügereien. Beim Überstehen der einsamen, kalten Nächte im Toilettenstuhl. Denn einmal hineingehoben, durfte sie nicht mehr ins Bett zurück. Das ständige Hin und Her hatte sich Martin verbeten. Ein für allemal.

In einer regnerischen Februarnacht gelang es Marie noch nicht einmal, in den Toilettenstuhl zu gelangen. Denn als sie Martin wecken wollte, war er nicht da. Die Wohnung wirkte dunkel, still und abgeschieden von der Außenwelt – als wäre sie das Innere eines Sarges, den kein Lebender je wieder öffnen würde. Marie war überzeugt, daß sie zum sofortigen Tod verurteilt worden war. Registrierte, daß sie nicht sterben wollte, nicht jetzt. Erkannte, daß ihr dieses Wollen allein aber nichts nützte, wenn nicht Hilfe kam. Wenn sich keiner ihrer erinnerte. Wenn sie nicht schrie.

Als die Angst der Lebendigbegrabenen schon die Kehle zuschnürte, gab die Außenwelt ein Zeichen der Erlösung. Jemand stieß an den Sargdeckel. Der erste Laut hörte sich wie ein stumpfer Schlag an, der zweite wie Donnergrollen, der dritte wie eine Detonation. Aber nichts von alledem brachte Licht in das Verlies. Es blieb geschlossen. Das Entsetzen darüber steigerte sich. Offenbar auch unter den Außenstehenden. Denn sie zeterten gewaltig. Brüllten. Kreischten. Heulten wie die Hyänen. Erzeugten einen animalischen Chor. Der beängstigender war als die Stille.

Bis ein leises Knacken ertönte. Ein bekanntes leises Knacken, das vom Schloß der Wohnungstür herrührte. Ihm folgten hastige gedämpfte Geräusche. Schuhlose Schritte, geflüsterte Worte. Erst drangen sie vom Korridor, dann vom Wohnzimmer aus zu Marie. Vor der die geheimnisvollen Vorgänge wohl verborgen werden sollten. Vor der sich aber nichts mehr verbergen ließ. Denn die Ereignisse dieser Nacht konnte sie sich an allen zehn zittrigen Fingern abzählen.

»Hilfe«, rief Marie, als ob sie noch immer im imaginären Sarg liegen würde. »Ist da jemand?«

»Natürlich ist da jemand«, äffte Martin gereizt zurück, riß die Tür des Schlafzimmers auf und schaltete das Licht ein. »Laß mir bloß nicht ein einziges Mal meine Ruhe.«

»Die Ruhe habt Ihr gestört, nicht ich.«

»Ach nee, was für eine kühne Behauptung. Mußt du mir etwa beim Pinkeln helfen? Danke, das kann ich allein.«

»Ich weiß«, schluchzte Marie, »und Anita ... kann es auch. Aber ich ... konnte das Wasser ... nicht halten. Beim besten ... Willen nicht.«

»Sau«, zischte Martin verächtlich. Dann reagierte er seine Wut über die Enttarnung seiner nächtlichen Machenschaften ab. »Neben dich wird sich überhaupt niemand mehr legen. Meinetwegen kannst du in deinem Urin ersaufen. Oder um Hilfe schreien, solange du willst. Ich werde es nicht mehr hören. Und Markus wird unter deinem Lärm auch nicht mehr zu leiden haben, denn er schläft nun gottlob im Kinderzimmer. Du wirst uns nicht mehr belästigen, und wir werden dich nicht mehr belästigen. Du hast es geschafft.«

»Nein«, widersprach Marie mit der Kraft der Verzweiflung, »ihr habt es ... geschafft, du und Anita. Ihr habt alles ... kaputtgemacht und sucht die Schuld bei anderen. Ich bin sicher nicht ... die einzige, die das erkannt hat. Was ist beispielsweise mit ... Bernd Beier? Hat er euch nicht ... gezeigt, daß er anderer Meinung ist als Ihr? »

Die Antwort Martins bestand in einer Geste. Er knöpfte seine Hose auf. Ließ sie fallen. Stieg heraus. Grinste Marie mit einem Ausdruck voller Haß und Hohn an. Ging hinaus. Und schlug die Tür hinter sich zu. Das Licht ließ er brennen. Marie war es gleichgültig. Auch im Dunkeln hätte sie keine Ruhe mehr gefunden – selbst dann nicht, wenn sie auf einem sauberen Laken gelegen hätte. Denn im Nebenzimmer ließen zwei Menschen ihren sexuellen Trieben freien Lauf. Laut und herausfordernd. Mit sadistischer Genugtuung ihren Vorteil genießend. Schließlich waren sie die Überlegenen in der bevorstehenden Auseinandersetzung um den Status der Frau des Hauses. Marie würde gut daran tun, ihn aufzugeben.

Marie aber gab ihn nicht auf. Sie beschloß, ihn zu verteidigen. Und damit ihren Einfluß auf die Kinder. Jedoch schon am Morgen nach der verregneten Februarnacht mußte sie erkennen, wie schwach ihre Waffen waren. An ihr besudeltes

Bett trat niemand. Weder ein Freund noch ein Feind. Weder ein Erwachsener noch ein Kind. Mareike, die das erste Jahr zur Schule ging, wurde zeitig in den Hort geschickt. Und Markus verließ das Haus mit Martin und Anita. Marie hörte die drei auf dem Korridor miteinander scherzen. Ihre ehemals beste Freundin erklärte dem Kleinen gerade, daß die Mama keine Zeit für ihn hätte. Sie wolle schlafen. Dabei hatte sich Marie schon stundenlang mit einem Geschenk für ihn bereitgehalten, mit einem kleinen Feuerwehrauto. Denn heute war wieder Doppelgeburtstag. Markus wurde drei, seine Mutter dreißig Jahre alt.

Erst gegen Mittag zerrte Martin Marie aus dem Bett. Hievte sie zunächst in den Toilettenstuhl, dann in den Rollstuhl. Reinigte sie oberflächlich. Ging wieder – zwar nur ins Nebenzimmer, aber mit größerer Eile als je zuvor.

Martin war im Zugzwang. Anita oder nicht Anita war die Frage – die schnell beantwortet werden mußte, weil die rührige Geliebte ihm ein Ultimatum gestellt hatte. Marie oder nicht Marie. Ganz nach Belieben. Nur warten würde Anita nicht mehr lange – jetzt, wo sie in ihr Heim nicht mehr zurückgehen konnte. Weil er, Martin, ihr sein Heim angeboten hatte, vor Jahren schon. Nun war es an der Zeit, daß sie ihn beim Wort nahm. Das mußte er doch einsehen. Und sich endlich zu einer Entscheidung bequemen. Sonst würde sie gehen. Für immer.

Diese Drohung nahm Martin ernst. Seine Entscheidung stand fest. Gehen durfte nicht Anita.

Gehen mußte Marie. Möglichst aus freien Stücken. Ins Krankenhaus, in die Irrenanstalt, in den Tod. Die letztere wäre die beste Lösung. Aber Marie zog keinen der drei Aufenthaltsorte in Erwägung. Denn diese würden sich jenseits einer gefürchteten Trennlinie befinden. Gezogen zwischen Mutter und Kindern.

Doch nach den Wünschen dieser drei fragte niemand. Denn es waren die Wünsche dreier Unmündiger – zweier Minderjähriger und einer Minderbeweglichen. Letztere ließ sich am leichtesten ignorieren, weil sie nicht einfach aufstehen und gegen ein Unrecht vorgehen konnte. Weil ihr Widerspruch ungehört verhallen mußte, wenn man ihm kein Gehör verschaffte. Weil Behindertsein Schwachsein bedeutete. Widerstandslossein. Rechtlossein. Und weil sich dieser Umstand ganz bequem ausnutzen ließ. Für eine Verurteilung zum Tod.

Die Hinrichtung fand im Mai statt, neun Jahre nach Martins und Maries Hochzeit. Das Rosenbeet vor der Balkontür trug Tausende verheißungsvoller Knospen, deren verführerischer Auftrag sich bald erfüllen würde. Die Marie die Seligkeit, die ihr bevorstand, ahnen ließen. Und ein voreiliges Lächeln auf ihr Gesicht zauberten, das lange anhielt. Noch am späten Nachmittag, als die Kinder zu ihr kamen, genoß Marie den Vorschuß an sinnlichen Genüssen. Während sie, wie gewöhnlich, Mareikes Hausaufgaben kontrollierte, hüpfte Markus auf den Fußstützen des Rollstuhls herum. Ab und zu legte er, ebenfalls wie gewöhnlich, seinen Kopf an ihre Brust und sagte: »Meine liebe Mami«. Das waren Augenblicke, auf die Marie stundenlang zu warten pflegte. Ihre Glücksmomente.

An diesem Tag im Mai allerdings fanden sie ein unerwartet jähes Ende. Im selben Augenblick nämlich, als Mareike von ihrem Lesebuch aufsah und beiläufig sagte: »Gleich kommt das Krankenauto«.

»Zu wem?« fragte Marie verständnislos.

»Na, zu dir«, antwortete die Tochter, nun ihrerseits erstaunt. »Hat es Vati dir nicht gesagt?«

»Aber nein. Es ist doch gar nicht nötig, daß ich ins Krankenhaus gehe. Dort hilft mir keiner.«

»Aber Vati bestellt das Krankenauto trotzdem«, beharrte Mareike mit sichtlicher Verwirrung.

»Kommst du bald wieder?« fragte Markus ängstlich.

Marie schwieg. Von einer Sekunde zur anderen begriff sie, was ihr bevorstand. Die Trennung für immer. Der Abschied vom Menschsein. Aufgrund der Verleumdung, daß sie keine der Eigenschaften mehr aufweisen würde, die den Menschen ausmachen. Sie galt nicht mehr als Mensch. Denn der Rufmörder war anderer Meinung. Er würde die Häscher überzeugen. Vielleicht näherten sie sich schon.

Mit einem Schrei des Entsetzens riß Marie den Rollstuhl herum. Markus sprang erschrocken von den Fußstützen. Mareike ließ ihr Buch fallen. So aufgeregt hatten die Kinder ihre Mutter noch nie erlebt.

In diesem Moment wurde die Wohnungstür geöffnet. Martin trat ein. Marie zuckte zusammen, als würde er sie bei einer strafbaren Handlung überraschen. Ihre Hände flatterten wie verängstigte Vögel auf und ab. Martin achtete nicht darauf. Er sah nur sein Ziel. Er fühlte nur seinen Haß.

»Ab geht's ins Krankenhaus«, sagte er zackig und packte Marie grob an der Schulter. »In einer halben Stunde ist der Wagen da.«

»Nnein, nnein«, stieß sie hervor. Aber ein menschlicher Schrei gelang ihr nicht mehr. Das, was sie ihrer Kehle noch entreißen konnte, waren tierische Laute.

»Das werden wir ja sehen«, schrie er mit drohender Gebärde. Markus begann, laut zu weinen. Mareike schluchzte in sich hinein. »Solltest du dir erlauben, verrückt zu spielen, bringe ich dich in die Klapsmühle. Das garantiere ich dir. Entmündigt bist du dann schnell.«

»Nnnn, nnnn«, blökte es aus Marie. Denn die Sprache war nun völlig in der Hand des Besetzers. Die Kinder weinten jetzt beide laut.

»Doch, doch«, höhnte Martin, »so geht das mit deinesgleichen. Aber es gibt auch noch eine andere Lösung für den Fall, daß du dich weiterhin sträuben solltest mitzukommen. Ich gebe dir einen ordentlichen Tritt, und der Rollstuhl saust die Abfahrt hinunter, so schnell, wie du gar nicht gucken kannst. In welchem Zustand du unten ankommst, ist mir egal. Also raus hier.«

Aus Maries Kehle drang kein Laut mehr, kein tierischer und gleich gar kein menschlicher. Sie setzte den Rollstuhl in Bewegung. Passierte die Wohnungstür. Den Flur. Den Rollstuhlraum. Die

Rampe. Die Abfahrt zur Straße. Ließ hinter sich Martins diabolisches Lachen und ihrer Kinder entsetztes Geschrei. Fuhr davon in irgendeine Richtung. Suchte nach einem Versteck. Fand kein Versteck. Erkannte die Sinnlosigkeit ihres Tuns. Faßte einen neuen Entschluß. Fuhr zurück zur Abfahrt, die jetzt eine Auffahrt war. Sammelte ihre letzten Kräfte. Und quälte sich die Steigung zur Rampe hinauf. Ohne fremde Hilfe war ihr das schon jahrelang nicht mehr gelungen.

In der Wohnung war noch alles beim alten. Die Kinder standen schluchzend im Korridor, Martin lehnte hämisch grinsend an der Tür zur Küche. Mit Maries Rückkehr hatte er gerechnet. Als sie den Rollstuhl so schnell wie möglich an ihm vorbeilenkte, verbrauchte sie ihre letzten Kräfte. Das Waschbecken im Bad mit Wasser zu füllen, gelang ihr nur deshalb noch, weil sie die Apparaturen mit der Schulter bedienen konnte. Dann ließ sie sich nach vorn fallen und versenkte die Arme im Wasser. Auf der Konsole unmittelbar darüber lag der Ondulierstab. Sicher hatte ihn Anita dort liegengelassen. Der Stecker steckte in der Dose. Gottlob. Nun brauchte es nur noch einer kleinen Mühe. Der Anstrengung, das elektrische Gerät ins Wasser zu reißen und einzustellen. Das eine gelang, das andere nicht. Oder doch? Nein. Vorbei.

»Sie sind da«, hörte Marie Martin sagen. Die Worte schienen von weither zu kommen, vom jenseitigen Ufer des Flusses, der sie trennte. »Übrigens, so kann das nicht klappen. Anstellen mußt du das Gerät schon.«

Marie fühlte, daß sie emporgerissen und dem Strom übergeben wurde. Er rauschte gewaltig und trug sie davon, dem Meer zu. Die Schreie ihrer Kinder blieben landeinwärts zurück. Bis die Brandung jedes menschliche Geräusch verschlang. Verschlingen mußte, weil hier Menschen nicht mehr geduldet wurden. Schon lange nicht mehr. Hier zählten nur noch Wasser und Sturm und Finsternis. Hierher würde sich auch kein Sonnenstrahl mehr wagen. Hier war das Ende aller Tage.

In den darauffolgenden Wochen vollzog sich das Leben auf der Welt außerhalb Maries Bewußtsein. Aber es ging weiter.

Wenige Tage nach der Tragödie standen zwei unangemeldete Besucher an der Wohnungstür mit dem Namen Sauerbrei: Annelies und Wolfgang Sommer. Ihr unvorhergesehener Anblick ließ Martin zunächst minutenlang verstummen, dann Ahnungslosigkeit vortäuschen, dann aggressiv werden. Sie beide, warf er den unwillkommenen Gästen vor, hätten die Katastrophe doch eigentlich heraufbeschworen. Sie sollten ihm niemals wieder über die Schwelle treten. Am Ende seiner bissigen Ausführungen wies Martin den völlig Verstörten die Tür. Wo ihre Tochter zu finden war, verschwieg er. Die Enkelkinder enthielt er ihnen vor. Ihre Mitbringsel für Markus und Mareike legten Oma und Opa auf dem Fußabtreter ab.

Marie war wieder in das alte Dösener Krankenhaus gebracht worden. Es trug jetzt einen neuen Namen und würde die Neurologie der

Universitätsklinik nicht mehr lange beherbergen. Diese Auskunft erhielten Annelies und Wolfgang Sommer von einer weiblichen Telefonstimme, deren Besitzerin Verständnis für abnorme Lebenslagen zu haben schien. Sogar eine Besuchserlaubnis zu ungewöhnlicher Stunde hielt sie für wahrscheinlich. Eine Annahme, die sich bereits eine halbe Stunde später als richtig herausstellte. Denn ein vielbeschäftigter Stationsarzt nahm sich mehr Zeit für ein klärendes Gespräch über Maries Zustand als der abtrünnige Ehemann. Allerdings, informierte der Mediziner, sei die neueingelieferte Patientin nicht ansprechbar. Ob sie jemals wieder zu sich kommen würde, sei zweifelhaft. Ein so schwerer Schock bei einem so komplizierten Leiden hätte stets unberechenbare Folgen. Also bitte, wenn sich die bedauernswerten Eltern nun schon auf den Weg von Chemnitz nach Leipzig gemacht hätten, sollten sie ihre Tochter auch sehen dürfen. Aber erkannt würden sie von ihr nicht.

Marie befand sich in einem komaähnlichen Zustand. Ihr Körper erschien als schlaffe, teigige Masse. Das Gesicht war blaß und wirkte ausdruckslos, als ob sich das Leben daraus fortgeschlichen hätte. Nur das Zucken der Augenlider widersprach diesem Eindruck. Ebenso wie das zeitweilig verschreckte Gebaren der Hände, die offensichtlich auf eine große Angst reagierten. Dann geriet auch die Atmung in Panik. Drohte zu blockieren. Aber neben dem Bett stand ein stählerner Retter mit einer Sauerstoffflasche bereit, und auf dem Nachttisch lag eine Maske. Danach griff der Arzt, wenn er gerufen wurde, und hauchte der Kranken Leben ein. In kleinen Dosen, aber regelmäßig. Jetzt, jetzt, jetzt.

Die Eltern hatten nicht geahnt, daß ihr bisheriges Leiden noch eine Steigerung erfahren könnte, ohne daß sie wahnsinnig würden. Daß die Sicht auf die zunehmende Qual der Tochter ihr Inneres nicht sprengen, sondern sogar neue Kräfte freisetzen, den Widerstand aktivieren konnte. Aber so kam es. Annelies und Wolfgang Sommer erkannten, daß Ruhe geboten war. Also zwangen sie sich dazu – mit einem Aufwand an Energie, der größer war, als ein kolossales Wehgeschrei erfordert hätte.

Mit einer Selbstverständlichkeit, die sie selbst in Erstaunen versetzte, nahm die Mutter neben ihrer ohnmächtigen Tochter Platz. Sprach mit ihr, als ob sie ihr zuhören würde. Ergriff sanft streichelnd ihre Hände. Spürte, daß sie nicht mehr fliehen wollten. Daß das Zucken der Augenlider nachließ. Daß der Atem seine Ruhe fand. Als die Oberschwester kam und nach Maries Puls fühlte, schien auch dessen Frequenz zufriedenstellend zu sein. Denn die weißgekleidete Respektsperson schaute Annelies Sommer erstaunt an und sagte: »Das haben Sie gut gemacht. Ich glaube, Ihre Tochter hat sich soeben für das Weiterleben entschieden. Dennoch muß ich Sie bitten, jetzt zu gehen. Morgen dürfen Sie ja wiederkommen.«

Und Annelies und Wolfgang Sommer kamen wieder. Tag für Tag, Woche für Woche. Zu Hause wartete ohnehin niemand mehr auf sie. Denn

Verwandte und Freunde machten sich rar, seit Gespräche über Marie nur noch unter Tränen geführt wurden. Und die Arbeitsplätze waren längst verloren. Von heute auf morgen hatten sich Annelies und Wolfgang Sommer auf dem Altenteil wiedergefunden und lebten von einer bescheidenen Rente. Ihre Ersparnisse hatten sie der Tochter geopfert – in Form von unablässigen Hilfeleistungen zur Besänftigung des enttäuschten Schwiegersohnes.

Das Erfordernis zu bleiben bestand mehr als sechs Wochen lang. Bis zu jenem heißen Julitag, an dem der Stationsarzt den Eltern bekannte, daß der Zustand ihrer Tochter lediglich zu stabilisieren gewesen sei. Daß er eine Besserung jedoch nicht in Aussicht stellen könne. Einfach deshalb, weil die Patientin nicht allein von einem schweren physischen, sondern auch von einem schweren psychischen Leiden betroffen wäre. Wovon die langanhaltenden und immer wiederkehrenden Depressionen herrührten, könne er sich nur vorstellen. Beispielsweise sei dem medizinischen Personal aufgefallen, daß Frau Sauerbrei, obwohl verheiratet, nicht ein einziges Mal Besuch von ihrem Ehemann erhalten hatte. Und dann wären ja auch noch Kinder da. Deren Anwesenheit am Krankenbett, zumindest ab und zu, hätte sich doch sicher irgendwie arrangieren lassen. Bei etwas gutem Willen.

Aber so müsse nun von klinischer Seite eine neue Entscheidung getroffen werden, die unter den gegebenen Umständen die beste für alle Beteiligten wäre. Die Patientin würde nach Bad

Saarow überwiesen. Dort gäbe es eine schon seit DDR-Zeiten besonders gut ausgerüstete Klinik mit einer erfolgreichen neurologischen Abteilung, der einige anerkannte Spezialisten angehören würden. Frau Sauerbrei könne von Glück reden, in deren erfahrene Hände gegeben zu werden. Morgen schon.

Am Krankenbett stellten Annelies und Wolfgang Sommer den bevorstehenden Umzug als vielversprechende Aussicht auf Genesung dar. Maries Reaktion auf den freudig erregten Wortschwall aus elterlichem Mund aber war schwach. Bestand in nicht mehr und nicht weniger als einem Schulterzucken, der lebhaftesten Form ihrer Beteiligung an irgendwelchen Gesprächen seit Wochen. Nachdem sie dem Koma entrissen worden war, hatte sie keine ihrer zuvor noch vorhandenen manuellen Fähigkeiten wiedererlangt. Die Arme ähnelten zwei Kordeln, die höchstens unwillkürlich in Bewegung gerieten. Die Hände waren nicht mehr in der Lage, auch nur ein Taschentuch zu halten. Hinzu kam der völlige Verlust der Stimme. Diese hatte einem Zwang zu schweigen Platz gemacht, der stärker wirkte, als er auf einen Gehörlosen jemals wirken könnte. Denn dessen Interesse an der Welt dürfte größer sein als das Maries in jenen Tagen.

Die Lethargie ihrer Seele stand ihr im Gesicht geschrieben. Drückte sich in einer Mimik aus, die weder schön noch häßlich wirkte. Deren stoisches Gepräge bar jeder Eitelkeit war. Jenseits jeder Lebensfreude. Des kärglichsten Lächelns. Denn Mund und Augen trugen Spuren des Grauens. Der Erfahrung mit der Katastrophe. Die noch immer kein Ende nehmen wollte. Die niemand von Marie abwenden würde. Es sei denn der ewige Schlaf. Aber der ließ sich Zeit.

Auch in Bad Saarow gelang es niemandem, die von den Eltern erhofften Wunder an Marie zu vollbringen. Deren Hang zur Selbstaufgabe war stärker als die Kunst der medizinischen Experten. Die sich zudem noch nicht einmal als »kompetent für einen so schweren Fall« betrachteten. »Hätten wir gewußt«, sagte der verantwortliche Oberarzt nach dreiwöchiger Behandlung zu Annelies und Wolfgang Sommer, »daß Ihre Tochter in einem so fortgeschrittenen Stadium M.S.-krank ist, hätten wir sie gar nicht aufgenommen. Tut uns leid, wir müssen die hoffnungslose Patientin nach Hause entlassen. Den Ehemann haben wir davon verständigt.«

Die Eltern waren entsetzt über dieses Bekenntnis des Mediziners zu seiner Hilflosigkeit, die Tochter nicht. Im Gegenteil, erst nachdem Marie von ihrer bevorstehenden Heimkehr erfahren hatte, lebte sie auf. Zum erstenmal nach vielen Wochen begann sie zu sprechen – mit bleischwerer Zunge und beschädigter Artikulation, aber menschlich. Stundenlang quälte sie schwierige Wortkombinationen aus sich heraus. Auch solche, die ihr einst Iris aufgetragen hatte. Nimm den Fisch von dem Tisch im irdenen Geschirr, aber gib niemals griechische Geschichte. Nur daß die Laute bedeutend träger flossen als früher. Wie eine zähe, schwer zu formende Masse. Die Gefahr, in die leichten Gefilde des sächsischen Dialekts zu plätschern, bestand nicht mehr.

Sogar die Fahrt im Krankenwagen nutzte Marie für phonetische Übungen. »Mma-rrei-kke, Mmar-kkus«, lallte sie mehr als sie sprach, »Mmar-kkus, Mma-rrei-kke.« Und wieder von vorn. Das Gesicht der Unentwegten hatte die Maske der Gleichmütigkeit verloren. Stirn und Wangen waren gerötet. Sowohl von der außergewöhnlichen Hitze des Tages als auch einer außergewöhnlichen inneren Erregung. Die ständig gesteigert wurde durch die Wiederholung zweier Vokabeln: »Mmar-kkus, Mma-rrei-kke. Mma-rrei-kke, Mmar-kkus.«

Als der Krankenwagen durch die Leipziger Innenstadt fuhr, verloren die Worte ihren Rhythmus. Wurden sie unabhängig von Maries Willen von einem Zittern erfaßt. Ebenso wie der Kopf und die Hände. Als das Fahrzeug in das bekannte Grünauer Wohngeviert einfuhr, drang aus Maries Mund ein merkwürdiges Gestammle, das beim Halten vor der Haustür einem lauten Zähneklappern wich. Der Augenblick des Wiedersehens mit den Kindern war gekommen. Der Rückkehr in das Dasein eines verachteten Familienmitglieds. Das aber immer noch mehr Glück verhieß als ein Vegetieren in der Anonymität eines medizinischen Falls.

Bereits zwei Minuten später erwiesen sich Maries letzte bescheidene Illusionen als einfältig. Vor dem blendenden Hintergrund der geöffneten Fahrzeugtür erschienen die beiden Männer vom Krankentransport. Die optimistischen Farben ihrer Dienstbekleidung brachte die sommerliche Nachmittagssonne zum Leuchten. Bis Martin einen Schatten darauf warf. Ihm galt Maries hoffnungsvoller Blick. Eine Sekunde lang, nicht länger. Dann nahm ihr Blick einen ahnungsvollen Ausdruck an, dann einen entsagungsvollen, dann einen verzweifelten. Noch ehe Martin ein einziges Wort von sich gab, begann sie zu weinen. Denn sie hatte den Inhalt im voraus begriffen.

»Hier sind die Schlüssel«, sagte Martin und warf Marie einen klirrenden Gegenstand vor die Füße. »Damit ist meine Mission erfüllt.« Mareike und Markus erwähnte er nicht. Er hatte ihnen eine neue Mutter gegeben. Die gesund war. Intakt. Die nun als einzige das Recht besaß, nach seinen Kindern zu verlangen. Und nach ihm. Er drehte sich um, ging davon und nahm seinen Schatten mit. Ebenso wie Maries letzte ärmliche Hoffnung.

Daß wenigstens die Eltern zur richtigen Zeit am richtigen Ort waren, ließ die Tochter gleichgültig. Machte sie sogar wütend. Ihr erschienen die beiden treuesten Menschen an ihrer Seite als Verbündete eines drohenden Siechtums, das durch unnütze Fürsorge nur verlängert werden würde. Obwohl der Tod nun willkommener denn je war.

Als die Träger sie im Treppenhaus absetzten, erkannte Marie das Ausmaß ihrer Unfreiheit. Denn hier erwartete die Kranke eine ganze Schar versierter Helfer aus der Not. Sie vertraten das Deutsche Rote Kreuz, das Sozialamt, die

Volkssolidarität, ein Ärztehaus. Sie würden nicht lockerlassen, bis »eine den Umständen entsprechende gute Lösung« gefunden wäre. Bis sie »ihren Auftrag zu aller Zufriedenheit« erfüllt hätten. Ohne die Zufriedenheit der Patientin zu beachten. Denn die wurde der kollektiven Zufriedenheit gleichgesetzt. Oder war es vielmehr eine offizielle Zufriedenheit? Vorgetäuscht im Sinne des Gesetzgebers?

Angesichts der Überlegenheit der von den Eltern herbeigerufenen Geister kam sich Marie gefesselt vor. Sah sie sich jeder Möglichkeit beraubt, selbst eine Entscheidung zu treffen. Insbesondere die einzige, die ihr noch etwas bedeutete – den Garten der Sinne zu betreten, ohne zurückzukehren. Denn sie würde Fürsorge erfahren wie im Krankenhaus. Tag und Nacht. Rund um die Uhr. Und niemals mehr alleingelassen werden.

Diese Aussicht ängstigte Marie mehr als die Verbannung, der Martin sie aussetzen wollte. Für die er ein deutliches Zeichen setzte, indem er die ehemals gemeinsame Wohnung ihrer Erinnerungen beraubt hatte. Der Möbel, der Gardinen, der Bilder, der Lampen. Nicht ahnend, daß die Geschädigte solche Erinnerungsträger längst nicht mehr benötigte. Falls sie sich überhaupt zu erinnern gedachte. Denn jetzt interessierte sie sich nur noch für den Teil der Ewigkeit, der vor ihr lag. Und mit materiellen Dingen nicht das geringste zu tun hatte.

So kam es Marie höchst absurd vor, daß sich insgesamt acht tüchtige Leute Gedanken um ihre Zukunft im Diesseits machten. Aufgeregt waren. Laut sprachen. Heftig gestikulierten. Denn es war weniger Zeit zu verlieren als gedacht, um der Behinderten in ihrer Mitte Hilfe zu leisten. Zunächst nur soviel, daß sie nicht binnen kurzem verreckte. Also mußte eine Grundausstattung beschafft werden. Ein Krankenbett, ein Pflegeteam, ein Lebensmittelreservoir, etwas Geld. Am Ende der lebhaften Debatte war alles in die Wege geleitet. Die acht tüchtigen Leute konnten stolz auf sich sein.

Deshalb empfanden sie heftige Bestürzung, als ihr Günstling plötzlich seinen Unwillen äußerte. Sich in dem veralteten Rollstuhl, der als einer der wenigen Gegenstände in der Wohnung zurückgeblieben war, aufbäumte. Die Arme mit krampfartigen Bewegungen von sich streckte. Und mit Schaum vor dem Mund losschrie: »Nnein, nnein, nnein. Llos-llas-sen. Llos-llassen. Llos-llas-sen.« Um sich als höchsten Ausdruck seiner Abwehrhaltung eine vulgäre Tat zu erlauben. Marie spuckte um sich. Immer wieder. Bis sie keinen Tropfen Speichel mehr im Mund hatte.

»War das wirklich nötig?« fragte die Mutter am Abend mit einem vorsichtigen Vorwurf in der Stimme. »Mußtest du ausgerechnet Menschen beleidigen, denen du viel zu verdanken hast?«

»Ddan-kken mmuß iim-mer iich«, würgte Marie rotgesichtig heraus, »ffür ddie-sse uund ffür jje-nne Aal-mmo-ssen. Aa-bber iich wwill ssie nnicht. Ssie kkön-nnen ssich bbei mmir bbeddan-kken.«

Maries außergewöhnliche Demonstration ihres Lebensunwillens brachte ihr keine Nachteile ein. Dafür aber den Vorteil, daß Sozialmaßnahmen zu ihren Gunsten besonders schnell durchgesetzt wurden. Sogar für einen der zahlenmäßig begrenzten Plätze in einem Chemnitzer Alten- und Pflegeheim erhielt sie kurzfristig eine bindende Zusicherung. Als sich der August seinem Ende zuneigte, hatte sie sich an den Gedanken gewöhnt, Leipzig für immer den Rücken zu kehren. Hier hielt sie nichts mehr zurück, nicht einmal eine kleine Hoffnung auf die Gegenwart ihrer Kinder. Dafür bewirkten Martins Drohbriefe, daß sie ihren Abschied nahm, ohne noch Zeit zu verlieren. In den in kurzen Abständen auf Marie einstürmenden Schreiben war sie immer wieder aufgefordert worden, »die Wohnung umgehend zu verlassen und dem Glück von Mareike und Markus nicht mehr länger im Weg zu stehen«.

Als Marie dieser Aufforderung nachkam, gab sie alles auf – ihr Eigentum, ihre Familie, sich selbst. Allein an den Wunsch zu sterben klammerte sie sich.

9. Kapitel

Hochzeitstag

Ich betrete mein Stammcafé und schaue suchend in die Runde. Von einem Platz am letzten Tisch der Fensterreihe erhebt sich ein distinguiert wirkender Mann in den Fünfzigern. Er ist stattlich, weißhaarig, bankerhaft gekleidet. Seine Begrüßung weist ihn als Gentleman aus. Sicher trifft es ihn, wenn Frauen weinen. Ich darf auf einen Erfolg meines journalistischen Vorhabens hoffen.

Es wird ein Erfolg. Beim Kaffee erfahre ich etliche Details aus der nicht ganz astreinen Arbeitspraxis eines Immobilienmaklers. Und beim Kognak heimse ich noch eine Beigabe aus dem Privatleben des Übeltäters ein.

»Wenn Sie lächeln«, sagt mein Gegenüber in federleichtem Konversationston, »erinnern Sie mich an meine Jugendliebe. Soll ich noch einen Kognak bestellen?«

»Nein«, antworte ich zögerlich.

»Also ja.« Er wirft der Kellnerin einen vielsagenden Blick zu, den sie sofort versteht. Zwei Minuten später stehen die Schwenker mit der warmgetönten Flüssigkeit auf dem Tisch.

»Auf unsere Begegnung«, sagt mein Gesprächspartner, nimmt einen kleinen Schluck und hält sein Glas gegen das Fenster. »Einmalig, dieser Glanz«, demonstriert er den Genießer, »er ähnelt dem auf Ihrem Haar.«

»Deshalb habe ich mir ja das Kognaktrinken angewöhnt. Es kleidet mich.«

»Mögen Sie Oper?« wechselt er das Thema

»Sehr.«

Insgeheim frage ich mich, ob der Distinguierte vielleicht auf ein Stelldichein hinauswill. Allein die Vorstellung davon hebt meine Stimmung, denn mir stehen zwei ziemlich einsame Wochen bevor.

»Ich habe zwei Karten für Sonntag bestellt«, bringt mein Gegenüber sein Anliegen prompt auf den Punkt. »Darf ich Sie einladen?«

»Übermorgen also ...«

Um Zeit zu gewinnen, dehne ich die Wörter wie Gummibänder. Dabei rufe ich mir den Brief in Erinnerung, der gestern abend auf dem Küchentisch lag. »Claudia«, heißt es darin, »Deine Arbeit und Deine Fürsorge für Marie – darüber geht Dir gegenwärtig nichts. Deshalb stelle ich Dich gar nicht erst vor eine Entscheidung. Ich mache vierzehn Tage allein Urlaub. Irgendwo. Clemens.«

»Darf ich Ihr Schweigen als Zustimmung werten?« bohrt mein unvorhergesehener Verehrer.

»Ja«, sage ich. Es klingt ein wenig trotzig.

Bevor ich das Jugendstilhaus betrete, schaue ich nach oben. Ein graues, unruhig gemustertes Gewölbe überspannt die Dächer. Der diesjährige

Mai scheint sich von der außergewöhnlichen Hitze des vorjährigen distanzieren zu wollen. Indem er es bei Aprilwetter beläßt.

Im Treppenflur gehe ich gewohnheitsgemäß zuerst zum Briefkasten. Auf der Tageszeitung liegt eine Ansichtskarte. Die Vorderseite besteht aus einem Foto von Annaberg-Buchholz. Die Rückseite enthält neben der Adresse zwei Sätze in einer unbekannten Handschrift: »Herzliche Grüße von einem Gruppenausflug ins Erzgebirge. Ich warte auf ein Lebenszeichen von Dir.« Der Text endet mit einem Krakel, dessen Bedeutung ich kenne: Marie.

Noch während ich beim Lesen bin, höre ich hinter meiner Wohnungstür in der ersten Etage die Klingel lärmen. Sie kann nur von der Straße aus betätigt worden sein. Deshalb laufe ich zurück zur Haustür. Es dauert eine Weile, bis ich den richtigen Sicherheitsschlüssel im Schloß habe. Derweil klingelt es oben zum zweitenmal. Endlich kann ich die Haustür öffnen.

Draußen steht ein Mädchen mit kastanienbraunem Pagenkopf. Wieder benötige ich etwas Zeit, um zu erkennen, daß es sich nicht um ein Kind handelt. Sondern um eine Frau, die besonders klein geraten ist. Die außerdem inzwischen ihre vorübergehende Leibesfülle verloren hat.

»Stefanie«, rufe ich überrascht aus, »ach, ist das schön. Herzlich willkommen. Bitte, treten Sie näher. Ich wohne in der ersten Etage. Dort wartet ein wunderbarer Kaffee auf uns.«

»Ich habe nicht allzuviel Zeit«, sagt die Kindfrau, während sie am Küchentisch Platz nimmt.

»Mein Mann und ich sind auf der Durchreise in Leipzig. Ewald hat hier studiert und besucht einen Freund.«

»Wie geht es Senta?« frage ich, während ich die Kaffeemaschine fülle. »Und dem Baby? Und Ihnen?« Dabei bin ich im Zweifel, ob ich nicht besser eine andere Reihenfolge gewählt haben sollte.

»Alles in bester Ordnung. Seit drei Wochen darf ich das reinen Gewissens sagen. Bis dahin habe ich nämlich im Krankenhaus gelegen. Sie wissen ja, daß es nicht gut um mich bestellt war. Aber nun fühle ich mich, als ob ich selbst neugeboren worden wäre.«

»Das freut mich für Sie. Wollen wir ins Wohnzimmer gehen? Dort ist es gemütlicher.«

»Ach was, hier gefällt es mir. Eigentlich wundert es mich, daß Sie nicht nach Marie fragen. Wo Sie mich doch ihretwegen damals besucht haben.«

»Warum sollte ich Sie nach ihr fragen?« reagiere ich begriffsstutzig. Erst nach einigem Überlegen fällt der Groschen. »Was, sind Sie etwa schon in Chemnitz gewesen?«

»Ja, gestern«, antwortet Stefanie strahlend. Dann wird sie unvermittelt ernst, und ihre Stimme klingt noch einen Ton samtiger als sonst. »Es war sehr berührend. Wir haben uns lange in den Armen gelegen und geweint und gelacht – Marie vor Glück und ich vor Betroffenheit darüber, daß ihr mein Besuch so viel bedeutet. Frau Reimer, Sie haben uns beiden einen Dienst erwiesen.«

»Wie gut, daß Sie mein Anliegen ernstgenommen haben. Das hat auch mir Mut gemacht. Übrigens, sagen Sie doch Claudia zu mir.«

»Gern, Claudia. Vielleicht begegnen wir uns in Zukunft öfter einmal im Alten- und Pflegeheim. Ich habe Marie für jeden Monat einen Besuch versprochen.«

»Noch eine gute Nachricht. Nun wird es mit ihr aufwärtsgehen. Bitte, greifen Sie zu. Das ist der Lieblingskuchen meiner Enkelin. Vielleicht schmeckt er auch Ihnen.«

»Danke. Ein wesentliches Problem für meine Freundin besteht, glaube ich, in dem schrecklichen Zerwürfnis mit Martin. Seit ich gehört habe, auf welche Weise er sich ihrer entledigt hat, bin ich voller Sorge. Er wird eine Schuld an dem Dilemma weit von sich weisen und die Erinnerung daran begraben wollen. Lösung psychischer Konflikte durch Verdrängung nennt man das wohl. Das könnte für Marie bedeuten, daß sich ihre schwer erkämpften kleinen Erfolge in ein Nichts auflösen.«

»Sie spielen auf die Gerichtsverhandlung im April an. Auf die Fragwürdigkeit eines richterlichen Urteilsspruchs, wenn dieser vom Verurteilten nicht wirklich angenommen wird. Wenn dieser Ausweichmöglichkeiten nutzen kann. Und vor allem will. Ihre Sorge ist gewiß berechtigt; ich teile sie. Aber ich habe auch die begründete Hoffnung, daß Martin Sauerbrei wenigstens die Macht der Paragraphen akzeptiert – und sei es aus Feigheit. Dann muß er Markus und Mareike halt einmal im Monat nach Chemnitz bringen.

Wenn das funktioniert, wird Marie neue Kraft schöpfen. Sie glauben nicht, welchen Lebenswillen die Kinder in ihr freizusetzen vermögen.«

»Ich glaube es ja.« Der Satz wirkt wie vorzeitig abgebrochen. Getrennt von einem Nebensatz, der mit einem Aber begonnen hätte.

»Übrigens habe ich Marie vorgeschlagen, in die Scheidung nun doch einzuwilligen.«

»Wollte sie das bisher nicht?« Die Samtstimme dehnt sich ein wenig mehr als gewöhnlich.

»Sie konnte es bisher nicht. Für sie war die Unterschrift unter das offizielle Dokument gleichbedeutend mit einer Zustimmung zu ihrer Verbannung. Zu einer Situation, an der sie völlig schuldlos ist. Weil sie an ihrer Krankheit völlig schuldlos ist. Die sie der Tauglichkeit zur Ehe beraubt hat. Unter anderem.«

»Und warum ist sie jetzt bereit, den unumgänglichen Schritt zu tun?«

»Ich glaube, Marie sieht nun ein, daß sie mehr als ein festgelegtes Umgangsrecht in bezug auf die Kinder nicht erreichen kann. Daß sie auf den normalen Umgang mit deren Vater längst nicht mehr zählen darf. Und vor allem, daß ihr eine Scheidung eine gewisse materielle Sicherheit bringen wird – durch das juristische Übertragen einer gesetzlichen Unterhaltspflicht auf Martin. Bisher hat er seiner immerhin noch angetrauten Ehefrau nämlich kaum eine müde Mark geopfert. Dafür haben die schlechtbetuchten Eltern für ihre Tochter beinahe das letzte Hemd ausgezogen.«

»Da werde ich mir wohl etwas mehr einfallen lassen müssen, als ich vorhin noch dachte. Vielleicht suche ich mir ein paar Verbündete zusammen – ehemalige Kommilitonen, denen Marie immer noch ein Begriff ist. Denn sie war sehr beliebt. Sicher kann ich die eine oder den anderen ebenfalls zu Hilfeleistungen veranlassen. In Form von Zuwendung. Warum nicht auch von Geld?«

»Stefanie, Sie schickt der Himmel zu Marie.«

»Ja, aber jetzt ruft er mich«, sagt mein Gast trocken und erhebt sich. »Ewald wird schon vor dem Haus stehen. Danke für die freundliche Bewirtung. Der Kuchen ist ein Gedicht.«

»Werden wir uns wiedersehen?« frage ich mit einer gewissen Unsicherheit. Der plötzliche Aufbruch läßt die Vermutung zu, Wesentliches ungesagt gelassen zu haben.

»Das hoffe ich doch, Claudia. Schließlich haben wir uns eine gemeinsame Aufgabe gestellt. Also auf bald.«

Ich begleite Stefanie bis zur Haustür. Auf der gegenüberliegenden Straßenseite parkt ein großer eleganter Wagen in einem tiefdunklen Blau. Bevor sich die Kindfrau hineingleiten läßt, winkt sie lachend zu mir zurück. Plötzlich, in letzter Sekunde, fällt mir ein, was ich schon längst hätte sagen sollen. »Stefanie«, rufe ich ihr zu, »viel Freude an Ihrem Baby. Was ist es denn, ein Junge oder ein Mädchen?«

»Ein Mädchen. Wir haben es Marie-Luise genannt.«

Meine Stimmung ist in Hochform. Sogar die unguten Gedanken an Clemens lassen sich ertragen. Am späten Nachmittag verarbeite ich den emotionalen Schwung in einem kurzen Artikel über das Liebesleben eines Meerkatzenpaares, das ein Leipziger Hobbyzoologe im größten Raum seines Einfamilienhauses hält. Dann hebe ich unvermindert frohgelaunt den Telefonhörer ab.

»Sau-er-brei.« Maries Stimme klingt wie Frohgesang. Auch von dieser Seite dürfte kein Stimmungsabfall drohen.

»Hier ist Claudia. Hallo, Marie! Wie geht es dir heute?«

»Wun-der-bar. Und ra-te mal, wa-rum.«

»Keine Ahnung. Mir selbst geht es deshalb wunderbar, weil ich lieben Besuch hatte.«

»Hat-te ich auch. Von Stef-fi.«

»Ich weiß, sie war auch bei mir.«

»Ihr Ver-schwö-rer.«

»Warte nur, in Zukunft werden die Gäste vor deinem Zimmer Schlange stehen. Oder soll ich ihnen absagen?«

»Bist du ver-rückt?«

»Na, sicher. Übrigens, wie sieht es kommenden Mittwoch aus? Kannst du mich empfangen, oder hast du den Termin schon vergeben?«

»Ja, an Sil-vi-a Ad-ler. A-ber sie bleibt nur bis zehn Uhr. Dann ge-be ich ihr den Lauf-paß. Al-so, ich war-te auf dich.«

»In Ordnung. Bekommst du schon das neue Medikament?«

»Ja. Ich glau-be, es hilft mir. Die Spas-men fal-len jetzt schwä-cher aus.«

»Vielleicht ist das auch der Liquorpherese zu verdanken. Du sagtest doch schon, daß sie angeschlagen hätte.«

»Und ob. Stell dir vor, seit ein paar Ta-gen füh-le ich mei-ne Bei-ne wie-der.«

»Wunderbar. Nun mußt du sie fleißig beanspruchen.«

»Ma-che ich doch. Die Ver-si-che-rung hat den Be-we-gungs-trai-ner be-wil-ligt. Ge-stern ist er ge-lie-fert wor-den. Ich ü-be und ü-be. Bis näch-sten Sonn-a-bend will ich viel er-reicht ha-ben. Für die Kin-der.«

»Sie werden staunen über deine Fortschritte.«

»Das letz-te Mal wa-ren sie Mit-te Fe-bru-ar bei mir. Am Sonn-a-bend ist der ein-und-zwan-zig-ste Mai. Un-ser Hoch-zeits-tag.«

Das hat lakonisch geklungen. Trotzdem durchfährt mich ein Schreck und nimmt mir meine Schlagfertigkeit. Deshalb spricht Marie ungehindert weiter.

»Es ist der elf-te«, sagt sie, als ob sie auf das Datum ihres nächsten Waschtags hinweisen würde. »Ei-nen zwölf-ten wird es nicht ge-ben.«

»Gut so«, versuche ich von dem heiklen Thema abzulenken. »Indem du die Scheidung hinter dich bringst, wirfst du einen Ballast ab. Dann stehst du neuen Interessen aufgeschlossener gegenüber.«

»Und neu-en Part-nern. Ich glau-be, Da-ni-el kann ich gleich mit ab-wer-fen.«

»Hat er noch immer keine Entscheidung getroffen?« frage ich unlustig. Mir scheint, daß sich in unsere Unterhaltung das nächste heikle Thema schleichen will.

»Nein«, antwortet Marie unumwunden. Ihre Stimme ist erstaunlicherweise von einem gewissen Triumph gefärbt. »Ich ha-be ihm das Problem ab-ge-nom-men und ihm mei-ne Entschei-dung mit-ge-teilt. Schrift-lich.«

»Und wie heißt deine Entscheidung?« Meine Verwirrung ist sicher unüberhörbar.

»A-di-eu.« Das war ein Trompetenton.

»Marie, du gibst mir Rätsel auf.« Jetzt bin ich sowohl erleichtert als auch neugierig.

»Wieso?« fragt Marie übertrieben harmlos. »Du bist doch an al-lem schuld.«

»Wie bitte?«

»Du hast mir die drei Zu-schrif-ten beschafft. Ei-ne von Klaus Mau-rer, ei-ne von Dirk A-dam und ei-ne von O-laf Wen-zel. Die-ser ist der Aus-er-wähl-te. Er ist schwer zuk-kerkrank, a-ber kein Gries-gram. Stell dir vor, er kann rich-tig lau-fen. Er geht mit mir spa-zieren. Er spricht mit mir. Er schämt sich mei-ner nicht.«

»Hm«, heißt mein ganzer Kommentar. Mitleid und Verlegenheit steigen mir als heiße Welle in den Kopf. Rasch wechsle ich das Thema: »Am Mittwoch werde ich die versprochenen Spiele für Markus und Mareike mitbringen – für den Fall, daß am Sonnabend schlechtes Wetter sein wird. Ach, und da fällt mir ein, daß Konstanze dich herzlich grüßen läßt. Sie hat mir für dich ihre Neuentdeckung mitgegeben, ein Parfüm. Der Duft ist himmlisch.«

»Oh, wie schön«, stößt Marie den melodischen Ruf eines Posthorns aus, »ich grü-ße zu-rück, eben-falls herz-lich.«

Ich bin mir sicher, daß Marie das Interesse

meiner Tochter an ihr mehr bedeutet als das Geschenk.

Drei Tage später steckt ein violett umhüllter Flakon in meiner Schultertasche. Als ich gegen zehn Uhr vor dem Haus an der Endstation aus dem Bus steige, rutscht er gegen ein Paket mit Puzzlespielen. Der kleine Aufprall erzeugt ein Pochen. Es klingt lustig. Wie ein Ausdruck freudiger Erwartung, die auch in mir ist. Beklommenheit fühle ich heute nicht.

Ich gehe grüßend an der Pförtnerin vorbei. Schicke ein paar suchende Blicke durch das Foyer. Sehe außer drei männlichen Heimbewohnern, die beim Skat zusammensitzen, niemanden. Marschiere den Gang entlang, von dem Maries Einzelzimmer abgeht. Finde die Tür mit dem bekannten Namensschild. Hebe die Hand, um zu klopfen. Und werde in letzter Sekunde an meinem Vorhaben gehindert.

»Moment bitte«, brüllt die Stimme eines Oberbefehlshabers, »da können Sie jetzt nicht hinein.« Erschrocken schießt mein Blick bis zum Ende des Ganges. Von dorther walzt ein weißer Riese auf mich zu und rudert mit den Armen. An dieser Bewegung erkenne ich Schwester Ingeborg. Noch bevor sie mich erreicht, beginnt sie, ihre Anweisung schnellatmend zu begründen: »Der Arzt ist bei Frau Sauerbrei. Ihr geht es nicht gut.«

»Bitte?« kreischt es ohne mein Zutun aus mir. »Wie soll ich das verstehen?«

»Kommen Sie«, lenkt Schwester Ingeborg ein, zu ihrer gewohnten Betulichkeit zurückfindend.

»Gehen wir in das Besucherzimmer. Um diese Zeit sitzt dort kein Mensch.«

»Was ist denn los?« versuche ich die Hinhaltetaktik meiner Gesprächspartnerin zu untergraben. Aber erfahren wie sie ist, läßt sie sich zu voreiligen Äußerungen nicht animieren. Bevor sie antwortet, führt sie mich durch das Foyer in den nächsten Quergang. Weit weg von Marie.

»Frau Sauerbrei hatte gestern einen schweren Schub«, sagt Schwester Ingeborg erst in dem Moment, als wir uns an einem quadratischen Tisch in einem quadratischen Raum gegenübersitzen. »Irgendeine große Aufregung macht ihr zu schaffen. Haben Sie vielleicht eine Ahnung, was der Anlaß dafür sein könnte?«

»Nnein«, antworte ich schwerzüngig und lasse die telefonischen Informationen vom Sonntag in mir Revue passieren. Der melodische Ruf des Posthorns ist noch nicht verklungen. »Gerade in letzter Zeit machte Marie einen außergewöhnlich optimistischen Eindruck. Ich glaubte, sie hätte das Schlimmste überstanden.«

»Wir, das medizinische Personal, haben das ebenfalls geglaubt. Dieser Rückfall war überhaupt nicht zu erwarten.«

»Darf ich zu ihr?«

»Vielleicht, wenn sie es möchte. Sobald der Arzt seine Anordnungen getroffen hat, werde ich Sie benachrichtigen. Bitte, Frau Reimer, haben Sie Geduld.« Die Schwester seufzt, erhebt sich und geht zur Tür. Dort dreht sie sich noch einmal nach mir um und fügt in einem erstaunlich sanft klingenden Tonfall hinzu: »Mir ist sie ja auch ans Herz gewachsen.«

Das berührende Bekenntnis reißt in mir den Damm nieder, hinter dem ich meine Gefühle zu verbergen pflege. Ungebremst schütten Angst und Enttäuschung meinen Willen zu und reißen meine Tränenspeicher auf. Ich schlage die Hände vor das Gesicht und weine. Die Nässe in meinem Taschentuch färbt sich grauschwarz.

Ich erhalte viel Zeit, mich wieder zu fassen. Als Schwester Ingeborg gegen zwölf Uhr winkend in der Tür steht, entspricht meine äußere Aufmachung dem für mich üblichen Standard. Das innere Gleichmaß allerdings weist Unebenheiten auf, die auszugleichen Energie erfordert. Viel Energie. Ich spüre, was ein Lächeln kostet, wenn es von selbst nicht kommen will.

»Frau Reimer«, instruiert mich meine Begleiterin, bevor ich in das Krankenzimmer treten darf, »bitte, rufen Sie mich sofort, falls irgendeine Gefahr droht. Frau Sauerbrei leidet neuerdings unter Erstickungsanfällen.«

Ich trete mit einem Maß an Beklommenheit ein, die das übliche weit übersteigt. Eine Atmosphäre von Fremdheit empfängt mich. Alles ist anders als bei meinen früheren Besuchen im Heim. Marie liegt im Bett, den Oberkörper fast bis in die Senkrechte hochgestützt. Die Augen in einem geisterhaft blassen Gesicht sind geschlossen. Der Atem geht geräuschvoll. Ein. Aus. Ein. Aus. Der Rollstuhl steht vor der Schrankwand, unbewohnt, leer, verlassen. Dieser Anblick macht mir schmerzhaft bewußt, wie stark der neuerliche körperliche Verfall der Kranken sein muß. Wie intensiv ihre seelische Erschütterung.

»Guten Tag, Marie«, sage ich, mich in die Ecke von Bettkante und Nachttisch pressend. Das geisterhaft blasse Gesicht wendet sich mir sofort zu. Aber erst als ich eine der auf der Zudecke wie abwehrend ausgestreckten Hände erfasse, öffnet die Kranke die Augen. Der Blick ist unerwartet klar. Beinahe zu klar. Denn der Ausdruck von wilder Entschlossenheit darin kann keiner guten Absicht entspringen.

»Was machst du bloß für Sachen?« gebrauche ich eine abgedroschene Formulierung. Meine Ratlosigkeit belastet mein Denkvermögen. Ich möchte etwas tun, nicht zu viel und nicht zu wenig. Und tue nichts. Wahrscheinlich wäre ein Stock ein hellerer Lichtblick als ich für Marie.

»Dort«, sagt sie plötzlich, so daß ich zusammenfahre. »Dort, im Regal.« Erstaunt lasse ich die Worte in mir nachklingen. Sie sind der Kranken ganz anders von den Lippen gekommen, als ich es von ihr gewohnt bin – ungehemmt flüssig, als hätte ich sie selbst gesprochen.

»Meinst du die Post?« frage ich, während ich zur Schrankwand gehe und über den Rollstuhl hinweg nach dem bekannten Porzellanteller greife.

»Ja, ich meine die Post«, antwortet Marie in einem Tonfall, mit dem sie eine Ballade vortragen könnte. »Die allerletzte.«

»Du sprichst ja so gut«, versuche ich gegen die tragische Zweideutigkeit der Unterhaltung vorzugehen. Dabei entfalte ich das Blatt Papier, das obenauf lag. Es ist von Rand zu Rand dicht beschrieben. Große, akkurat ausgerichtete Buchstaben stehen in Reih und Glied. Wie Soldaten. Bewaffnete.

»Auf einmal ging es wieder.« Die Gleichgültigkeit in Maries Stimme wäre der Auskunft angemessen, daß die Lampe nach einem geringfügigen Defekt wieder brennen würde. »Bitte, Claudia, komm hierher! Wenn du den Brief liest, will ich dir zuschauen.«

Während ich dem eigenartigen Wunsch nachkomme, ist mir elend zumute. Als müsse ich vor aller Ohren eine Hinrichtung verkünden, obwohl ich stets für Freispruch plädiert habe. Ich bin mir sicher, daß ich die Qual der Verurteilten bestenfalls noch lindern kann. Deshalb ziehe ich einen Stuhl hart an die Bettkante und setze mich darauf. In dieser geringen Höhe bleibt mein Gesicht Marie zum Teil verborgen.

»Hallo, Mutti Marie!« schreibt Mareike. »Ich muß Dir heute schreiben, weil Du und der Richter es so wollen. In Deinem letzten Brief behauptest Du, daß Du uns früher Geschichten erzählt hast. Das stimmt überhaupt nicht. Wir sollten Dir immer etwas erzählen. Aber wenn Du denkst, daß ich Dich belüge, brauche ich ja überhaupt nicht mehr zu schreiben. Ich würde sowieso lieber spielen, anstatt mich abzumühen.

Vielleicht begreifst Du ja auch alles nicht mehr so richtig. Ich habe gemerkt, daß Du Deine Briefe nicht mehr selbst schreibst. Wenn wir bei Dir sind, redest Du nicht mehr so viel und in ganzen Sätzen. Trotzdem muß ich Dir sagen, daß ich keinen Bruder Marks habe, sondern einen Bruder Markus. Wahrscheinlich kannst Du Dich daran nicht mehr erinnern.

Deshalb wiederhole ich Dir auch, daß wir sehr gern nach Großlochnitz fahren, aber nicht gern nach Chemnitz. Etwas anderes haben wir nie gesagt. Du solltest uns und den Richter nicht belügen. Eigentlich wollen wir von Chemnitz nichts mehr hören und sehen. Vergiß das nicht!

Du solltest auch endlich etwas mehr Rücksicht auf uns beide nehmen. Wir sind schließlich nicht nur Deine Kinder, sondern auch die von Vati. Außerdem haben wir Mutti Anita, die wir sehr lieben. Sie tut viel mehr für uns, als Du getan hast. Jetzt ist alles viel schöner als früher. Trotzdem haben wir immer viel Arbeit. Deshalb brauchen wir die Wochenenden zum Ausruhen und Spielen.

Diesen Monat kommen wir bestimmt nicht mehr zu Dir. Markus und ich sind sehr krank. Und ob es bis Jahresende noch etwas wird, weiß ich nicht. Wir ziehen aus Leipzig weg. Vati bekommt Arbeit an der Ostsee. Der Weg nach Chemnitz wird für uns viel zu lang werden. Also tu uns den Gefallen, und laß uns endlich in Ruhe. Mareike und Markus.«

Ich sitze über den Brief gebeugt und wage nicht hochzuschauen. Den Aufruhr in meinem Inneren werde ich nicht verheimlichen können. Nicht das Entsetzen über die Absicht der wirklichen Absender. Nicht den Ekel über die Methode der Realisierung. Der Mensch dressiert nicht nur das Tier zur Bestie, sondern auch seinesgleichen.

»Du mußt den Text nicht auswendig lernen«, sagt das Opfer zynisch. Ich erschrecke feig. Sehe mich des letzten fadenscheinigen Grundes beraubt, weiter auf das Blatt Papier in meiner Hand zu starren. Hebe endlich den Kopf. Und sehe in zwei Augen, die haßerfüllt sind. Auf einen Mund, der böse lächelt. Der auch nur Böses von sich geben kann.

»Du wußtest doch schon längst«, sagt der Mund, »daß der Brief einmal geschrieben würde. Daß es die Hoffnung, der ich nacheifern sollte, niemals gab.«

»Das konnte ich doch gar nicht wissen«, verteidige ich mich fassungslos und bin mir selbst nicht sicher, ob ich die Wahrheit sage oder nicht.

»Und ob du es konntest. Weil du fast alles von mir wußtest. Weil du klug genug bist, die Ereignisse kommen zu sehen. Und sie zu vertuschen. Du hast mich immer nur betrogen.« Die Brust der Kranken hebt und senkt sich hastiger als zuvor.

»Aber Marie«, flehe ich verzweifelt, »die Hoffnung, die ich dir geben wollte, bezog sich nicht allein auf deine Kinder. Es ging mir auch um einen wertvollen Ersatz.«

»Ersatz für meine Kinder? Den sollte es geben? Das sagst du, eine Mutter?« Jetzt geht der Atem schwer.

»Bitte, bitte, versteh! Ich wollte dir doch helfen.« So laut habe ich in diesem Raum noch nie gesprochen.

»Lügnerin«, schreit Marie und ringt geräuschvoll nach Luft. »Dann hättest du mir beim Sterben geholfen. Nicht bei diesem lächerlichen Überleben. Hhch. Das du selbst nicht annehmen würdest. Hhch. Immer Askese. Immer Schmerzen. Immer Warten. Immer Einsamkeit. Hhch. Hhch. Nur dafür soll ich weiterleben. Dabei hat mein Tod schon längst begonnen. Ich wollte es nur nicht wahrhaben. Genau wie du. Hhch. Hhch. Hier, dieser Brief sagt endlich einmal die Wahrheit. Daß ich der Welt zum Hals heraushänge, sagt er. Daß mich kein Mensch liebt. Hhch. Hhch. Hhch. Vielleicht ... hhch ... lieben mich die Götter. Hhch. Hhch. Hhch.«

Maries Atem scheint zu blockieren. Ich springe auf und stürze zur Tür hinaus. Schreie laut um Hilfe. Laufe den Gang hinter, in dieselbe Richtung, aus der Schwester Ingeborg vorhin auf mich zugerudert kam. Schreie weiter um Hilfe. Finde eine Tür mit der Aufschrift »Schwesternzimmer«. Reiße die Tür auf. Finde einen leeren Raum. Schreie, schreie, schreie. Besinne mich. Laufe den Gang zurück. Stürze wieder an Maries Bett.

»Die Klingel«, schreie ich immer noch, »wo ist die Klingel?«

Marie reagiert nicht darauf. Sie beugt den Kopf nach hinten und atmet würgend. Ihr Gesicht ist stark gerötet, der Mund weit aufgerissen. Ich fasse über das Gitter, das die Matratze um etwa dreißig Zentimeter überragt. Taste die Bettkante entlang. Finde erst Otto, dann den Knopf. Betätige ihn mehrmals hintereinander. Und wende mich erneut Marie zu. »Ruhig«, sage ich beschwörend zu ihr und meine zugleich mich selbst.

Ich werde zur Seite gestoßen. Bis zur Tür. Zwei Weißkittel sind da. Hantieren hastig, aber versiert. Erst mit einem Spray, dann mit einer Nadel. Maries Gesicht wird von einem Oberkörper verdeckt. Ich sehe nur noch die Bettdecke und darauf eine Hand. Sie zuckt und zuckt. Aber was ist das? Auch die Bettdecke gerät in Bewegung. In ein konvulsivisches Auf und Ab. Ruck, ruck, ruck. Und ich habe einmal geglaubt, Maries Beine wären längst tot.

Als die Atemgeräusche nicht mehr würgend klingen und die Bewegungen der Anwesenden ruhiger werden, gehe ich hinaus – den Gang entlang in Richtung Foyer. Es ist menschenleer. Auch die Skatspieler sind verschwunden. Nur die Sonne umarmt die verlassenen Tische und Stühle. Verleiht ihnen einen lebensprühenden Glanz. Ohne zu merken, daß dieser Zauber völlig überflüssig ist.

Im Freien bleibe ich unentschlossen stehen. Ich fühle mich leer, enttäuscht, zerschlagen. Von tausend Traurigkeiten zugemauert. Soeben dreht der Bus seine Runde von der letzten zur ersten Haltestelle der Linie. Die Türen sind geöffnet. Diese Einladung werde ich annehmen. Träge setze ich mich in Bewegung. In meiner Schultertasche pocht noch immer der Flakon an den Kasten mit Puzzlespielen. Diesmal klingt es nicht lustig. Auf der gegenüberliegenden Straßenseite rast ein Auto dicht und laut hupend an mir vorbei. Offensichtlich fühlte sich der Fahrer durch mich provoziert. Ich zucke mit den Achseln und schlurfe zum vorderen Eingang des Busses. Dort gibt es nur eine niedrige Stufe und keinen Mittelgriff. Damit Behindertenfahrzeuge nicht behindert werden.

Eine halbe Stunde später bin ich im Stadtzentrum. Ich tauche in eine anonyme Menschenmenge ein. Schenke den Auslagen der Geschäfte keinen Blick, dem Lärm der Straße kein Gehör. Denn in mir tobt noch immer Marie. Sie stellt alles in Frage, was ich ihr bisher aufgezwungen habe. An Ersatz für Glück. An künstlichen Perlen, die sie nie wollte.

War dieser Zwang denn so verkehrt? Wenn er doch immerhin einen Ersatz zu bieten vermochte, und sei es einen billigen. Zuwendung statt Liebe, Abwechslung statt Arbeit, Besserung statt Heilung. Ist das nicht auch etwas? Vielleicht ja, vielleicht nein. Die Antwort kann wohl nur der Betroffene selbst geben. Denn er allein weiß, ob er mit mageren Brosamen leben kann. Und will.

Ich hätte Marie nach den Grenzen ihrer Bescheidenheit fragen sollen – damals, als ich mich anschickte, ihrem Leben einen neuen Sinn zu verschaffen. Diktatorisch, wie es nun scheint. Ich hätte ihre Meinung einholen und berücksichtigen müssen. Nicht voraussetzen dürfen, daß sie meinen Vorstellungen entspricht.

»Marie«, hätte ich sagen müssen, »ich glaube nicht, daß deine Kinder das Zusammengehörigkeitsgefühl für ihre Mutter bewahren können. Sicher wirst du sie verlieren. Wie stellst du dir dann dein Weiterleben vor?«

»Gar nicht«, hätte Marie geantwortet. Und davor hatte ich Angst. Die kleinliche, spießige, inkonsequente Angst einer Nichtbehinderten. Meine Feigheit hat die Tabus in unsere Gespräche gebracht – das Bestreben, unkonventionelle Lösungen zu verdrängen. Die Illusion auf Zeit zu nähren, um Maries Lebenswillen zu erhalten. War das schon Betrug? Oder nur ein Mittel, das der fragwürdige Zweck heiligt? Der Zweck des Überlebens um jeden Preis? Ich weiß es nicht.

»Bitte, was wünschen Sie?« Die Kellnerin des kleinen Cafés, in das ich meine widerstreitenden Gedanken und Gefühle getragen habe, schaut mich an. Die Eindringlichkeit ihrer Haltung und ihres Blickes läßt vermuten, daß sie ihre Frage an mich nicht nur einmal gestellt hat.

»Ein Kännchen Kaffee«, sage ich zerstreut und füge ein um Verzeihung heischendes Lächeln hinzu. Die Kellnerin versteht es. Sie lächelt nachsichtig zurück – mit blauen Augen und pastellrotem Mund, der mich an Marie erinnert und zu einer Zugabe veranlaßt. »Und einen guten Weinbrand, bitte. Einen großen.«

Die Wirkung des Alkohols ermutigt mich zur Selbstverteidigung. Für sich selbst soll Marie nicht überleben wollen? frage ich in mich hinein. Immer nur für die Kinder? Nein, antwortet ein innerer Widerpart, das kann nicht sein – angesichts eines Daniel Bandermann, eines Olaf Wenzel, einer Stefanie Renkewitz, einer Susanne Augst, eines Walter Wagner, einer Claudia Reimer. Und nicht zuletzt eines liebevollen Elternpaares. Betroffener und Nichtbetroffener, denen Marie zumindest ans Herz gewachsen ist. Die ihr etwas zu geben versuchen. Auch ihretwegen wird Marie überleben wollen. Selbst wenn ihr alle miteinander nicht so viel bedeuten wie Markus und Mareike.

Daß diese wichtigste Bindung an die Welt nun so gänzlich und so schnell verlorengehen soll, läßt Marie alle anderen Bindungen als wertlos erscheinen. Ein Lebensprogramm verliert seine Tragfähigkeit, wenn es seines wesentlichen Sinns beraubt wird. Ein Haus droht einzustürzen, wenn seine Fundamente morsch sind. Falls nicht beizeiten Gegenmaßnahmen eingeleitet werden. Wirksame Gegenmaßnahmen.

Als ich abends nach Hause komme, hat die Niedergeschlagenheit vom Nachmittag einer neuen Entschlossenheit Platz gemacht – dem Willen, nicht aufzugeben. Solange Leben in Marie ist, kann es gerettet werden. Muß es gerettet werden. Auf einmal bin ich mir darüber wieder sicher. Dennoch verlangt es mich nach Gleichgesinnten. Ich gehe zum Telefon und wähle die Nummer von Annelies und Wolfgang Sommer. Sie werden mein Anliegen verstehen.

»Guten Abend, hier ist Claudia Reimer«, sage ich möglichst leise, nachdem sich am anderen Ende der Leitung die leidvolle weibliche Stimme gemeldet hat. »Entschuldigen Sie bitte, daß ich so spät noch störe, aber Maries derzeitiger Zustand läßt mir einfach keine Ruhe. Ihr ging es heute so schlecht, wie ich es noch vor einigen Tagen nicht für möglich gehalten habe.«

»Ach, Frau Reimer«, entgegnet Annelies Sommer im Überschwang eines Gefühls, das ich als traurige Freude bezeichnen würde, »wie lieb von Ihnen, daß Sie sich Sorgen um unsere Tochter machen. Wir sind soeben erst von ihr zurückgekommen. Sie ist wie zerbrochen, seit sie den Inhalt des Briefes von unserer Enkelin kennt. Es ist, als ob sie den Widerstand gegen die Multiple Sklerose aufgegeben hätte. Und das läßt sich diese Krankheit nicht zweimal sagen. Prompt schlägt sie erneut zu. Die Spasmen sind wieder da, stärker als je zuvor. Ohne Dramal hält Marie die Schmerzen nicht mehr aus. Die linke Hand ist jetzt genauso schlaff wie die rechte. Der Kopf schüttelt ohne Unterbrechung. Die Augen sehen Doppelbilder. Und was mit der Atmung passieren kann, haben Sie ja heute erlebt.«

»Aber die Stimme«, ergänze ich beschwörend, »die Stimme ist doch wieder richtig da – als hätte sie ihre Fesseln abgestreift. Das ist doch ein gutes Zeichen. Oder?«

»Vielleicht. Wir wissen es nicht. Wer weiß, was morgen ist. Was…« Annelies Sommer hört auf zu sprechen. Abrupt, als würde sie weinen müssen.

»Glauben Sie«, versuche ich der Verzweiflung der Mutter eine gewisse Sachlichkeit entgegenzusetzen, »daß sich die Anwesenheit eines ihrer Kinder vorteilhaft auf den Zustand Maries auswirken würde?«

»Aber ja«, schluchzt Annelies Sommer jetzt laut heraus, »etwas anderes hätte wahrscheinlich überhaupt keine Chance mehr, beachtet zu werden… Sogar uns beschimpft Marie. Wir wären …

engherzig, behauptet sie. Wir hätten kein ... Mitleid mit ihr. Wir wollten auf unsere Tochter nicht verzichten. Obwohl sie auf ... ihre Kinder doch auch verzichten müßte. Und dann ruft sie immerzu nach ... ihnen. Mareike, Markus. Es ist ... schrecklich.«

»Bitte, Frau Sommer, versuchen Sie, sich zu beruhigen. Ich werde etwas tun, um Ihrer Tochter neuen Lebensmut zu geben. Genaues kann ich noch nicht sagen. Aber irgend etwas wird es sein. Bald.«

Nachts, im einsamen Ehebett, wälze ich mich unruhig von einer Seite auf die andere. Ab und zu gelingt es mir, einen oberflächlichen Schlaf zu finden. Darin werde ich von einem dramatischen Traumereignis ins andere gedrängt. Einmal schaue ich von der Höhe eines Richtplatzes auf eine Menge schreiender und spuckender Menschen herab. Ich weiß, daß sie meinem Leben ein Ende zu setzen wünschen. Weil ich mich eines Verbrechens schuldig gemacht habe. Um welches Verbrechen es sich handelt, kann ich jedoch nicht herausfinden. Bis mir irgendeiner hämisch lächelnd zuflüstert, daß ich mit meinem Menschlichkeitsschmus auf dieser Welt überflüssig sei. Ich drehe mich zu dem Sprecher um und erkenne in ihm den Teufel.

Am nächsten Tag habe ich vollauf zu tun. Der Kalender ist mit zwei Terminen vom Mittwoch zusätzlich beladen worden. Am späten Nachmittag sitze ich in einer Markranstädter Eckkneipe und frage einen Kasseler Gastronomen nach seiner Meinung über lokale Eßgewohnheiten. Auf der Rückfahrt passiere ich Grünau. Unwillkürlich eilen meine Gedanken suchend voraus – bis sie an jenem Wohnblock angelangt sind, in dem Marie viele Jahre lang gelebt und gelitten hat. Meinem geistigen Auge fällt es leicht, den Ort vor sich zu sehen. Zwar bin ich bisher noch nie dort gewesen, dafür aber kenne ich andere Grünauer Wohnblöcke. Das genügt.

Ich fahre in Richtung Miltitz. Biege in der Nähe der Endstation der Straßenbahnlinie rechts ab. Lasse den Wagen langsam die endlosen Reihen parkender Autos entlanggleiten. Finde nach langem Suchen einen schmalen Freiraum zwischen einem Müllcontainer und einem gelben Kleinbus. Rangiere mein Fahrzeug mit einiger Mühe so hinein, daß sich die Türen weit genug öffnen lassen, um aussteigen zu können. Und spaziere von Seitenstraße zu Seitenstraße.

Lange muß ich nicht suchen. An der Stirnseite eines der großen Wohnblöcke finde ich eine betonierte Rollstuhlauffahrt. Sie führt mich über den Damm eines höhergelegenen Plattenweges auf ein großes begrüntes Innengelände. Obwohl es von drei Seiten von Häuserreihen im Einheitsbaustil umschlossen ist, bietet es Unverwechselbares. Beispielsweise ein großes rundes Rosenbeet und einen von mehreren Lindenbäumen umstandenen Sandkasten. Dieser ist offensichtlich erst dieser Tage frisch aufgefüllt worden, denn der ockerfarbene Berg in seiner Mitte hat eine hohe Spitze.

Ich setze mich auf eine der Bänke gegenüber den Balkonfassaden am höhergelegenen Plattenweg und schaue mich neugierig um. Auf dem Innengelände ist wenig Betrieb. Eine ältere, sich auf einen Stock stützende Frau steht vor einem der Hinterausgänge. Sie ruft nach einem Langhaardackel, der sich jedoch darum nicht schert. Drei Jugendliche schieben ihre Fahrräder den Plattenweg entlang. Auf dem Trockenplatz zu meiner Rechten hängt eine Frau Wäsche auf. Neben ihr steht ein Puppenwagen. Kinder sind dennoch nicht zu sehen, auch nicht auf dem ockerfarbenen Sandberg.

Zehn Meter links von mir rundet sich die Kante des Rosenbeetes. Die hohen Stöcke haben junge Triebe angesetzt. Tausende schlanker Knospen zwischen dichtem, noch zartem Blattwerk recken sich zur Sonne, der die Wolken soeben Platz machen. Ich blinzle in diagonaler Richtung über den wippenden Naturteppich. Dorthin, wo längs des höhergelegenen Plattenweges zwei violett blühende Rhododendronbüsche stehen. Zwischen ihnen hindurch schlüpft der Blick wie von selbst zu einer Erdgeschoßwohnung.

Fenster und Balkontür sind geschlossen. Gleichmäßig gefaltete Gardinen verwehren den Blick in die Räume. Lassen meine Frage, ob die Bewohner zuhause sind oder nicht, unbeantwortet. Verführen meine Vorstellungskraft zu einer tappenden Suche nach Gegenständen und Menschen. Ich glaube, zwei Erwachsene und zwei Kinder zu entdecken. Vielleicht zieht es das kleine Mädchen und den noch kleineren Jungen hinaus ins Freie. Ich warte.

Eine halbe Stunde später zeigt sich meine Umgebung so gut wie unverändert, außer daß die Fußgänger andere sind und die wäscheaufhängende Frau den Trockenplatz verlassen hat. Der Puppenwagen steht auf der alten Stelle. Mein soundsovielter diagonaler Blick auf die Erdgeschoßwohnung hinter den Rhododendronbüschen informiert mich darüber, daß die Fenster noch nicht geöffnet worden sind. Und das kleine Mädchen, das jetzt auf dem ockerfarbenen Sandberg herumkraxelt, ist etwa sechs Jahre alt und dunkelblond.

Zögernd gehe ich zurück zum Wagen. Bevor ich starte, fährt neben mir der gelbe Kleinbus weg. Der nächste Interessent für die Parklücke steht schon bereit, ein elegantes Cabriolet in Meergrün. In seinem Inneren ist Bewegung, die meine Aufmerksamkeit erregt. Ich warte, bis der Meergrüne neben mir hält und seine mehrköpfige Besatzung aussteigt. Sie besteht aus einem großen, schlanken Mann, einer grazilen, dunkelhaarigen Frau und zwei hellblonden Kindern mit Grübchen in den Wangen. Aus Martin Sauerbrei und seiner Familie. Sämtliche Mitglieder erwecken einen urgesunden Eindruck.

Die Frau öffnet den Kofferraum und entnimmt ihm mehrere prallgefüllte Beutel. Einen besonders farbenfrohen übergibt sie dem Mädchen. Es lacht und hüpft in die Richtung, aus der ich soeben gekommen bin, davon. Der kleine Bruder will hinterherlaufen, wird aber vom Vater zurückgehalten – mit Worten, die laut und heftig klingen, so daß ich sie hinter verschlossenen

Scheiben verstehen kann: »Hiergeblieben! Du darfst höchstens Abendbrot essen und schlafengehen. Und falls wir dich noch einmal suchen müssen, ist es mit Spielen im Freien ganz und gar vorbei. Ende der Durchsage.«

Der Junge zieht einen Flunsch und trottet gemeinsam mit den Erwachsenen davon. Während ich dem Trio nachschaue, muß ich an Marie denken. »Ersatz für meine Kinder?« entrüstet sie sich. »Den sollte es geben?« Nein, muß ich eingestehen, diesen Ersatz gibt es nicht, zumindest keinen vollwertigen. Aber vielleicht wäre die gefährliche Frage nie gestellt worden, wenn Mareike und Markus zuverlässig einmal im Monat in den Armen ihrer Mutter liegen dürften. Wenn es in ihren Briefen an sie heißen würde: »Wir denken oft an Dich und haben Dich sehr lieb.«

Plötzlich sehe ich, daß Martin Sauerbrei kehrt macht und mit weit ausholenden Schritten zurückkommt. Einer Eingebung zufolge springe ich aus dem Wagen und öffne den Kofferraum. Sodann wird auch am meergrünen Cabriolet der Kofferraum geöffnet. Der Oberkörper des Mannes verschwindet unter der Haube. Das Gesicht ist nicht zu erkennen. Hektisch suche ich nach einem Vorwand für ein belangloses Gespräch.

»Entschuldigung«, rufe ich zum benachbarten Heck hinüber, »könnten Sie mir vielleicht helfen? Meine Außenantenne läßt sich nicht herausziehen.«

»Wie bitte?« Der Angesprochene richtet sich langsam auf und sieht mich fragend an.

Während ich mein Anliegen wortreich wiederhole, erforsche ich sein Gesicht.

Es ist das Gesicht eines Pubertierenden. Rosig und picklig. Selbstbewußtsein und Schüchternheit zugleich ausdrückend. Beides in übersteigertem Maße. So daß sich denken läßt, wie schnell aus Selbstbewußtsein Großspurigkeit und aus Schüchternheit Unterwürfigkeit werden kann. Und aus ersterem Härte und aus letzterem Feigheit. Oder gar Brutalität und Angst?

»Geht doch«, sagt Martin Sauerbrei, nachdem er die Antenne mit einer einzigen Handbewegung herausgezogen hat. Wendet sich ab. Klappt die Haube seines Kofferraumes herunter. Geht davon. Ich schaue ihm nach, bis er aus meinem Blickfeld verschwindet. Dann beschließe ich, in Kürze nach Grünau zurückzukommen – mit einer abenteuerlichen Absicht.

Am Samstagmorgen erwache ich mit der Ahnung, an einem Wendepunkt meines Lebens angelangt zu sein. Unruhe und Entschlossenheit füllen meinen Magen, so daß ich nicht einmal einen Toast herunterbekomme. In einen solchen Zustand von psychischer Überlastung geriet ich erstmals kurz vor meiner Konfirmation, zum zweiten vor dem Abitur, zum dritten vor meiner Hochzeit. Und viertens, fünftens, sechstens vor anderen bemerkenswerten Ereignissen.

Doch ihre beunruhigenden Vorzeichen waren stets von beruhigenden begleitet worden – einem guten Gefühl in der Brust und einem detaillierten Ablaufplan im Kopf. Sie waren der seelische Haltegriff, der mir mein inneres Gleichgewicht erhielt. Heute jedoch gibt es keinen Haltegriff. Heute bin ich weder vom Erfolg noch von der Ehrbarkeit meiner Vorhaben überzeugt. Heute habe ich nur das Ziel vor Augen und nicht den Weg. Lediglich die Tatsache, daß er über Grünau führen muß, ist unumstößlich.

Der Tag läßt sich sonnig und trocken an – das erste Plus in meiner Rechnung mit vielen Unbekannten. Beim Ankleiden und Frisieren gebe ich mir Mühe. Heute werde ich viel Selbstbewußtsein benötigen. Aber auch Taktik wird gefragt sein. Deshalb packe ich die Puzzlespiele und den Parfümflakon zusammen mit ein paar Süßigkeiten in meine Schultertasche. Bevor ich die Wohnung verlasse, schenke ich der guten alten Standuhr einen langen Abschiedsblick. Es ist neun Uhr achtundfünfzig.

Die Autofahrt nach Grünau kostet mich mehr als zwanzig Minuten. Von Kreuzung zu Kreuzung keile ich mich im Konvoi voran. Kaufhallen und Großmärkte sind die Haupterzeuger der hektischen Betriebsamkeit auf den Straßen. Denn ab Mittag werden die elektronisch gesteuerten Schwung-, Schiebe- und Drehtüren undurchlässig sein. Bis Montagmorgen.

Die Parklücke am Container ist heute belegt; aber ganz in der Nähe eine andere zu finden, erweist sich nicht als Problem. Gegen zehn Uhr fünfundzwanzig spaziere ich den bekannten hochgelegenen Plattenweg entlang. Die Rhododendronbüsche blühen noch. Eines der Fenster der durch sie markierten Erdgeschoßwohnung steht weit offen, aber die gefaltete Gardine verhindert neugierige Blicke ins Innere des Raumes. Das übermütige Gelächter zweier Kinder vermag sie allerdings kaum zu dämpfen.

Ich setze mich auf die Bank, auf der ich schon einmal gesessen habe. Diesmal ist mein Warten von Zuversicht geprägt; ich zweifle nicht daran, daß es Erfolg haben wird. Der ockerfarbene Sandberg präsentiert sich heute als mäßig ansteigender Hügel mit Hang zur völligen Verflachung. Die beiden Mädchen, die auf der Einfassung sitzen, schenken dem einstigen Koloß keine Beachtung. Sie sind etwa zwölf Jahre alt und haben sich viel zu erzählen.

Als Mareike und Markus aus dem Haus treten, ist es kurz nach elf Uhr. Sie kommen schnurstracks zum Spielplatz herüber, als ob ich sie hypnotisch dazu aufgefordert hätte. Der Kleine trägt einen blauweißgestreiften Overall und hat einen roten Eimer in der Hand. Damit hüpft er unverzüglich in den Sandkasten. Seine Schwester ruft ihm eine Mahnung zu, in der das Wort dableiben enthalten ist. Dann dreht sie sich um und bummelt zum Trockenplatz hinüber. Einige Reihen geblümter Bettwäsche verhindern, daß ich ihr lange nachschauen kann.

Markus füllt den Eimer mit rieselndem Material und stürzt ihn neben den beiden schwatzenden Mädchen um. Als die bankartige Einfassung des Sandkastens eine Dekoration von fünf Kegelstümpfen aufweist, nehme ich die Puzzlespiele aus der Tasche. Eine von sechs Vorlagen halte ich vor mich hin. Sie besteht aus dem farbenfrohen Bild eines lachenden Zirkusclowns. Auf Kostüm, Mütze und Gesicht dominiert die Farbe Rot. Sicher ist sie weithin sichtbar.

Als sich Markus von seiner sechsten Formschöpfung abwendet, findet sein erster suchender Blick den Clown, sein zweiter mich. Ich lächle etwas weniger breit als mein Lockvogel, aber nicht weniger herzlich. Markus wagt sich heran, etwas zögernd, aber zutraulich. Ich lege den Deckel des Kastens auf die Sitzfläche der Bank und beginne, das Bild nach der Vorlage zusammenzupuzzeln. Der Junge schaut mir zunächst zu, dann hilft er mir beim Anlegen.

Hin und wieder richte ich das Wort an Markus. Er schaut mich mit Maries Augen an und nickt oder schüttelt den Kopf. Nach einer Weile beantwortet er meine Fragen, erst schüchtern, dann aufgeschlossen. Später wendet er sich ohne Aufforderung an mich. Ob ich denn wirklich eine Oma sei, möchte er wissen, und ob ich Kaninchen habe.

Als uns der Clown zweifach anlacht, lachen wir mit. Um auch danach keine Verlegenheit aufkommen zu lassen, erzähle ich Markus die selbsterdachte Geschichte vom Löwen Lothar. Das Mähnentier ist sehr tapfer und befreit seine liebe, gefangengehaltene Mutter. Während ich mit einer bestimmten Absicht improvisiere, komme ich mir schon ein wenig hinterhältig vor. Gottlob ist mein Zuhörer anderer Meinung. Er hat sich neben mich auf die Bank gesetzt und schaut mich unverwandt an. Aus seinen Augen spricht mehr Vertrauen zu mir, als ich zu erwarten gewagt habe.

Dann geht es um alles oder nichts. Meine Finger bewegen sich fahrig, als ich meiner Tasche das postkartengroße Foto von Marie im Rollstuhl entnehme und Markus hinhalte. Er schaut nur flüchtig darauf, dann wieder in mein Gesicht, dann wieder auf das Foto. Zuletzt nickt er und sagt: »Mutti«.

»Deine Mutti hat die Puzzlespiele bei mir bestellt«, erkläre ich vorsichtig, »den Clown, die Affen, das Riesenrad und viele andere. Sie möchte, daß Ihr, du und deine Schwester, etwas Schönes zu spielen habt, wenn Ihr bei ihr seid.«

»In Chemnitz?« Markus schaut wieder auf den Clown.

»Ja.« Ich kraule dem Kleinen unentschlossen über das gekringelte Blondhaar. Dann fasse ich mir ein Herz und füge hinzu: »Nachher fahre ich zu ihr. Möchtest du deiner Mutti die Spiele selbst bringen? Sie wartet auf dich.«

»Mutti Marie?« Der Junge will sich offensichtlich vergewissern, daß ich nicht doch Mutti Anita meine.

»Mutti Marie«, bestätige ich aufmunternd. »Der Platz in meinem Auto, auf dem sonst meine Enkelin Anna sitzen darf, ist heute frei. Komm, wir fahren!«

Hastig lege ich die beiden Clownsbilder in den Kasten und drücke ihn Markus in die Hand. Während ich mich erhebe, springt in meiner Brust ein tuckernder Motor an. Er bestimmt meine Gangart. Zügig marschiere ich zu jenem Teil des Plattenweges hinauf, der an der Erdgeschoßwohnung hinter den Rhododendronbüschen nicht vorbeiführt. Oben bleibe ich kurz stehen und drehe mich um. Markus ist mir gefolgt. Ich lächle ihm zu. Am liebsten hätte ich ihn geküßt. Das Glück steht auf meiner Seite. Und auf der Maries. Heute ist ihr elfter Hochzeitstag.

Außerhalb des übersichtlichen Innengeländes geht dann alles sehr schnell. Unter einem fantasievollen Vorwand beschleunige ich meine Schritte und veranlasse Markus, das Tempo bis zum Wagen mitzuhalten. Dort hebe ich ihn auf den Kindersitz im Fond und lege ihm den Gurt um. Dann steige auch ich unverzüglich ein und fahre los. Kleinzschocher, Schleußig, Connewitz, Probstheida. Spätestens an der Stadtgrenze werfe ich die letzten Bedenken über Bord. Mein seelisches Schifflein liegt gut vor dem Wind. Die Folgen einer etwaigen Havarie würde nur ich selbst zu tragen haben. Was für ein winziges Opfer im Verhältnis zur Größe des Glücks, das ich Marie bringe.

Auch Markus zeigt keine Reue. Fragen beantwortet er bereitwillig und ausführlich. Ab und zu nascht er von den bunten Kinderpralinen, die ich ihm in die Hand gedrückt habe. Gegen zwölf Uhr dreißig sind wir in Frohburg. Ich halte an, und zu zweit gehen wir in ein Restaurant. Auf der Toilette klopfe ich die sichtbaren Spuren des ockerfarbenen Sandbergs aus dem blauweißen Overall. Anschließend überrede ich Markus dazu, eine Kinderportion Spaghetti zu essen, obwohl ich selbst keinen Bissen zu mir nehmen kann. Mein Körper ist bis obenhin angefüllt mit Vorfreude.

Am Rand des Parkplatzes hat ein Blumenhändler seinen Stand aufgebaut. Bevor wir weiterfahren, kaufe ich einen Strauß zeitiger Rosen in Dunkelrot und einen Strauß Maiglöckchen. Ihr Duft steigt mir in die Nase. Von dort aus springt er als Festtagsstimmung auf Herz und Gefühl über.

Auch in Chemnitz scheint die Sonne. An einer Ampelkreuzung in der Nähe des Hauptbahnhofs muß ich warten. Einige Meter jenseits der Straße steht die Bank, die mir vor einem Jahr zu Maries Bekanntschaft verholfen hat. Jetzt sitzt ein jugendliches Liebespaar darauf. Ich gebe Markus' Nase einen Stups. Dabei drängt sich mir der humorvolle Wunsch auf, den Kleinen bis zum Hals in Geschenkpapier einzuwickeln. Farbe Rosa oder Hellblau.

Vor dem Portal des Hauses an der Endstation stellt sich in meiner Brust die für diesen Ort übliche Reaktion ein; der Stimmungspegel sinkt. Auf der Vorfreude lasten plötzlich schlimmere Befürchtungen denn je. Sie halten meinem geistigen Auge ein Bild vor, das Marie im Bett liegend zeigt. Erst hechelnd, dann stumm. Die Hoffnungen der letzten Stunden als Selbstbetrug entlarvend.

Ich entschließe mich, der inneren Sammlung eine Minute zu opfern. Die Glasscheibe der Eingangstür widerspiegelt zwei ungleiche Menschen, die mit dem gleichen Schönheitsfehler behaftet sind. Beider Haar sieht aus, als wäre ein Sturm hindurchgefegt. Ich ziehe einen Kamm aus meiner Schultertasche und bringe Ordnung auf die Köpfe der menschlichen Originale. Dann nehme ich Markus den Kasten mit den Puzzlespielen ab und reiche ihm die Maiglöckchen – samt einiger Instruktionen für den feierlichen Akt der Übergabe an die überraschte Mutter. Die Rosen trage ich selbst.

Als wir an der Pförtnerloge vorbeigehen, ist es kurz nach vierzehn Uhr. Die Heimbewohner haben die Mittagsruhe beendet. Foyer und Gänge beleben sich zusehends. Die meisten der mobilen Pflegebedürftigen drängen durch die geöffnete Hintertür in den Garten. Ich schicke meinen Blick durch eines der großen Fenster bis zum Fischteich und lasse ihn den Rückweg über verschiedene Wege nehmen. Maries Rollstuhl ist nicht zu finden. Ich umfasse Markus' Schultern und sage: »Komm, wir gehen hier entlang.«

Auch im Gang, an dem Maries Zimmer liegt, treffen wir viele Leute. Allerdings bewegen sie sich nicht in eine der beiden Richtungen, sondern verharren stehend oder sitzend. Diese Situation befremdet mich, ohne daß ich mir über die Ursachen Klarheit zu verschaffen suche. Erst als mir zudem die außergewöhnliche Stille bewußt wird, die über den Versammelten lastet, bleibe ich stehen, mit der Rechten auch Markus zurückhaltend. Ein furchtbarer Gedanke hängt sich mit Hundertpfundgewichten an meine Beine.

»Ist etwas passiert?« bellt es aus mir heraus.

»Pst«, weist mich eine alte Dame mit schwarzgefärbtem Haar und schwarzweiß gemusterter Bluse zurecht. Sie lehnt neben mir an der Wand und stützt sich linksseitig schwer auf eine einzelne Krücke. Die beiden männlichen Rollstuhlfahrer zu ihrer Rechten sehen mich tadelnd an. Dann wenden sie sich wieder dem Objekt ihres Interesses zu. Demselben, dem sich auch die anderen Versammelten zuwenden. Es ist die Tür mit dem Messingschild. Der Name Sauerbrei scheint eine geheimnisvolle Anziehungskraft auszuüben.

Plötzlich bin ich ein Roboter, dessen Stromzufuhr unterbrochen wurde. Ich stehe und starre auf den Schriftzug – den Punkt, den ich als letzten wahrnehmen konnte. Mein Mund verharrt im Ausdruck des Erschreckens. Ich habe mich selbst vergessen. Ebenso wie ich die anderen Roboter vergessen habe. Und die Wände, Lampen, Pritschen, Geräte im Gang. Ich kenne nur noch eine einzige Wichtigkeit, den Namen Sauerbrei.

Als die Tür geöffnet wird, kommt der Strom zurück – in mich und in die Menge. Ein Raunen schwillt an wie eine Woge und flacht wieder ab, als ein Allgewaltiger in Weiß erscheint. Er hebt beide Arme. Läßt sie wieder sinken. Und artikuliert zwei schwerwiegende Wörter: »Zu spät«.

Die Hiobsbotschaft bewirkt bei den meisten Anwesenden Sprachlosigkeit. Die Frau in der schwarzweißen Bluse preßt die rechte Hand vor den Mund, um einen Schreckenslaut zu unterdrücken. Ich versuche, mir den Sinn des Gehörten begreiflich zu machen, indem ich dem inneren Widerhall des Textes lausche: Zu spät, zu spät, zu spät. Zu einem Resultat gelange ich nicht.

Plötzlich geschieht etwas Unerwartetes. Ein Schrei klingt auf, laut, gellend, langanhaltend. Bricht ab. Setzt in einer höheren Tonlage neu an. Bricht wieder ab. Setzt erneut höher an. Veranlaßt die Leute im Gang, mir erschrocken ihre Gesichter zuzuwenden. Und läßt mich somit erkennen, wessen Leid sich so unüberhörbar Bahn bricht.

Den scheinbar endlosen Schrei stößt Markus aus, krebsroten Kopfes, weit aufgerissenen Mundes, entsetzten Gebarens. Als ob er soeben durch die Hölle ginge und den Ausgang nicht fände. Als ob er von der Aussichtslosigkeit seines Suchens grausam geängstigt würde. Und dringend Hilfe brauche. Meine Hilfe.

Endlich verstehend reiße ich den Jungen zu mir hoch. Drücke ihn fest an mich. Wiege ihn hin und her. Spreche mit ihm, leise, begütigend, aufmunternd. Dabei wird mir bewußt, daß der Fünfjährige die Tragik der beiden Worte des Arztes eher begriffen hat als ich. Weil ich nicht begreifen wollte. Noch immer nicht begreifen will, was die Worte bedeuten. Daß Marie tot ist. Tot? Tot. Nein. Ja. Ist das etwa nicht unbegreiflich?

Während Markus zur Ruhe kommt, wird es in mir laut. Ein Ozean scheint heranzudonnern. Gegen Klippen zu prallen. Sie sprengen zu wollen. Schon rauscht die Brandung in meinem Kopf. Nimmt mir die Kraft der Arme. Läßt meine Knie zittern. Mich wissen, daß ich untergehen werde.

»Frau Reimer, ist Ihnen schlecht geworden?« trägt der Sturm eine Stimme an mein Ohr.

»Das Kind«, rufe ich zurück.

»Ich halte es doch fest. Sie können es loslassen.« Die ferne Stimme kommt mir bekannt vor.

»Nicht weggehen!« flehe ich.

»Nein, ich bleibe, bis es Ihnen besser geht. Legen Sie sich hier hin. Ja, so ist es gut. Und jetzt nehmen wir die Beine höher. So. Na, geht es wieder?«

»Ja«, seufze ich. Dann nehme ich erleichtert zur Kenntnis, daß die Ebbe begonnen hat. Daß das Toben der Elemente nachläßt und allmählich vergeht. Ich finde mich liegend auf einer der Pritschen wieder, die im Gang stehen. Die Tasche hängt über mir an einem Haken. Die Rosen berühren mein Haar. Markus sitzt verweint an meiner linken Seite, den Kopf in einen der weißbekleideten Arme Silvia Adlers gepreßt.

»Keine Angst«, sagt sie zu mir, »das kann jedem passieren, wenn es hart auf hart geht.«

»Ist Marie«, versuche ich eine meiner brennendsten Fragen loszuwerden, »ist sie…« Aber ein Blick auf Markus verschließt mir vorzeitig den Mund.

»Ich glaube, Schwester Ingeborg weiß besser Bescheid als ich. Sie wird gleich kommen. Inzwischen nehme ich den Jungen mit in mein Zimmer. Seien Sie unbesorgt, ich verstehe mich auf Kinder, besonders auf dieses.«

Silvia Adler hebt Markus von der Pritsche und geht mit ihm an der Hand in Richtung Foyer. Die Heimbewohner, die noch immer im Gang sitzen oder stehen, schauen den beiden nach, um sich anschließend mir zuzuwenden – mit Blicken voller Neugier, Anteilnahme, Trauer. Unter denen ich mich nackt fühle. Worte verliert keiner. Die Atmosphäre scheint zu knistern. Vor der Tür mit dem Namen Sauerbrei liegt ein Maiglöckchenstrauß.

Plötzlich tritt Schwester Ingeborg aus dem geheimnisvollen Zimmer und schaut sich suchend um. Ich richte mich schwerfällig auf. Nehme die Tasche über die Schulter und die Rosen in die Hand. Lasse mich von der Pritsche gleiten. Gehe unsicheren Schrittes auf die Neuangekommene zu. Flehe mit fremder Reibeisenstimme: »Bitte, lassen Sie mich zu ihr.«

»Sind Sie mit ihr verwandt?«, fragt die weiße Riesin mit milder Strenge.

»Ja«, sage ich, ohne zu zögern, »seelisch.«

»Gut«, entscheidet Schwester Ingeborg und putzt sich umständlich die Nase, »das kann man gelten lassen. Dann sind Sie eben die erste Kondolierende. Kommen Sie. Die Maiglöckchen lassen wir liegen. Ich glaube nicht, daß irgend jemand darauftreten wird.«

Während sich die Tür mit dem Namen Sauerbrei für mich öffnet, erfaßt mich ungewohnte Resignation. Nun kann mich keine unerwartete Situation mehr schrecken. Nun kann ich nichts mehr falsch machen. Nun kann ich höchstens noch überlegen, was alles falsch gemacht wurde. Von mir und anderen. Aber dieses Resümee wird Zeit brauchen, viel Zeit. Und Marie nichts mehr nützen.

Sie liegt lang ausgestreckt auf dem Rücken – in einer akkurat horizontalen Haltung, in der ich sie noch nie gesehen habe. Weil das der Feind in ihr nicht zugelassen hätte. Weil er sie grausam strafte, wenn sie sich vor ihm nicht krümmte. Jetzt ist sie seiner Macht entronnen. Hat sie ihr Rückgrat doch zurückerobert. Ihr Selbstbewußtsein. Ihre Jugend. Ihre ganze Schönheit. Jetzt ist sie frei. Gesund. Tot.

Auf einmal bin ich nicht mehr traurig. Marie hat wohl bekommen, was sie wollte. Die tiefblaue Unendlichkeit für immer. Deren werbende Geste das Gesicht der Toten prägt. Ohne die Spuren des letzten Schmerzes zu tilgen. Die Zeichen des Kummers. Des Verzichts.

»Ist sie ... erstickt?« spreche ich das Entsetzliche nun endlich aus.

»Erstickt?« echot Schwester Ingeborg erstaunt. »Nein, sie hat sich das Genick gebrochen.«

»Waaas?« Mehr weiß ich augenblicklich nicht zu sagen. Der Schock in mir könnte kaum verheerender sein, wenn einer mir beweisen würde, daß sich die Erde nicht dreht.

»Als wir sie gegen dreizehn Uhr fanden, lebte sie noch. Sie lag auf dem Fußboden, total verrenkt. Vielleicht war es ein Unfall, vielleicht auch nicht. Der Arzt plädiert für die erste Variante. Die wäre wahrscheinlicher, sagt er.«

Dreizehn Uhr, dreizehn Uhr. Mein Erinnerungsvermögen rotiert wie eine Drehscheibe. Als sie verharrt, schaut mein geistiges Auge auf die Armbanduhr des Blumenhändlers vor der Frohburger Gaststätte. Noch während der Mann Rosen und Maiglöckchen sorgsam in durchsichtige Folie hüllt, verlieren die Blumen ihre glückliche Bestimmung. Haben sie deshalb so sehr gebebt?

»Oh, Marie«, stammle ich erschüttert und trete neben die Tote. Ihre zusammengelegten Hände sind noch warm. Ich lege die Rosen auf die Bettdecke und lasse meine Blicke wandern. Die Arme hinauf bis zum Hals, der eine dicke Hülle trägt. Über das jugendliche Gesicht mit den geschlossenen Augen, die sich niemals wieder öffnen werden. Durch das halblange Blondhaar, das wie Goldschmuck auf dem weißen Kissen leuchtet. Zum Nachttisch, auf dem der Teller mit den Postsendungen steht. Die Wand hinauf bis zu den beiden Bildern. Von denen plötzlich eines schief hängt.

Es ist das Foto von Mareike. Vielleicht hat die abgewiesene Mutter danach greifen wollen, bevor sie daran scheiterte. Vielleicht war ihre Sehnsucht nach den Kindern größer als ihre Angst zu stürzen. Vielleicht hat der Mut der Verzweiflung ihrer Körperdrehung mehr Schwung verliehen als beabsichtigt. Wer weiß. Die Wahrheit kannte nur Marie.

Ohne Tränen nehme ich Abschied, nüchtern und dennoch gefühlvoll. Das, was ich für die Freundin empfinde, kann ich definieren. Achtung, Liebe, Dankbarkeit, Verständnis. Sogar ein wenig Heiterkeit. Denn diesem Tod ist Schlimmeres vorausgegangen als ihm folgen kann.

Zum letztenmal betrachte ich die erinnerungsträchtigen Gegenstände im Raum. Den Rollstuhl vor der Schrankwand. Die Schreibmaschine auf dem Flachmobiliar. Die Mappe mit der Aufschrift

»Korrespondenzen«. Den siegreichen Otto und die besiegte Puppe Adelheid. Und die beiden Fotos an der Wand. Die Sonne hat sich ihrer angenommen und läßt sie verheißungsvoll funkeln. Vor dem Fenster blüht der Flieder.

Als ich aus dem Sterbezimmer trete, genau neben die Maiglöckchen, bin ich eine andere als bei meinem Eintreten in das Sterbezimmer. Klüger, reifer, gefaßter. Die fragenden Blicke der Versammelten machen mich nicht mehr nackt, sondern überlegen.

»Sie können ganz beruhigt sein«, sage ich zu den Hilfsbedürftigen, die im Gang wohl ihre eigenen Ängste verwarten, »Marie-Luise Sauerbrei hat den Weg gefunden, nach dem sie lange schon gesucht hat. Den sie für sich als den richtigen verstehen wollte. Wir sollten ihr Weggehen akzeptieren.«

Meinem Monolog folgt ein vielstimmiges Raunen voller Beifälligkeit und Erleichterung. Noch bevor es verklingt, gehe ich davon, getröstet, entschlossen, zielbewußt. Auch durch das mäßig belebte Foyer flutet die Sonne. Vor einem der Fenster an der Straßenseite steht ein einzelner Rollstuhl. Darin sitzt Walter Wagner. Das Faltennetz seines Gesichts scheint von unsichtbarer Hand zusammengezogen zu werden.

In der Nähe der Pförtnerloge finde ich die Tür mit der Aufschrift »Heimleitung«. Ich klopfe, höre eine Aufforderung und trete ein. Frau Kühnast sitzt hinter ihrem Schreibtisch. Sie ist mittelgroß und wirkt adrett. Daß sie außerdem tüchtig, energisch und einfallsreich sei, weiß ich aus Gesprächen mit Marie. Nun hoffe ich auf eine weitere gute Eigenschaft der Frau hinter dem Schreibtisch: Nachsicht.

»Guten Tag«, sage ich und setze mich auf den Stuhl, den sie mir mit einer einladenden Geste anbietet. »Mein Name ist Reimer. Ich bin gekommen, um…«

»Ich kann mir denken, warum Sie gekommen sind«, unterbricht mich die Heimleiterin streng. »Sie wollen beichten. Sie wollen mir mitteilen, daß Sie den kleinen Markus Sauerbrei entführt haben. Kidnapping nennt man das. Und das ist strafbar.«

»Ich weiß«, entgegne ich und versuche es mit einer Erklärung, die mich nicht zwingt, zu Kreuze zu kriechen, und zugleich Verständigungsbereitschaft erkennen läßt. »Ich habe es für Marie-Luise Sauerbrei getan. Ihnen ist doch sicher bekannt, wie sehr sie unter der Trennung von ihren Kindern gelitten hat. Ihr Ehemann hätte ihre Not lindern können. Aber er kannte kein Erbarmen. Deshalb habe ich mir – wenn auch ohne Wissen der Kindesmutter, so doch in ihrem Namen – das Recht genommen, ebenfalls erbarmungslos zu handeln. Ein einziges Mal. Leider zu spät. Ich hätte eher darauf kommen sollen.«

»Fürchten Sie Konsequenzen aus Ihrer extremen Handlungsweise?« Die Fragestellung erinnert mich an eine Gerichtsverhandlung.

»Ich fürchte sie nicht, ich rechne damit. Die Strafe dürfte jedoch nicht allzu hart ausfallen. Schließlich liefere ich Markus zu Hause wieder ab. Heute noch.«

»Diese Mühe können Sie sich sparen. Herr Sauerbrei ist schon unterwegs hierher. Ich habe ihn angerufen, um ihm das Ableben seiner Ehefrau mitzuteilen. Er war sehr überrascht zu hören, daß sich der Junge bei uns befindet.«

»Wo ist Markus denn jetzt?«

»Nebenan. Er schläft. Das ist augenblicklich das beste für ihn.«

»Gut, dann möchte ich mich verabschieden. Hier ist meine Karte für den Fall, daß es Ärger geben sollte.«

»Ihr Name«, mildert die Heimleiterin plötzlich die Strenge ihres Tonfalls, »ist bisher nicht gefallen. Ich nehme an, daß das so bleiben wird. Übrigens, es ist sechzehn Uhr dreißig. Ab jetzt habe ich offiziell Dienstschluß. Deshalb erlaube ich mir noch ein rein privates Wort an Sie. Frau Reimer, ich begrüße Ihre Tat. Kommen Sie gut nach Hause.«

Ich reiche Frau Kühnast die Hand und gehe zur Tür. Bleibe davor stehen. Öffne meine Tasche. Entnehme ihr endlich die Puzzlespiele und den Parfümflakon. Gehe damit zum Schreibtisch zurück. Und sage: »Bitte, geben Sie dem Jungen die Spiele. Und nehmen Sie dieses kleine Präsent von mir an. Zur Erinnerung an den heutigen Tag.«

Als ich zum letztenmal durch die gläserne Tür ins Freie trete, kommt der Abschiedsschmerz zurück. Ein wenig fühle ich mich selbst gestorben. Am Straßenrand ein Stück oberhalb des Heims steht mein Auto. Mechanisch steige ich ein. Starte. Wende. Gleite langsam am Haus an der Endstation vorbei. Und beschleunige. Dann nimmt mich die Stadt gefangen.

An einer Ampelkreuzung der Leipziger Straße muß ich warten. Unter den Autos der Gegenrichtung erkenne ich das von Maries Eltern. Das Sonnenlicht auf der Frontscheibe verschiebt das Bild der beiden Insassen zu einer unausgeglichenen Komposition. Einer expressionistisch anmutenden Form geistig-seelischer Erregung. Des Schmerzes.

Ich werde Annelies und Wolfgang Sommer schreiben, nehme ich mir vor, während ich weiterfahre. Dann lasse ich meine Gedanken gehen, wohin sie wollen. Sie entscheiden sich für Menschen um Marie. Silvia Adler. Susanne Augst. Daniel Bandermann. Iris Leonhart. Stefanie Renkewitz. Olaf Wenzel.

Sie und mich einte das sicher unvollkommene, fehlerhafte, aber ehrliche Bemühen, einer Schwerbehinderten den Sinn ihres Daseins zu erhalten. Ohne bleibenden Erfolg. Haben wir, die auf das Leben setzten, deshalb verloren? Haben wir versagt? Hätten wir selbst mehr geben müssen, um zu siegen? Oder nur mehr Verbündete gebraucht? So viele Fragen. Allein werde ich sie nicht beantworten können.

Gegen achtzehn Uhr parke ich vor dem Haus, in dem ich wohne. Steige aus. Sehe mich unentschlossen um. Noch immer ist es hell und sonnig. Als ob dieser einundzwanzigste Mai kein Ende nehmen wolle. Lustlos klettert mein Blick die Außenfassade bis zum ersten Stockwerk hinauf. Hinter den geschlossenen Fenstern der linken

Seite lauert die Einsamkeit – heute mit größerer Gewißheit denn je, denn heute bin ich ihr Medium. Widerstandslos, weinerlich, leer. Fast. Ich entschließe mich, doch Widerstand zu leisten und mache kehrt. Steige wieder ins Auto. Starte. Fahre aber nicht los. Stelle den Motor wieder ab. Steige wieder aus. Und entschließe mich aufzugeben. Heute will ich nur noch schwach sein.

Der Briefkasten ist zum Bersten gefüllt mit Belanglosigkeiten – Zeitungen, Prospekten, Rechnungen. Niemand schreibt mir etwas Nettes. Versuchsweise schicke ich meine Sehnsüchte zu dem distinguiert wirkenden Mann in den Fünfzigern, um sie sofort wieder zurückzuholen. Ein Abend mit einem Fremden wäre mit Vorbereitungen verbunden, für die ich heute kein Interesse aufbringen kann. Und häßlich bin ich lieber allein.

Als ich im ersten Stockwerk ankomme, durchfährt mich ein Schreck. Denn ich muß feststellen, daß die Wohnungstür einen Spalt offensteht. Ich halte den Atem an und vergegenwärtige mir die Einbruchsstatistik der letzten Monate. Als ich wieder ausatme, überdenke ich die Möglichkeit, am Morgen das Zuschließen vergessen zu haben – ohne zu einem Resultat zu gelangen. Unentschlossen bleibe ich stehen und lausche. Irgend etwas ist anders als sonst. Aber was? Ich komme nicht dahinter. Oder doch? Jetzt schleift etwas über den Fußboden, dumpf und in Intervallen. Mein Gehör ist geschärft.

Eine Sekunde später geht drinnen die Tür des Arbeitszimmers auf. Wer sie geöffnet hat, kann ich nicht sehen. Schritte klingen auf. Kommen näher. Aus meiner Wohnung tritt ein Mann. Clemens.

»Stehst du schon lange hier herum?« fragt er überrascht.

»Natürlich«, fauche ich ihn an, um eine gewisse Erleichterung zu vertuschen, »ich muß doch Wache stehen. Offene Eingangstüren sind ideal für unwillkommene Besucher.«

»Und für willkommene. Bitte, treten Sie ein, meine Dame.« Clemens scheint besserer Laune zu sein als ich. Das soll sich ändern. Ich schenke ihm einen unversöhnlichen Blick und überschreite die Schwelle. Meine Haltung ist die einer Kinogängerin, die ihren Eintritt schon bezahlt hat. Er schließt hinter mir die Tür. Von innen.

»Und?« frage ich knapp. Jetzt bin ich die strenge Platzanweiserin, die ihrer Spürnase für heimlich eingeschleuste Zuschauer alle Ehre machen will.

»Komm!« sagt der Verdächtigte, ohne sich zu legitimieren. Legt den Arm um meine Schultern. Dirigiert mich zur Tür des Arbeitszimmers. Öffnet sie. An der Wand gegenüber steht der Schreibtisch. Darauf liegt eine Bohrmaschine, deren vielfach gewundenes Elektrokabel mit der Steckdose unter dem Fenster verbunden ist. Der Kalender mit Fotoreproduktionen der Dresdner Gemäldegalerie, der gewöhnlich oberhalb des Monitors hängt, liegt auf einem Stuhl. Die freigewordene Fläche an der Wand ist neu dekoriert worden – mit einem Originalaquarell.

Es gibt in gelassener Verschmelzung von Linien und Farben ein Landschaftsmotiv wieder, den Blick auf die Schneekoppe. Von einem Platz aus, den ich in romantischer Erinnerung behalte, seit ich Clemens dort zum erstenmal begegnet bin. Das Bild ist ein Angriff auf meine rauhe Schale. Kein anderer könnte raffinierter geführt werden als dieser, um den Kern meines Gefühlslebens bloßzulegen.

»Verbrecher!« schimpfe ich bissig. Eine gute Platzanweiserin läßt sich nur ungern bestechen. »Das ist unfair.«

»Was ist denn fair?« entgegnet Clemens ironisch. »Etwa die Ausdauer, mit der du mich vernachlässigst?« Das klang schon wie eine Zurechtweisung. Mein billetloser Gast scheint sich zum Besitzer des Filmtheaters zu entwickeln.

»Das ist nicht wahr«, falle ich aus meiner würdevollen Rolle, »die Vernachlässigte bin ich.«

»Tatsächlich?«

»Tatsächlich.«

Jetzt bin ich wieder Claudia. Ich mache kehrt und gehe ins Wohnzimmer hinüber. Clemens folgt mir und setzt sich neben mich auf die Couch.

»In Ordnung«, schlägt er vor, »ich verspreche, nur noch mit dir zusammen Urlaub zu machen. Und du versprichst, deine ewiglangen Ausflüge nach Chemnitz einzustellen. Für diese Marie bist du doch nicht allein verantwortlich.«

»Da hast du verdammt recht«, errege ich mich, denn Clemens hat eine frische Wunde in mir berührt. »Wenn sich weniger Leute ihrer Verantwortung entziehen würden, wäre es um manches Leben besser bestellt.« Leider nützt mir meine Rauhbeinigkeit wenig. Die verdrängten Tränen brechen sich Bahn.

»Was ist denn los?« blickt Clemens überrascht auf die Ruinen meiner Überlegenheit.

»Marie ist tot.«

»O nein.« Der Ausruf zeugt von Bestürzung – einem Gefühl, das sich nach minutenlangem Schweigen in Resignation zu verwandeln scheint. »Gegen Multiple Sklerose ist also immer noch kein wirksames Kraut gewachsen.«

»Marie ist nicht an der Krankheit gestorben«, schluchze ich, »sondern an der Grausamkeit von Menschen.«

»Aber nicht an deiner«, hält Clemens meiner Verzweiflung besänftigend entgegen.

»Als ob es darauf noch ankäme«, stelle ich das Lob als absurd hin. Dabei ringe ich theatralisch die Hände.

»Vielleicht«, zeigt sich Clemens unbeeindruckt, »beginnst du nun endlich, den Artikel zu schreiben, für den du schon ein Jahr lang recherchierst.«

»Ach, hör doch auf damit«, winke ich ab und tupfe mir die Augen trocken. »Ich habe eine viel bessere Idee.«

Inhaltsverzeichnis

Prolog		9
1. Kapitel	Im Haus an der Endstation	16
2. Kapitel	Ein Prachtexemplar	47
3. Kapitel	Der geschlossene Himmel	77
4. Kapitel	Die Leidenschaft der Elfe	123
5. Kapitel	Partner ohne Vorurteile	150
6. Kapitel	Die Puppe Adelheid	179
7. Kapitel	Freundinnen	221
8. Kapitel	Der Leidensweg	250
9. Kapitel	Hochzeitstag	303

Die Deutsche Bibliothek – CIP-Einheitsaufnahme

Engelmann, Traude:
Kraft für ein Lächeln: Roman / Traude Engelmann. –
Halle : Mitteldt. Verl., 1996
ISBN 3-354-00886-5

ISBN 3-354-00886-5

Gesamtherstellung: Offizin Andersen Nexö Leipzig GmbH
Schutzumschlaggestaltung: Peter Hartmann, Leipzig
Printed in Germany